地獄系列
第十三部
13
地獄
黎明

自序

呦吼！《地獄》十三終於完成了！

這部第十三集，耗時將近一年，幾乎打破了《地獄》系列出書的紀錄！（它的對手，應該是《地獄》八，地獄獨行，二〇〇九年，耗時一年。）

完稿之後，真的有一種，呼，終於完成的感覺。

《地獄》十三之所以慢，其實是很多因素的綜合（工作、家庭、體力負荷……）但，最重要的還是一個，Div 的龜毛症。

曾經，出版社對我說，有一個不錯的出版時機，問我《地獄》十三能不能趕出來，我經過審慎考慮之後，認真的回覆了出版社，「因為這一本實在太靠近結局了，我想慢慢寫，抱歉。」

為此，《地獄》十三也許錯過了它登場的好機會，但，至少，我完成了一個可以跟自己交代的作品。

我無法保證每個讀者都喜歡，但我能保證的，是當這故事出去之後，每個細節，每個片段，我反覆推敲與思考，直到能過我自己這一關為止。

對了，除了作品本身，按照慣例，要報告一下我的人生進度。

今年，我的女兒，上小學了，從幼稚園畢業到跨入小學，是一個小小的里程碑，看著小孩從不懂人事的小野獸，進化為半獸人，到慢慢成為一個可以溝通，有想法的小人類，過程真的又有趣，又感動，又有點捨不得。

而我家老二，男生，今年也上幼稚園了，男生和女生真的不一樣，男生頑皮，較難溝通，動作也粗魯，但也同時展現出男孩子才有的頑強，天不怕地不怕的本質，有時候在上一秒被他氣得要死，但在下一秒，又忍不住笑出來。

每當看著自己的兒女，都忍不住想到，在父母的眼中，我們曾經都是如此不懂事的小屁孩，只是如今我們長大了，透過養兒育女，重新體驗這段早就被我們遺忘的歲月。

《地獄》系列，真像是我人生的記錄簿，看著我從學生時期、畢業、成家、當新手爸爸，然後第二次當爸爸……有趣的是，當我打開了《地獄》系列的書，仔細閱讀其中的字裡行間，我不只能感受到當時書寫這段故事的情緒起伏，我甚至還記得書寫時的氛圍，是熱是冷，是深沉的夜或是陽光燦爛的午後，身邊是微甜的紅茶，還是帶苦的咖啡，抑或一杯單純卻又充滿了魅力的開水。

這就是寫作，忠實的，神祕的，記錄了我曾經經歷的歲月。

如今，我將奉上我的第三十六本書，也就是《地獄》十三，地獄黎明。

這一集，破關者，終於出線。

Div

前情提要

因貓女之死，少年H獨自藏身於暗巷中，無聲痛哭。

忽然，一滴冰冷之雨落在少年H眉心，混入他的淚，往下蜿蜒滑落，落入了他的心中。

此刻，天上地下，古往今來，所有神魔同時抬頭，他們感覺到了。

祂，降臨了。

由聖轉魔，由至善轉為極惡的祂，在這滴冰冷眼淚中，誕生了。

魔佛H。

魔佛H從高雄起，一路合手低眉，謙卑而行，卻在沿途以絕不容情之姿，殺盡百萬玩家。玩家們無論如何藏匿，如何自我保護，都無法抵抗魔佛那無所不在的吸力，自四面八方的天空中被吸來，接著，爆裂成一團血霧。

魔佛H淨空高雄，淨空台南，淨空台中，甚至淨空了新竹，終於來到了地獄遊戲的最後一個城市，台北。

而這城市，有三個女人正等著祂。

美豔強者蜘蛛精娜娜、千年大妖九尾狐，還有第一獵人吸血鬼女，這三個女人，各自手持著一支梳子，安靜的等著魔佛H駕臨。

「三個子程式，三段與聖佛的緣分，將會是解開這一天劫的關鍵。」台北火車站入口大廳，滷味和鹽穌雞的空盤快要疊到天花板，而位居空盤中心的男人——蚩尤，這樣說著。「只要梳下這臭老頭的黑色長髮，就算解了天劫。」

只是，容易嗎？

第一梳，「一擊必殺」僧將軍陣亡，「台灣獵鬼小組」胖子化成灰燼，「天使團」小五粉碎，最後是「黑榜梅花A」賽特出手，靠著黑暗流沙捲住魔佛H，讓娜娜的梳子，梳過了魔佛H的長髮。

任務完成，賽特重傷退場，魔佛H繼續往前，這次，換上的是千年大妖九尾狐。

第二梳，讓「黑桃J」黑傑克垂死，「獵鬼小組」狼人T以自身生命為代價，喚來了比賽特等級更高的「鑽石A」撒旦。

撒旦功力更在賽特之上，吞天滅地的手刀，對上魔佛H的六十四掌，這雙方僵持的驚險瞬間，九尾狐的梳子，終於滑過了魔佛H的長髮。

撒旦帶著昏迷的狼人T，吐血而走，再也無法戰鬥。

如今，又到了第三梳，但這一梳，已經沒有任何神魔會出手了。

戰力僅次於聖佛的蚩尤困於天劫，無法出手，而等級同樣高的埃及女神伊希斯，則冷眼看著這一切，準備坐收漁翁之利。

於是，這時候一個男人，站了出來。

他，與少年H一樣貫穿了整個地獄列車事件，兩人從地獄列車就曾並肩作戰，後來到地獄遊戲中更是惺惺相惜，最後卻因為理念不同而交手數次，但無論他們如何反目，有件事卻從未被懷疑過……那就是「夥伴」兩字。

「你真的要去？」伊希斯沉默了數秒之後，對這人說道。

「我要去。」這男人這樣說著。

「就算用我的塔羅牌，算出這趟是『死神』，也沒關係？」伊希斯嘆氣。

「……」男人沒有回答，嘴角動也沒動，這份沉默，已然是最堅定的答案。

「好吧，那我原諒你這次的抗命吧。」伊希斯閉上了眼，語氣淡然。「阿努比斯。」

阿努比斯，這男人果然是阿努比斯，自始至終，能與少年H抗衡，又與少年H相知相惜的「老夥伴」。

這一刻，阿努比斯踏上了路途，他肩上掛起獵槍，一手拿著神祕道具「當我們同在一起」，朝著魔佛H所在地而去。

少年H，我來了。

阿努比斯淡淡的笑著。

手握第三梳的吸血鬼女、阿努比斯，與魔佛H，請看，地獄十三，地獄黎明。

地獄黎明

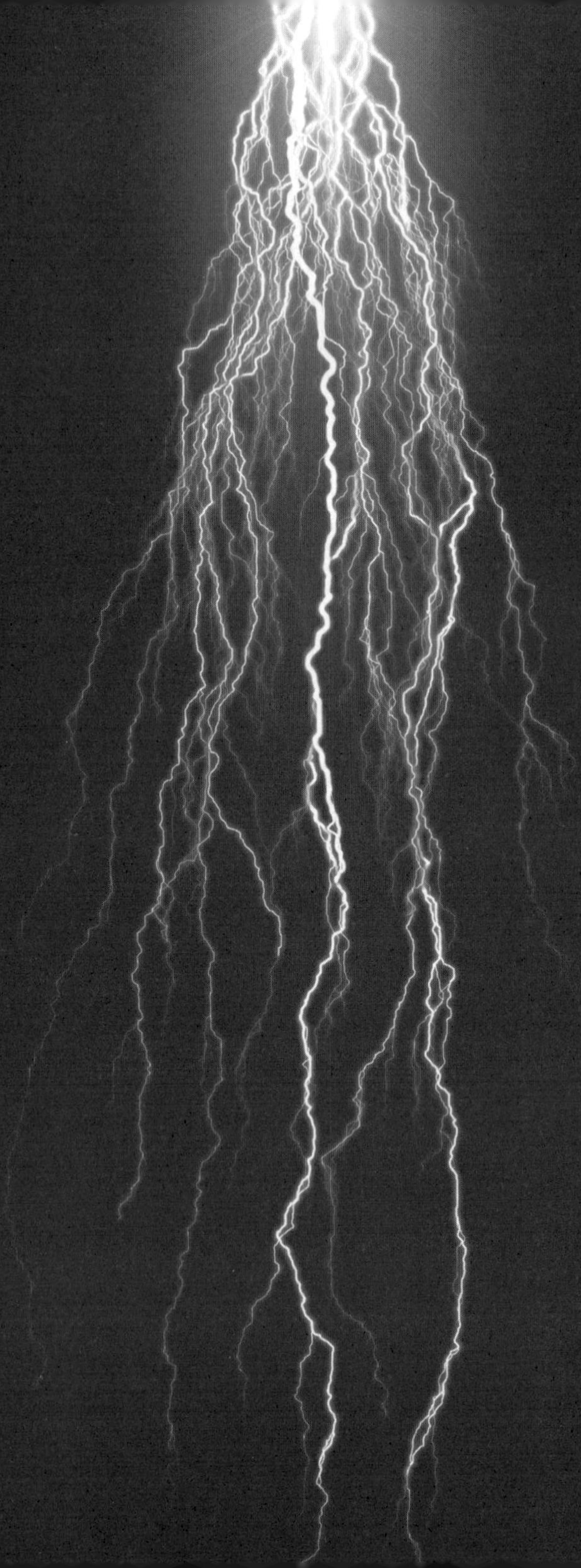

地獄黎明

楔子

《最新道具型錄》今日出品，發燒熱賣。

……

編號724號，【工數之錘】，起標價四萬元，乃是士人七大道具之一。特性：平日可縮小，攜帶方便，使用時可依照使用者靈力大小而呈現不同尺寸，雖然外觀看起來暴力，但卻是「士人」行業專用，誰說士人不可以是暴力份子？（代言者，法咖啡。）

……

編號492號，【背不完的十萬個英文單字】，起標價二十四萬，特性：主要是收集了背英文單字的怨念，集結而成的道具，使用方式是透過朗誦簡單的咒語，便可招喚滿天流星墜落，靈力強大者可摧毀一座小鎮，靈力弱者就是拿來當打火機點菸，算是毀滅性與便利性兼具的道具。（代言者，少年H。）

……

編號333號，【風信子】，起標價九十九元，廣告詞為「如見風信子，生死都相聚」，特性：地獄遊戲出品，沒有什麼戰鬥特性，但卻是友情的最好見證，親愛的捧油，如果想證明妳們堅定不移的友情，可以找妳最好的麻吉買這個紀念。（代言者，薔薇幫四大美女。）

……

編號201號，【蛋】，起標價一萬一千一百一十一元，這是斐尼斯軍團的特製道具，特性：吃了蛋，你就擁有某種野獸的特性與能力，算是一種強化型道具，但要小心，因為每顆蛋裡面的野獸是隨機的，有人買了蛋，裡面是老鷹，從此多了飛翔的能力，但也有人開心買了蛋，裡面卻是小狗，從此之後，當變身時一尿急，都需要找電線桿……（代言者，阿努比斯。）

……

編號124號，【八陣圖】，起標價六十二萬，【江流石不轉，遺恨失吞吳】，此算是威力強大的闖關遊戲，缺點是但要找到八組實力相當的高手，這道具才會好玩。（代言者，孔明。）

……

編號99號，【最新道具型錄】，起標價一千兩百元，它會隨時更新地獄遊戲新增的道具，連隱藏道具都會一併更新喔。（代言者，Div--> 這哪位啊？）

……

編號9號，【死海古卷】，起標價六十六萬，內有六十六惡魔，但沒有足夠靈力者請勿嘗試，因為惡魔向來不太管主人是誰的，他們想殺誰就殺誰……（代言者，蒼蠅王。）

……

編號4號，【死者之書】，起標價九千九百九十九萬，價格太貴無人買得起，特性：此乃二十三張牌組成，其能力之強足以毀滅世界，但每使用一張牌都極耗靈力，普通人就算有了牌，也只能拿來算命，沒辦法拿來毀滅世界。（代言者，伊希斯女神。）

附註：因為不斷有人投書反映價格太貴，未來將規劃將二十三張牌拆開，並推出單張版本，敬請期待。

……

編號3號，【女神的椅子】，起標價一千五百元，但因為缺貨所以競價到三百六十九萬，是最近竄升最快的道具。特性：這款椅子的材質很普通，但卻可以承受各方神魔的盡情亂打，濕婆，蒼蠅王，鍾小妹，孔雀王，每個人都用十成功力打過，椅子都完整無缺。（代言者，伊希斯女神。）

……

編號2號，【當我們同在一起】，屬於贈品類，凡去書店或便利商店購買地獄系列，超過三百元者，即贈一份【當我們同在一起】，該道具目前形狀未明，功用也未明，一切都未明的超怪道具。（代言者，阿努比斯。）

……

編號0號，【黑蕊花】，價格無價，須滿足特殊條件才能取得之道具，其道具出現的歷史極短，更只有在有人逼近破關時，方才出現，故被人懷疑是地獄遊戲中，阻礙玩家破關的重大道具。

特性：也是完全未明。（代言者，小桃與九指丐。）

……

《最新道具型錄》最後一頁，歡迎光臨地獄遊戲，讓我們痛快的玩吧。

第一章　第一發子彈與吸血鬼女

她，右手用拇指與食指，夾著一柄發著淡淡金光的梳子。

她，身穿黑色長外套，完全襯托她勻稱且窈窕的身材。

她，有著一頭柔軟的金長髮，細緻五官，但眼神卻堅毅如鋼。

她，目光直直向前，注視著她今生最感謝之人，也是她此刻最危險的對手。

她，是吸血鬼女。

曼哈頓獵鬼小組，生平捕獲之妖魔數目破千，不只傲氣，更是迷人，她的海報被地獄人民瘋狂收集，喊價破六位數，網路上更充滿了各種單價高昂的照片，她與貓女並稱兩大偶像。

如今，她凝視著前方，看著那位有著如火焰般往上飄動的黑髮，雙手合十，神情謙卑，卻滿手血腥的，魔佛H。

「吸血鬼女，在此。」吸血鬼女語氣沉靜莊嚴，「參見聖佛。」

說完，她右腳往前，用力一蹬。

地板破裂，而她的身影，在空中扭身，已然化成一團狂暴的黑色氣旋，捲向魔佛H。

魔佛H連眉毛都沒有動一下，只是緩步向前，步向這團兇暴黑色氣旋。

氣旋中，吸血鬼女將雙翅舒展如刃，雙拳擰握如鎚，腿刀橫劈如斧，吸血鬼女盡情施展最得意的連續攻擊，沒有任何保留的，化成暴雨，猛烈襲向魔佛H。

「第一千四百二十六擊……三千六百七十一擊……八千九百九十九擊……」黑色氣旋中，吸血鬼女狂轟著魔佛H，她每拳都用盡全力，每擊都賭上性命，她的目的只有一個，找到任何一點可能性，哪怕只有一瞬間。

這瞬間，若能敲破魔佛H完美無瑕的防禦，吸血鬼女才有那麼一絲希望，能將手上的梳子，梳過魔佛長髮，化解這悲傷天劫。

但，這對手可是魔佛H啊，這吸血鬼女微薄的一絲希望，魔佛H會授予嗎？答案當然是，否定的。

絕對，否定的。

只見黑色風暴中，魔佛H淡淡的，伸出了一根指頭，緩慢往前捻去。

「吼！」突然間，吸血鬼女發出了聲嘶力竭的哀號。

黑色旋風在指尖之前，瞬間潰散，化成一朵破碎的黑色花朵，在空中凌亂飄舞，飄舞……最後，砰一聲墜落地面。

地面上，吸血鬼女的雙翅殘缺如碎紙，雙手一往內一往外折斷，雙腳膝蓋粉碎，重傷落地，這一切竟然只是因為一指。

魔佛H的一指。

但，吸血鬼女放棄了嗎？她沒有，至少她眼中的光芒，依然炙熱且執著。

「吸血鬼女，在此，」吸血鬼女不顧重傷，用手肘往地上一撞，藉著反作用力再次起身。

再次化成一團黑色風暴，朝魔佛H而去。

「再次，參見聖佛！」

魔佛H這一次，微微抬起了眼睛。

因為祂看到了，在空中一閃即逝，那淬過宛如夜空流星般水晶光芒。

「吸血鬼之——牙！」吸血鬼女張大了嘴，露出鋒利絕倫，象徵吸血鬼一族全身靈力精華的牙。

吸血鬼女的牙，不知道讓多少成名大妖束手就擒，更有不少地獄迷表示，人生最幸福的死法，莫過於被吸血鬼女用她的牙，咬破頸子，吸血而死。

面對吸血鬼女的牙，魔佛H表情不見任何改變，祂只是微微抬起了眼，然後再次伸出了手，這次略有不同，祂除了食指，又多用了中指。

兩指。

吸血鬼女的牙，隔空與魔佛H的雙指交鋒，啪嗒一聲，吸血鬼女的牙，在這兩指之前，再也無法寸進。

「現在的我，可不只流著我的血，還包括曾經被我咬過的……德古拉伯爵的血脈！」吸血鬼女吼著。「還有，我最討厭的，血腥瑪麗的血脈！」

吸血鬼女，德古拉，再加上血腥瑪麗，這三人是現今吸血鬼族最強三人，如今吸血鬼女繼承了三人的血脈，她張開嘴，再次咬下！

「……」魔佛H依然無聲，但祂手指微微一動，第三根、第四根，甚至五根指頭，都伸了出來。

五指成掌，魔佛H的指，終於化成了一掌。

然後，往前一拍。

只是一拍，吸血鬼女就感到她嘴裡一麻，然後，她看到了自己的嘴巴內，飛出了好幾塊白色的小物體。

小小的，細細的，從她口中飛出，在她眼前數公分前緩緩飄過，消失在魔佛H這一掌的氣流中。

吸血鬼女知道那是什麼……那是碎片。

她牙齒的碎片。

「可惡！」吸血鬼女的牙碎了，用以支撐全身力量的靈力也應聲崩潰，被魔佛H的一掌的氣流往後推去。

吸血鬼女完全無法抵抗之下，身體彎成＾字形，高速水平橫飛了數十公尺後，最後砰然一聲撞入牆壁之中。

吸血鬼女、德古拉，再加上血腥瑪麗三者血脈化成的牙，終於讓魔佛H出了完整的一掌，但也只有這麼一掌而已……

吸血鬼女深陷於牆壁的破洞中，不斷的喘著氣，血，從她的嘴裡，她的臉上，她身上的每個部位，不斷的滲湧而出。

真的不行了嗎？真的不行了嗎？

梅花A賽特讓魔佛H打了三十二掌，鑽石A撒旦讓魔佛打了六十四掌，如今，她已經耗盡全力，卻只讓魔佛H用了一掌。

她只有孤身一人，真的能梳過魔佛H的最後三分之一黑髮嗎？她真的可以嗎？

吸血鬼女仰起頭，閉著眼。

她沒有信仰，也從不祈禱，因為她深信人定勝天，但在此時此刻，她卻衷心的哀求著上蒼，能夠悲憫的降下任何一絲奇蹟。

「……」魔佛H雙手合十，緩步而前，並沒有看一眼深陷裂縫中，重傷的吸血鬼女。

但祂才走兩步，祂腳底的影子，就突然發生了變化，影子由淡轉濃，越來越濃之餘，更開始往前拉長。

影子會發生如此劇烈變化，是因為魔佛背後來了光，而且光很強，很烈，那是宛如太陽射線的驚人光流。

而這太陽等級的光流，正是從剛剛牆壁的裂縫照射出來的。

魔佛H繼續往前，而祂背後的陽光，則是越來越強，越來越亮，越來越足以宰制整個台北火車站中所有的光與影。

終於，魔佛H停步。

然後，回頭。

這是第一次，魔佛H用正面，雙眼直視，裂縫中的吸血鬼女。

同時間，這陽光之流，從裂縫中，暴湧了出來。

「吸血鬼女，在此，第三次，參見……」太陽之源，正是吸血鬼女，她耗盡生命最後的絕招了。「聖佛啊啊啊啊啊啊！」

這絕招，來自她生命的夙願，來自她小時候，舅舅曾對她說過的故事，更是她打破吸血鬼最後封印，從夜行生物進化為日行者的最強一招。

這一招，叫做陽光。

面對這純粹美麗，暴力炙熱的太陽之流，魔佛H嘴角彷彿牽動一下，合十的雙手，一左一右，緩緩地往兩旁打開。

左手五指，右手五指，同時拍出，這一招不再是一指、一掌，而是更高等級的……雙掌。

吸血鬼女的最強一擊，終於換來魔佛H的雙掌！

砰！砰！雙掌撼上陽光，換來兩聲樸實而低沉的悶響。

第一聲悶響，是魔佛H的右掌，掌風樸實，卻完全壓制了太陽之源的光芒，台北火車站也在這剎那中由燦爛明亮轉為伸手不見五指的黑暗。

第二聲悶響緊接而來，魔佛H的左掌，輕易破開包覆在吸血鬼女身外，那宛如一團蟲蛹的陽光護體。

曾經，吸血鬼女靠著這陽光壓迫了埃及大神瑪特，更靠著陽光之蛹，讓瑪特無法殺害她。

但是，這雙重攻防的絕招，卻都在不到一眨眼的時間，被魔佛H輕易破解。

而且更可怕的，緊接而來，因為魔佛H的第三掌，已然按上了吸血鬼女柔軟的腹部。

感受到腹部那來自魔佛H的掌壓，吸血鬼女這剎那，仰天悲吼。

「我不會放棄！我不會放棄！我不會……」

到了此刻，她仍拚命將手上梳子伸到最長，最長……只為了梳上魔佛H的長髮，最後三分之一的長髮。

但，第三掌的五根指頭，已經將吸血鬼女的腹部壓實。

「我不放棄，絕對不會放棄！」吸血鬼女語帶哭音，她還是想把手拉到最長，她還是想用梳子梳過魔佛H的長髮。

五指壓實之後，手腕微微一動，這是靈力要奔湧而出的徵兆！

「我不會放棄，當年我全家被血腥瑪麗殺害，被追上了天空，是您赤足而來，是您眼露悲憫，是您雙手合十，是您展現傲人金光，是您救了我一命啊！我，絕對不會放棄！絕對不會！」

一股浩瀚靈力，從掌心湧出，破入了吸血鬼女腹中。

這靈力若入吸血鬼女體內，只要一瞬，就足以將吸血鬼女身體化成灰燼，那是連吸血鬼族都無法復原的極致灰燼。

「我……不想……不想放棄啊！」吸血鬼女眼中盡是淚水，但她的手仍伸著，在魔佛H的長髮旁揮舞著，拚命的揮舞著，但那十公分的距離，卻是永遠跨不過的最長距離。

終於，第三掌的靈力來了。

這剎那，吸血鬼女看著自己的手，隨著靈力的湧入，她的指尖瞬間被拉離魔佛H長髮，然後越來越遠，越來越遠……

結束了嗎？

第三梳，終究是失敗了嗎？

她，終究是無法拯救聖佛了嗎？

終究是……

吸血鬼女摔落，在地上滾了好幾圈，每一次翻滾，吸血鬼女都覺得自己的身體正在消失，被魔佛H的魔力侵蝕，就要化成一團細細灰燼。

但，就在她不斷翻滾之際，就在她已然放棄希望之際……她的眼角餘光，卻發現了一件怪事。

那就是，向來表情堅硬如石，不帶任何情感的魔佛H，如今，卻看著自己的掌心，然後，另一件讓吸血鬼女訝異的事，接著發生了。

魔佛H的嘴角竟然微微揚起了。

魔佛H笑了？

是什麼東西在魔佛H的手掌內，又是什麼東西讓魔佛H露出了如冰般的笑容。

然後，吸血鬼女忽然看清楚了，也懂了。

魔佛H的掌心上，那是一枚子彈。

一枚刻有古老文字的子彈。

「套一句你和貓女打情罵俏時，最最愛用的話。」吸血鬼女聽到背後一個低沉充滿威嚴的男子聲音，如此說道。「喜歡我的偷襲嗎？少年H……啊不，該說魔佛H！」

喜歡我的偷襲嗎？魔佛H。

吸血鬼女回頭，她看到了，然後，她也笑了。

經歷了驚心動魄的兩次梳髮，經歷了慘絕人寰的地獄列車，到歷時數年的地獄遊戲，經歷無數神佛驚天之戰，如今，這個男人終於出現了。

沒錯，只有他，才能解開這退無可退的死局，也只有他夠格，可以主宰這第三梳的攻防。

「你終於出現了啊，臭車掌！」吸血鬼女閉上眼，笑了，安心的落入了這人的懷中。「阿努比斯。」

「是的，我來了。」阿努比斯的聲音堅毅如鋼，從吸血鬼女的頭上傳來。「接下來，乘客退場，該讓車掌來處理這件事了。」

關於魔佛H是否笑了這件事……意外的黎明石碑上，引發了激烈的討論。

「各位各位，報告一件事，我、我剛剛好像看到魔佛笑了？」第一篇貼文這樣寫的。

「騙人的吧。」第二則回文很快跟上。「那是魔佛欸。」

「可是可是……我好像也看到了？」又有第三個玩家表示親眼目睹。

「魔佛怎麼可能笑？祂連話都不想說，怎麼會笑？這是錯覺，一定是錯覺，騙不了我的。」

「如果魔佛笑了，會不會因為他看到了什麼？他掌心的東西是什麼？有人看到嗎？」

「沒有，掌心的東西可能是關鍵，會不會是雞腿？魔佛殺了這麼多人，也餓了，所以看到有人丟雞腿給他，他忍不住笑了？」

「如果魔佛這麼好解決，我願意丟一百隻，不，一千隻雞腿給他……」另一個玩家說，「我覺得不是雞腿，但一定和掌心的東西有關。那會是什麼？會不會是一張千元鈔票？」

「應該不是，我覺得是國民黨黨證？」

「屁啦，是不是裸女圖……啊，是貓女的嗎？」

「會不會是地獄系列下集預告？永遠不正確的預告？所以他輕視而憤怒的笑了。」

「會不會魔佛H的掌心其實沒東西？他只是看著自己的掌紋笑了？」

「……你的意思是，魔佛H其實是一個肖仔嗎？我們平白被一個肖仔殺了百萬個玩家？現在還因為這個肖仔躲在台北不敢動，只能上網洩憤？」

「這年頭，肖仔都比較厲害啊。」

短短的一句魔佛是否笑了，就這樣讓黎明石碑的論壇，如大浪來襲般的洗板，更有玩家趁機推出魔佛微笑的相關商品，像是襯衫、書包、髮型，或是Line、FB的貼圖，還有人拿「魔佛笑了」當作商標註冊。

之後，「魔佛笑了」這張圖與「柯老抓頭髮」、「勝玟聞腋下」並列被喻為今年最熱門三大圖像。

但問題是，魔佛H真的笑了嗎？如果他笑了，又是為何而笑呢？

魔佛H，究竟笑了嗎？

當然無從求證，但對此刻的吸血鬼女而言，她卻從魔佛H身上感受到一股作戰至今，從未出現的氣氛。

這是……期待嗎？

魔佛H臉上閃過那抹淡淡的笑，是一種期待嗎？

期待，眼前這個戴著胡狼面具，大步而來的男子，阿努比斯嗎？

是誰在期待阿努比斯？不會是魔佛H，難道會是隱藏在魔佛H體內的……少年H？

少年H，早就知道阿努比斯會主持這第三戰嗎？而阿努比斯也終於呼應了少年H的期待，隻身帶著獵槍，來到了這裡，主掌最關鍵也最艱難的第三梳？

吸血鬼女閉上了眼，一種複雜的情緒湧上了心頭。

這情緒，竟有點開心，也有點忌妒，開心的是這兩個男人從地獄列車開始就相知相惜，就算曾經為敵，卻仍是深信著對方。

只是，讓吸血鬼女自己不懂的是，為什麼會有那一點點齧咬著她的心，名為忌妒的情感呢？

她忌妒的人，是少年H嗎？忌妒少年H被阿努比斯如此期待？

不過，這份奇異心情，吸血鬼女快速收入了心底，她必須專注，無論魔佛H那一笑代表什麼，最後能梳下魔髮的人，都是她手上的那支梳子。

她必須在阿努比斯壓制魔佛H的那一刻，完成這最艱鉅的任務。

「我會替妳製造機會。」阿努比斯將吸血鬼女從懷中放下，沉著聲調中，不變的是那份霸氣與決心。

「嗯。」吸血鬼女握了握手上的梳子，點頭。

「第三梳了。」阿努比斯也笑了，露出滿是獠牙的笑。「這最後一梳，魔佛H身上來自天劫的魔性，肯定會豁盡全力抵抗，難纏程度可想而知。」

「豁盡全力嗎……？」吸血鬼女打了一個寒顫，關於生死相搏這件事，她也不是沒見過世面的菜鳥，但她回想起剛剛與魔佛H交手的那短短數分鐘，的確可以感覺到那宛如旋轉黑洞般，深邃而暴力的存在。

那就是天劫加上聖佛的力量。

好純粹，純粹到天上地下，無可匹敵的強大力量。

「所以，這是一條有死無生的路，要覺悟。」阿努比斯慢慢抽起了繫在背部的獵槍，將獵槍口對準了眼前的魔佛H。「正式開戰之前，先來打聲招呼吧！」

說完，槍管一震，白煙中，一發子彈呼嘯而出。

子彈帶著高速旋勁，捲動著整個空間的氣流，氣流之強，連吸血鬼女都感覺一陣刺痛從臉上傳來。

氣流中，子彈筆直射來，卻見魔佛H輕輕頷首，掛於背後的湛盧，錚的一聲，自行出鞘。

劍離鞘，噬血而來。

湛盧，乃是中國前十大古劍之一，曾是山林孕育自然之劍，多次隨著劍主改變了時代，創造了歷史，如今它被天劫魔氣所染，已化成最可怕的兇器。

子彈，劍鋒，瞬間交會。

勝負在一瞬間就分出來了。

碎的，是湛盧。

在晶亮如雨的劍碎片之中，子彈保持著其優雅而霸氣的姿態，繼續往前，朝著魔佛H而射去。

湛盧敗得徹底，魔佛H神情卻依然平靜，只是緩緩伸出兩指。

然後，夾住。

阿努比斯的這一發子彈，就這樣被魔佛雙指硬是鉗住，強烈旋勁在雙指之間高速扭動，擦出炙烈火花，但就是無法寸進半分。

「不錯嘛。」阿努比斯眼睛瞇起，「現在的我，不只回到當年擊敗瑪特的狀態，更因為女神復活，讓我的靈力大暴升，這顆子彈潛藏的靈力，已經足以擊敗黑榜上所有K級的高手，竟然只被你用兩根指頭，就這樣夾住了。」

魔佛H沒有回答，兩指間的子彈轉速開始減慢，減慢……最後當子彈終於停下，魔佛H手一翻，將其握住。

這一握，指尖透出隱隱金光。

阿努比斯見狀，眼睛睜大，然後笑了。「好樣的，你也要回禮嗎？」

魔佛H握了數秒，然後打開手掌，手心的物體，也隨之飛出。

飛出時，早已不是原本的子彈形態，而是化成了一粒小小的圓珠。

圓珠在空氣中轉動著，慢慢的，轉到了阿努比斯面前，而阿努比斯伸出了右手，已然握住了這粒圓珠。

這看似人畜無害的小圓珠，卻在阿努比斯右拳握住的瞬間，讓他發出如森林野獸的怒吼！

「吼！」圓珠帶來的巨大力量，讓阿努比斯整個身體猛震，然後直直的往後退去。

只見阿努比斯拳頭縫隙中射出陣陣黑光，黑光中，阿努比斯不斷後退，藉由後退的每一步，腳底重踩台北火車站的地板，來抵消來自魔佛H與天劫的至惡魔氣。

退，退，退，退，退退退退……當阿努比斯退了整個台北車站的走廊，背部快要頂到牆壁時，他才終於接住了這一枚小圓珠。

走廊的地板，則留下阿努比斯所踩下一整條清晰的腳印，每一下腳印都如此用力，也虧得台北火車站原本就是地獄遊戲的核心，曾經撐過女神、蒼蠅王、濕婆等神級高手的摧殘，才沒被阿努比斯這一排腳印而整個踏破。

可是，這一下簡單交手，卻讓所有即時收看的玩家們，安靜下來了。

他們都明白了一件事，那就是事實的殘酷。

阿努比斯的一發子彈，魔佛H只靠兩指就輕鬆夾住，而魔佛H的小圓珠，卻逼得阿努比斯退了數百公尺，留下一排驚人腳印，才勉強擋住。

兩人的實力差距，恐怕不是高與下而已，而是太空與海溝這樣深不可測的距離吧！

「我就當紀念品，給收下了。」阿努比斯攤開拳頭，露出裡面燙到冒煙的圓珠，將它收到了上衣口袋。

整個動作，阿努比斯臉上始終掛著淡淡的微笑，微笑中，完全不見他對實力差距的害怕。

接著，阿努比斯又從另一邊口袋中，慢慢掏出了一個小木盒，木盒雖舊，但上頭的浮雕卻精緻而細膩，絕非俗品。

阿努比斯慢條斯理的打開了木盒，木盒的紅色軟絲絨上，整整齊齊擺放著三發帶著淡淡古樸金光的子彈。

這三發老舊子彈是何方神聖，竟然阿努比斯如此重視？

只見阿努比斯依然不疾不徐，將三發子彈，一發一發的裝填入獵槍之中。

「三發子彈，是我從數千年前開始，就不斷提煉靈力而成的子彈，」阿努比斯目光閃爍著炙熱的光芒，那是就算面對死亡也無懼的強悍。「三發子彈，這場戰鬥，就會結束。」

「只用三發子彈……？」一旁的吸血鬼女看了，先是訝異於阿努比斯的大膽，隨即又懂了，面對魔佛H這樣等級的神魔，子彈數目根本不是重點，與其以多又散亂的方式消耗自己戰力，還不如集中力量，讓每次攻擊魔佛H，都發揮最大的效益。

另外，只有三發子彈，也代表著阿努比斯斷絕自己後路的決心，只有三次機會，失敗，就沒有了。

吸血鬼女看著阿努比斯的背影，她又是一陣莫名其妙的情緒，湧上心頭。

這情緒，叫做理解，也叫做震撼，更多的，是因為懂這個男人，所以迴盪在吸血鬼女內心的激盪。

「吸血鬼女，相信我。」阿努比斯沒有回頭，只是用他低沉的聲音，回答吸血鬼女沒有說出口的問題。

「嗯。」

「我會用這三發子彈，」阿努比斯舉起了獵槍，第一發子彈蓄勢待發。「把妳送到H小子面前，然後把他剩下的三分之一魔髮梳下來，坦白說，這像水草飄來飄去的髮型還真他媽的不適合他。」

「哈哈，是啊，真他媽的不適合他。」吸血鬼女笑了，她又發現了自己的另一個情緒，那就叫做信任與依賴。

「那就，開始吧。」阿努比斯嘴角揚起，又是有著獠牙，霸氣十足的胡狼之笑。

笑容中，獵槍噴出了炙熱白煙，第一發子彈，在白煙中，傲然而出。

這一發子彈，這一聲槍響，也是正式宣告……這場戰鬥的前三分之一，正式揭開序幕！

台北火車站的另一側，一個正在大口吃滷味的男人，動作突然一頓，低聲說道：「開始了，賽特。」

男人的對面，是一個全身藏在黑色斗篷中，散發著濃烈陰氣的男子，他點頭。「是的，第三梳，就要開始了。蚩尤。」

兩人舉起了手上的雞腿，互相碰撞，同時間，雞腿上的油麵皮，也隨之飛散。

只見土地公用力咬下一大口雞腿，慢慢的說道：「神人魔三界，最重要的一場戰役，就要開始了。」

台北車站的另一側，一個綁著馬尾的清秀少女，正坐在椅子上讀一本書，而且，這次這本書不是別本，竟然就是地獄系列。

「偶爾讀一讀和自己有關的書，也算是不錯啦。」那少女抬起頭，輕輕的說著。「阿努比斯，我唯一能幫你的，就是不出手干擾你，是生是死，你自己抉擇。」

「而且，有件事你要知道，那就是時間。距離十二點，也就是我完全破關，只剩十八分鐘喔。」

十八分鐘。

「十八分鐘內，若你沒能解開聖佛之劫，」女孩淺笑。「夢幻之門，就是我伊希斯的囉。」

伊希斯，這女孩果然是女神伊希斯。

一個目前為止，最靠近破關的玩家。

也在此刻，黎明石碑上，玩家的討論串突然減少了。

原因並不是因為他們累了，更不是他們終於需要補眠，而是因為氣氛太緊張，緊張到他們將全部注意力都放在，魔佛H與阿努比斯的現場直播上了。

偶爾有些留言，也是零零星星。

「我上次這麼緊張，是中華隊對上韓國……超緊張的啦！」

「沒錯，但這次，我們不只要『我想贏韓國』！更要『真的贏韓國！』。」另一個玩家說，「我覺得，魔佛H就像韓國……而阿努比斯，就像中華隊！」

「這樣比喻實在貼切，那我們一起替阿努比斯加油！」

「加油啊！」玩家們邊打字，邊認真的祈禱著。「已經是第九局了，一定要將跑者送回來，就是讓吸血鬼女的梳子，梳上魔佛H的頭髮啊！」

一定要轟出滿分砲，要將壘上的跑者，全部送回來啊，阿努比斯！

事實上，除了所有人矚目的這場戰鬥之外，還有兩個人，正用自己的方式，展開著戰鬥。

這兩個人奔跑著，跑了約莫三分鐘，才終於奔到了最近的捷運站，刷過悠遊卡，進入月台。

「要多久才到？」兩個人當中一個是名女子，她有著一頭大波浪的長髮，年紀約莫二十到三十歲。

「從這裡坐車過去，還要十分鐘。」另一個人是個男人，外表看似邋遢如乞丐，卻有著精光的雙眼，最特別的是他的左手小指斷了，換句話說，他只有九根指頭。

「十分鐘嗎？」女子微微鬆口氣。「應該來得及吧？」

「希望。」那只有九根指頭的乞丐男人這樣說道。「希望來得及……」

「這是什麼意思？」

「我們手上這東西，可是一個可能阻礙女神破關的重要寶物。」那乞丐說道。「妳覺得，女神會袖手旁觀嗎？」

「可是，現在整個地獄遊戲的人都在關注阿努比斯與魔佛H的戰鬥，應該沒有人有空管我們吧？」

「很難說。」

「很難說……？」女孩歪頭。乞丐男人嘆氣。「畢竟，她可是伊希斯啊，我前老闆阿努比斯的頂頭上司，一定沒那麼容易的。」

「嗯。」

「接下來，」這時，月台地面上的燈光，開始閃爍，軌道內也透出了隱隱的列車車燈，這表示……捷運就要進站了。「這趟十分鐘不到的捷運，我們可能要萬分，萬分小心啊！懂嗎？小桃。」

小桃？這個有著一頭波浪長髮的女子，就是小桃？天使團中的天使？

「嗯。」小桃點頭。「我知道，我們一起加油吧，務必要把這足以影響破關結局的最後寶物送到，九指丐。」

九指丐？這剩下九根指頭的男人，果然就是以詭計取勝的男人，九指丐！

小桃與九指丐都已現身，那最後寶物難道是……

「哈哈哈，難得……我九指丐難得想做好事，老天爺，可別搞我啊，哈哈。」九指丐說到這，發出豪爽的笑聲。「我要送去給少年H的，可是這個地獄遊戲中排行第一的寶物，黑蕊花。」

最後的寶物，果然是整個地獄遊戲為之瘋狂的「黑蕊花」。

黑蕊花，在九指丐與小桃的聯手保護下，即將被送入台北火車站。

它，會對破關產生什麼樣的關鍵影響，而這兩個送貨者，又會遭遇什麼樣的困難呢？女神伊希斯，真的會這麼輕易的放過他們嗎？

第二章　阿努比斯，第一發子彈

在地獄遊戲的初始設定中，玩家們共分四大職業，分別是「士、農、工、商」，這些職業分類雖然在超強神魔眼中，也許並沒有太大差異，但對一般玩家而言，職業之間相生相剋的屬性，卻往往牽動著每場戰鬥的生死與勝負。

四大職業中的「士者」，讀書人是也，其道具為一本書，書寫滿了士人收集的咒語，咒語的威力也會隨著士人等級上升而隨之增強。

「農者」，農夫是也，其道具為各式農具，其攻擊與防禦方式多與植物相關，這些植物無論原本是觀賞用或是完全無害，只要透過農夫的巧手，即能化為人間兇器，展現驚人威能。

「工者」，工人是也，其道具為各種機具，他們的形象是辛苦，認真，對每件工作的細節執著，就是他們的付出，才撐起了台灣這數十年來的經濟起飛。

「商者」，商人是也，主要的武器，當然是錢，他們以錢養錢，招喚各種黑暗的怪物，這些怪物有的名為「債券」，有的名為「基金」，有的叫做「股票」……這些商人雖然給了社會巨大的金流，給了許多人致富的機會，但也讓整個社會不斷的往下沉淪。

當年，少年H與阿努比斯先後進入地獄遊戲，少年H選了藍皮書的「士」，而阿努比斯則選了綠農具的「農」。

之後，阿努比斯化名為夜王，成為地獄遊戲夜晚中的王，其擅長的招數，便是深夜中那詭譎多變的……「濃霧森林」。

濃霧奪去玩家的視覺，而森林呢？藏身於森林中低吼的怪物，不只能將玩家的性命一口咬掉，更能製造出超乎想像的恐懼。

如今，就在阿努比斯站上了台北火車站，挑戰如今天堂地獄第一強者，魔佛H之時，這片濃霧，這片森林，又再次現身了。

當第一發子彈，以每秒四百公尺的速度，從槍管中噴射而出，理應在眨眼之間，就到魔佛H面前。

但事實卻非如此。

子彈消失了。

取而代之的，卻是微涼微濕的白氣，以及正不斷下降的能見度。

「霧？」吸血鬼女抬起頭，「這霧，哪裡來的？」

「當然是我叫來的。」阿努比斯身影立在濃霧之中，隨著不斷流動的霧氣，他的背影也越來越模糊，彷彿就要被這片濃霧吞噬。「而且，我叫的東西，可不只霧。」

「不只霧？」

接著，吸血鬼女聽到了，霧中，有其他的聲音。

那是某種沉重，巨大，緩慢且飢餓的生物，在地面摩擦爬行的聲音。

那，絕對是會讓人打從心底發寒的聲音。

而隨著霧不斷變濃，聲音越來越多，越來越沉，聽著這些聲音，連身經百戰的吸血鬼女，都感到背脊不斷浮出雞皮疙瘩。

到底，有多少怪物，有多可怕的生物，藏身在這片濃霧之中啊？

「這些植物種子，是當年我去第七層收集而來的，那裡的植物之王，稱為建木。」阿努比斯的笑聲，從濃霧中傳來。「建木所在的森林裡有著一群非常飢餓的植物，植物們不只吃野獸，甚至吃妖怪，還有不少龍的骸骨，在森林中被發現。」

濃霧中，那發始終沒有到達目的地的子彈，還有數目眾多，不斷爬行的巨大植物，讓台北火車站的長廊，變得異常詭異。

但，魔佛H畢竟是魔佛H，天下萬物，他何懼之有？他只是低首垂眉，在濃霧中慢行著。

不過，魔佛H的淡然，卻激怒這濃霧森林中，以龍、以獸，甚至以妖怪為食的植物們。

植物扭動身軀，開始發狂的往魔佛H方向，聚集過去。

第七層「地獄的植物，對強者根本不會恐懼……所以才能盡情的展開攻擊。」阿努比斯的聲音，在濃霧中傳來。

而就在此刻，原本在地面上摩擦的聲音停了，取而代之，是一下重擊，這下重擊，連霧都為之晃動了一下。

植物們，終於對上魔佛H了嗎？

地一聲重擊只是開始，緊接著一聲接著一聲，宛如森林中食人族的鼓聲，連綿不絕，顯示戰鬥已經展開。

而每下重擊，不只讓地板震動，連空氣中的霧，都因此而激烈擾動起來，也就是濃霧的擾動，讓原本能見度幾乎是零的霧，有那麼一瞬間，破開了。

而吸血鬼女，終於在破開的霧中，瞧見了如今的戰況。

霧破開時間，只是一瞬間，就讓見過風浪的吸血鬼女，嘴巴微張，掩飾不住滿臉的驚駭。

這些植物，真的是植物嗎？原來這世界上，真的有這麼可怕的植物？

總數破百，種類超過二十的各類兇暴且危險的植物，形成了一個攻擊圈，圍著魔佛H，展開不顧生死的猛攻。

攻擊圈的最外側，是宛如深海烏賊的巨大藤蔓，藤蔓之粗，超過十人合抱，每一下甩動藤蔓，都快如閃電，吸血鬼女只見數十根藤蔓在空中甩動，不斷往下猛砸，若是一般的獵物，早就被它砸成了肉醬。

攻擊圈往內的第二層，是數株長滿利齒，酷似豬籠草的花朵，它的高度約莫一個半的成人高度，而它的牙齒，每一顆卻比成人手臂還粗，不斷往內撕咬著，魔佛H若是被咬中一口，半個身體就不見了。

攻擊圈往內的第三層，則是人參般的小童，約莫五六個，他們高速跳躍，宛如習武多年的武者，不斷揮出充滿威力的拳頭，是要施展畢生武學，將魔佛H當場打爆在地！

不僅如此，地面上還佈滿了淬著藍色光芒毒刺植物，毒苔，準備在赤足的魔佛H走過時，刺破祂的腳底肌膚，將讓人生不如死的神經毒液，打入祂的體內。

不只是魔佛H的身邊、腳底，連祂附近的空氣，都飄著淺粉紅色螢光的氣體，吸血鬼女無法認出那是什麼，但隱隱覺得那是一種類似植物孢子的微粒，它的存在，除了減弱魔佛H的戰鬥力之外，更重要的，它在等待任何一個進入敵人體內的機會。

一旦進入敵人體內，此類孢子將會以超越人類想像的速度，依附在內臟中，然後生出細根，拔高，徹底破壞敵人體內的消化、循環、神經系統，換言之，就是從人體內部徹底把五臟六腑攪爛。

不過，真正讓吸血鬼女感到膽寒的，卻不是大王烏賊的藤蔓，如餓獅的豬籠草，如武林高手的人參，比毒蛇利齒更毒的青苔，有如生化毒氣的粉紅孢子，而是一根木頭。

它直直的，豎在這些植物之中，看起來實在毫不起眼。

但，就是它的存在，讓吸血鬼女瞳孔放大，露出罕見的恐懼。

「那一根……」吸血鬼女語氣顫抖。「阿努比斯，你瘋了嗎?你竟然把地獄第七層中森林的王，給帶出來了?」

阿努比斯沒有回答，濃霧流動，瞬間又覆蓋了吸血鬼女的視線。

而當視線消失，一個新的聲音，從濃霧中，傳了出來。

那是金屬在高速飛馳時，與空氣摩擦時才會發出的一種，尖銳，鋒利，宛如夜鷹尖嘯的聲音。

「這聲音是……子彈?」吸血鬼女低語。「對了，這些植物，其實都是為了掩護阿努比斯的，這發子彈！」

沒錯，這一切植物，都是阿努比斯為第一發子彈所佈的局。

阿努比斯驅動他源自古老埃及強大無匹的靈力，招喚地獄中最殘暴的植物們，並讓他的子彈宛如深夜鬼魅，在濃霧中穿梭等待著，逮到機會，就要將魔佛H一擊必殺。

「這樣的陣式，就連神級的高手都會栽掉，只是……」吸血鬼女遲疑著，「但，阿努比斯，你可別忘了，你的對手可是魔佛……」

你的對手，可是魔佛……

下一刻，魔佛H面對如此險惡與狂暴的陣式，卻只是輕輕的吐出了一口氣，然後雙手合十，全身精氣內斂，抬起了左腳，就要往前跨去。

這一個抬腳，跨步，往前一踩的動作看似簡單，看似每個人類嬰孩兩歲以後，都能輕而易舉做出的動作。

但在這滿是兇惡地獄植物的濃霧中，在這子彈呼嘯徘徊的陣法內，卻彰顯了魔佛H的一個字：強。

祂因為強，所以祂全身魔氣內斂，將身體每一寸都緊緊裹住，讓這些植物無法逼近魔佛H，然後自在的離開這裡。

但，也就在此刻，吸血鬼女突然感到濃霧中，一隻粗壯而豪邁的大手，拉住了自己的手腕。

「現在。」那隻手，是阿努比斯。

「現在？」

「魔佛H往前走了，對防守無懈可擊的他而言，一旦動了，就有了變，有變，就有機會。」阿努比斯語氣低沉。「更何況……」

「更何況？」

「更何況，明白這道理的，未必只有我這個人類，若是站在植物界頂峰的它，一定也會知道！」

站在植物界頂峰？

站在植物界的頂端，也就是那根看似平凡，卻是第七層地獄中獨一無二的王，建木！

這跟木頭，就算只是建木身上的一根枝幹，卻散發出與本體相同，君臨天下的氣勢。

「建木，一定會出手。」阿努比斯嘴角揚起，霸氣笑容。「所以，要梳髮，就是現在了。」

濃霧中，魔佛的左腳抬起，然後踩下。

這短短的抬腳，落腳的動作，卻讓所有的植物，都像是聽到了來自建木的號令，瘋狂的往魔佛H身上攻去。

第一個擊向魔佛H的，是如深海章魚的巨大藤蔓，數十根藤蔓在空中亂甩，咻咻咻咻，不斷甩劈向魔佛H。

小指，魔佛H伸出了小指。

指尖魔氣上衝，在空中化成千百透黑利刃，利刃在空中不斷往外激射，當利刃射盡，這片濃霧中，早已沒了藤蔓這植物。

藤蔓，被黑色利刃切碎，碎成數不盡的千百塊碎末，變成了有如媽媽煮菜良伴的碎蔥，徹底失去了攻擊力！

藤蔓碎裂，接下來蜂擁而上的，是數十根張開滿口獠牙，一口就可以將魔佛H咬去大半的，豬籠草。

無名指，魔佛H伸出了第二根手指。

然後，火光從指尖射出。

對旁觀者而言，彷彿像是原本黑暗的房間被打開了明亮的燈光，亮光中的豬籠草，全都著了火。

它們被一個又一個疾如流星的火球正面擊中，或崩解，或碎裂，或化成一片燦爛的火焰植物，然後在數秒鐘凋零成一片焦炭。

豬籠草的滿嘴獠牙，在臨死前仍奮力張大，朝著魔佛H咬去，想要在死前完成它們來到此地的任務，這是何等有戰鬥魄力的生物，只可惜，這片火，可不是一般的火，這是帶著魔氣的火。

溫度更高百倍，侵蝕力也強了百倍，痛苦更是百倍。

連沒有神經的植物們，也發出宛如死前的哀號，嘎嘎嘎之後，終於，獠牙閉上了，掙扎停止了，倒在地上了。

而火也在這時候退去，只是退去時，原本豬籠草上那張可怕的大嘴，如今卻露出了安詳微笑。

魔佛H的火，實在詭異，這些為飢餓而生的植物，最後竟然微笑而死。

暴風中，豬籠草退場，但卻沒有擋住下一種植物逼近的決心，那是宛如三歲幼童的人參。

每個人參武藝高絕，等同武林中的不世高手，他們在利刃的間隔與狂風的縫隙中，踏風而行，六個小童，排成一朵盛開的花，擊向居中的魔佛H。

六童合一，人曰，六合童子。

中指，魔佛H伸出了中指。

這不是人們用來互相挑釁的語言，而是更直接，更有威力的武器。

因為這中指的尖端，綻放出宛如太陽的高溫。

人參們發出慘叫，長年居住在如長白山冰天雪地的他們，最恐懼的就是地表溫度的突升。

溫度越來越高，而他們的拳頭也越來越逼近魔佛H。

當六顆夾著強烈武術勁力的拳頭來到魔佛H面前時，卻已經乾涸，拳頭上佈滿迸裂的皺紋。

魔佛H沒有動，因為六位童子已然墜地，全身滿是乾裂皺紋，竟是被魔佛H的中指之日，硬生生曬死。

藤蔓裂，豬籠隨風吹，六童人參曬甏，如今，魔佛H又伸出了食指。

這次，他的對象，是他左腳底板的，那淬著藍色光芒的毒苔。

魔佛H的食指，指上了天空，但奇怪的是，卻沒有半點現象產生，沒有漫天飛舞的利刃，沒有高速旋轉的風，更沒有讓大地焦熱的高溫。

沒有。

但，卻在下一秒，地表上有了變化。

魔佛H腳邊的那宛如利針的藍色毒苔，忽然扭動了幾下，然後整個往下陷落，猛然被吸入地底，毒苔是有意志的肉食植物，它們想掙扎，開始往外爬行，但卻完全無法抵抗來自地底的可怕拉力，被扯入地面之後，從此消失了蹤影。

這根魔佛H的食指，彷彿招喚出了什麼深藏在地底，比毒苔更兇猛，比毒苔更殘暴，是更接近肉食植物頂端的怪物？

沒有人知道。

唯一知道的，是地面微微隆起後，然後又微微下降，之後就恢復了平坦，就再也沒有任何其他動靜了。

這一大片毒苔，似乎，被那魔佛H食指招喚而來的怪物，徹底的「消化」了。

毒苔被消滅，這些來自地獄第七層的暴力植物們，只剩下瀰漫於空氣，幾乎無影無形的粉紅色孢子，還有那根直挺挺，動也不動的怪木頭，而此刻，魔佛H又有了動靜。

拇指，魔佛H伸出了大拇指。

然後，一陣風，從祂的大拇指指尖中，應勢而起。

這風，絕不是什麼春日暖風，更非秋天思念之風，而是超越了夏日炎風，暴力更甚冬日寒風的，超級暴風。

暴風降臨，萬物皆需俯首。

在這一剎那，當魔佛H伸起了大拇指，暴風從指尖中降臨，所有的粉紅孢子也隨之亂竄。

但，它們可不是一般的危險植物，它們是可愛迷人又殺人無形的粉紅孢子，更是地獄第七層的植物群中，名符其實的「第二把交椅」，曾有許多強者旅人，來到這片森林，這群旅人是森林中的烏賊藤蔓、殺人豬籠草、武術人參，以及滿地毒苔，都無法對付的侵入者。

最後，卻都栽在這片粉紅孢子的手下。

原因無他，因為粉紅孢子乍看之下隨風飛舞，但卻是一個能彼此呼應，宛如神經網絡的惡魔團隊。

更加上，所有的入侵者都必須對一件事賴以維生，那就是……呼吸！

只要需要呼吸，就可能會被粉紅孢子入侵，進入其消化系統，然後一粒一粒宛如微小糖果的粉紅孢子，就這樣咕咚咕咚滾入胃中，接著滲入胃壁，進入血液，然後進入最重要的循環系統，這時候，無論是多強的入侵者，他的死亡倒數，就已經開始了。

如今，在魔佛H大拇指的強烈暴風之下，這些粉紅孢子竟然開始聚集，它們是有意識的神經團隊，它們互相聚集，並形成一個流線形的物體，來避開風流，更避免自己的身體被暴風吹走。

這就是粉紅孢子，實在美麗，實在可愛，但實在可怕的地獄第七層森林的第二王者。

只可惜，這樣的王者，終究不該遇到魔。

魔佛H的拇指又動了，將祂的拇指頭微微的往下壓。

這看似毫無關係的動作，卻讓拇指的風，硬是狂增了百倍，香港無論幾號風球都會被吹走，台灣最強的颱風都會相形遜色，風，已經不是風，而是滿天飛舞的刀刃。

粉紅孢子還在撐，還在撐，撐了足足的十秒，終於，嘩啦一聲，第一枚粉紅孢子承受不住狂風，飛離了它原本的位置。

少了一枚孢子，卻代表原本完美流線體有了缺陷，緊接的第二枚、第三枚、第四枚……成千上萬的粉紅孢子被風捲起，送上了高高的天空，離開了台北，離開了台灣，甚至被吹離了地獄遊戲，吹到了另一個不知名的世界……

據說，有幾枚粉紅孢子被吹了數萬公里，吹入了另一個世界，落到了一個纖細秀麗的女子手上。

那小手的主人，名為琴。

她看著這些粉紅孢子，臉上露出微微詫異的神情，但隨即笑了。

「這些孢子，有毒，算是有道行的陰獸欸。」琴淡然一笑，然後輕輕一握。

這一握，隨著琴手指微微滲出的黃色電光，這些兇暴的孢子，頓時化成了塵埃，足見這女孩的功力，不低喔。

「無論是哪一陣風，吹來了這些孢子，是不是代表除了我身處的陰界之外，」這位名為琴的女子，仰著頭。「還有別的地方，正展開著一場激烈的戰鬥呢？」

紅色孢子當然無法回答，因為它們無法說話，也被吹離了原本的所在地。

它們原本的所在地，就是暴風的中心，魔佛H的拇指。

此刻，暴風已然停住，魔佛H收回手上的大拇指，而祂的左腳也已然踩實，但祂卻沒有繼續跨出右腳。

沒有繼續往前跨，魔佛H穩穩站定，站在一根木頭之前。

雖然只是一根光禿禿的木頭，但魔佛H的姿態，卻像是面對一個平輩，一個能與祂並肩而立的強者。

「機會，就快來臨……」見到這畫面，阿努比斯呼吸變重且變緩，在吸血鬼女耳畔低聲說著。「終於輪到，地獄第七層的植物之王……建木了！」

此刻，阿努比斯的子彈，正在濃霧中無聲遊走。

它承載阿努比斯的意念，並將其意念化成屬於自己的意志。

讓它像是有了生命般，在這片不斷傳出植物低吼的濃霧中，自在穿梭著。

它之所以穿梭，並不是因為它畏懼，更不是因為它無法瞄準，而是它在等待，它像是一隻潛伏在黑夜中的鷹，安靜的等待著唯一且致命的攻擊機會。

如今，它知道，機會已然逼近，因為當魔佛H以五指連敗地獄五層的五大植物，如今終於輪到了，它。

地獄第七層綿密無盡的暗夜森林中，那株直上天際，被喻為植物之王的建木。

沒有人知道阿努比斯如何進入這深邃的森林中且能存活，更沒有人知道阿努比斯為何能靠近建木而安然無恙，更沒有人知道阿努比斯如何取下建木的一根枝幹還能站在這裡。

但，所有知道地獄第七層可怕的人卻都知道，這根建木枝幹，立在此處，所代表的危險性。

那就是毀滅。

而更讓人心跳加速的，是這個「毀滅」的對面，竟是是另一個「毀滅」。

另一個毀滅，祂的名字，就叫魔佛H。

如今，魔佛H的掌揮出來了。

完整的一掌，沒有一根指頭一根指頭的吝嗇，直接揮出完整的一掌。

朝著第一個「毀滅」，建木，直拍而去。

而建木呢？它輕輕晃動身體枝幹，迎向了這一掌。

同時間，濃霧中獵槍子彈的速度開始加快，雖然加快卻刻意將聲音壓低，宛如致命的隱形轟炸機，開始朝著魔佛H與建木方向，高速潛伏而去！

同時間，吸血鬼女感到手被阿努比斯拉起，也開始朝著濃霧內奔去。

「機會。」阿努比斯沒有說話，但他的意志卻如此清楚的傳到了吸血鬼女耳中。「就要來了！」

魔佛H的掌，並沒有，拍中建木。

因為掌的前面突然出現一大叢數以千計，密密麻麻的綠色樹葉，樹葉源源不絕，頓時將魔佛H的這一掌淹沒。

這些樹葉干擾了魔佛H的這一掌，讓這掌沒有拍到建木，更讓建木巧妙的避開了魔佛H的致命一擊。

而且不只如此，建木靠樹葉一奪去魔佛H的先機，緊接而來的，就是兇猛絕倫的反擊了，這些樹葉上，開始延伸出一條條，密麻細長的白根。

白根如網蔓延，頓時爬滿魔佛H的手掌。

細根蔓延，爬過魔佛H手臂之後，更順勢爬向魔佛H的胸膛，往下爬過腰部，雙腳，與地面的細根相接，而往上則爬過脖子，爬上了臉，最後將臉徹底的包裹在一片密麻的白根之下。

「這就是地獄第七層，吞噬每個旅人的植物之王，建木……」吸血鬼女在阿努比斯的帶領下，也接近了魔佛H，「真正的實力嗎？」

「真正的實力，這說法不太正確，因為建木的攻擊，才剛剛開始而已喔。」阿努比斯說。

「喔？」吸血鬼女眼睛大睜，她看見了建木上那細小的長根微微鼓動，細根表面鼓出細小圓珠，圓珠一粒一粒，不斷從魔佛H身上抽出，然後回送到建木身上。

看見這幅景象，吸血鬼女懂了。「建木透過根……在吸取魔佛H的力量？」

「賓果。」阿努比斯露出古怪的笑容。「當時進入地獄第七層的森林中，建木最難搞的，就是這一招啊。」

只見數萬根細根上鼓起的圓珠不斷後送，建木本體，似乎也產生了變化。

原本只是光溜溜的一根木頭，如今竟然開始長大，落了地，生了根，伸展出繁盛的枝幹，枝幹不只往四面八方延伸，更是不斷拔高，拔高，最後直接撞破台北火車站的天花板，化成一株蒼天巨木。

「建木好厲害……」吸血鬼女看著這株衝破屋頂，仍不斷往上拔高的建木，忍不住讚嘆。

「並不是。」阿努比斯皺眉。「厲害的，應該是魔佛H的靈力。」

「咦？」

「建木乃植物之王，可是魔佛H卻是人間地獄最強之魔，魔佛H的力量未盡，建木就已經長到如此程度了，這下該擔心的，是建木能否完全吸納魔佛H的魔氣？」

「完全吸納，所以是……容量。」吸血鬼女何等聰明，聽到這裡，已然了解建木與魔佛H激鬥的關鍵，那就是容量。

建木能吸取所有獵物的靈氣，並轉化為自身成長的能量，獵物靈氣越強，建木就越能生長茁壯。

只是，再怎麼厲害的強者，再怎麼兇猛的大妖，都只能讓建木長高百餘公尺而已，這一次，魔佛H的魔氣，竟然讓建木一口氣拉高了近千公尺，而且餘力未盡，建木反而被這股魔氣牽著鼻子走，無法抵抗的不斷往上拉高，拉高，轉眼已經衝上千餘公尺。

更何況，魔佛H，魔力還沒有盡頭。

建木必須長高，一旦生長停止，樹皮馬上會由內往外脹開，最後爆破成粉碎。

魔佛H反客為主，不斷將魔氣注入建木體內。無窮無盡，足以吞噬這片大地生靈的魔氣，正不斷從細根中湧入，細根上也不再是一粒粒小珠，而是直接脹大到快要爆破的狀態。

建木還在生長，一千公尺、兩千公尺、一萬公尺，它甚至突破了一萬四千公尺的對流層障礙，進入寬廣無風，了無生機的平流層中。

「快了。」阿努比斯手心握緊。

「快了？」

「魔佛H，已經快逼出建木極限了……」

就在阿努比斯說完這句話的同時，吸血鬼女看見了，一片葉子。

葉子，從非常遙遠的天際，緩緩的，繞著徬徨無助的迴旋路徑，飄落下來。

當這片樹葉，落在吸血鬼女手心，她更看清楚了落葉的真實模樣，她忍不住訝異了，因為那葉，竟然不是充滿生命力量的翠綠，而是象徵著死亡的……乾褐色！

「就是現在了！」阿努比斯往前，而同時間，吸血鬼女抬頭，她看見了這株衝破台北火車站屋頂，直上天際的植物之王，開始崩塌！

所有的樹葉瞬間由綠轉乾褐，粗大樹幹更不斷迸裂出巨大裂縫，伴隨著驚天動地的響聲，讓整個地獄遊戲的玩家，都感到膽戰心驚！

然後，樹，塌了下來。

滿天的煙塵，碎裂的木屑，亂飛的枝幹，就這樣，以魔佛H為中心，塌了下來！

魔佛H的魔力還是贏了，地獄植物之王，建木，終於還是吸納不了這魔佛驚世駭俗的魔力，潰散了。

但潰散之際，卻是阿努比斯，與他夥伴，真正攻擊的時機。

子彈，已經在這片爆裂的建木煙塵中，來到了魔佛H的胸膛，精準的，完美的，射了進去。

這一射，震碎了魔佛H滿身的白色細根，更露出了祂一頭如火焰般的黑色長髮。

「吸血鬼女！」阿努比斯帶著吸血鬼女直衝，來到了這頭火焰黑髮的前方。「魔佛H因為建木而消耗了魔氣，防禦已然下降，而子彈射入魔佛H胸口之時，更會破除魔佛H的防禦，會讓祂停滯一瞬，要梳髮，就是那一瞬！」

事實上，不用阿努比斯多說，吸血鬼女的身影，早已勇往直前的，來到了魔佛H的面前，而她的手，更高舉手上以牙化成的金梳，朝著那團如火焰般的長髮，直梳了下去。

「要結束了嗎？」這刻，所有的玩家，終於看到了濃霧中的畫面，他們雙手擰在一起，如此希望著。

會如此希望，是因為剛剛植物群的攻擊，實在太過厲害。

巨大烏賊藤蔓、殺人豬籠草、武術人參、遍地毒苔、可愛又無所不在的粉紅孢子，以及蒼天巨木的植物之王，建木，這樣的陣容，別說魔佛H一個人了，就連一整個軍隊，不，甚至是一個種族，或是一個國家，都有可能被殲滅。

可惜，希望，只維持了短短的一瞬間。

因為，下一瞬間，所有人就聽到了阿努比斯的怒吼。

「快走！快！」阿努比斯如此吼著。「陷阱，這是陷阱啊！」

接下來一秒鐘，吸血鬼女再次見識到了魔佛H這足以傲視整個地獄的一個字。

那個字，就是「強」。

透過連番的植物攻擊，透過潛行的子彈，阿努比斯的目的只有一個，那就是爭取那一瞬。

只要一秒，就足夠讓吸血鬼女的梳子，能穩穩的滑過那引燃了千萬魔氣的長髮，然後卸下少年H與聖僧毀天滅地的天劫。

但，這一瞬，他沒有求到。

因為，魔佛H連眨眼的一瞬，都不肯給。

當吸血鬼女的梳子碰觸到魔佛H長髮之際，她赫然看見，那雙眼睛。

魔佛H的眼睛，還有祂的胸口處。

那枚子彈。

原本該直射入魔佛H胸膛，破壞表皮結構，穿過網織般血管，然後迸發出鮮血的子彈。

如今，卻停在胸膛之外，停在魔佛H左手食指與中指之間。

被夾住了。

子彈已然無力往前，僅存的，是慢到無力的些微旋勁。

「糟！」阿努比斯與子彈意志相連，他感到子彈餘力已盡，魔佛H的魔氣更蓄力已成，就要爆發，他急忙大吼，並拉住吸血鬼女，就要回頭。

但他們才回頭，尚未踏出第一步，時間卻像是緩慢凝固的水泥，他們還來不及逃，魔佛H的一掌，已經來了。

曾經擊敗賽特與撒旦，奪去亞瑟王生命的魔之掌，已經來了。

阿努比斯感受到來自背後，那鋪天蓋地，凶險絕倫，如同土石流般的魔掌威力。

阿努比斯忽然將吸血鬼女往懷裡一拉。

吸血鬼女一愣，在阿努比斯懷裡，她仰頭，只看見那戴著胡狼面具，緊緊抿住的下巴。

忽然，吸血鬼女發現自己眼眶有些濕。

上一次，她被這樣保護，是什麼時候呢?是血腥瑪麗屠殺吸血鬼族，小舅舅將還六歲的吸血鬼女藏入衣櫃，獨自面對血腥瑪麗的時候啊。

然後，吸血鬼女感覺到阿努比斯的身軀猛然一震。

被擊中了!

阿努比斯的背，被魔佛H一掌擊中了!

隨著胡狼面具下那張嘴，噴湧出來的大量鮮血，吸血鬼女眼角的那一滴淚，就這樣，滑了下來。

第三章　第二發子彈與死神逆位

吸血鬼女已經很多年沒有哭了。

不哭，是因為她覺得流淚，是弱者的行為。

她透過比誰都強韌的意志，進行各種鍛鍊，鍛鍊自己的手、腿、爪、翅膀，還有自己的牙，她要讓自己變強，變得如同一個精密的戰鬥機器，在每場戰鬥中精算每個步驟，然後一如最初的規劃，擒獲每個通緝犯。

她會變成如此，是源自數百年前的那個下午……

那個下午，有著吸血鬼女王之稱的「血腥瑪麗」，帶著數百名吸血鬼族，對吸血鬼女所在的村莊，展開了一場慘絕人寰的屠殺。

那場戰役中，有著「地獄旅者」之稱的小舅舅，將年幼的吸血鬼女藏入了衣櫃之後，轉身，以自己的生命拖住了血腥瑪麗。

小舅舅的犧牲給了吸血鬼女唯一的逃脫機會，但當吸血鬼女逃上了天空，更多的吸血鬼卻已然追上。

當時，特地趕來，伸出援手的，正是魔佛H入魔以前的真身，聖佛。

也是那個下午以後，失去了所有家人的吸血鬼女，便告訴自己，從今天開始不再哭泣。

後來她被地獄的白虎精夫妻收養，念了地獄的學校，以優異成績畢業後，她更在蒼蠅王的直接任命下，進入了曼哈頓獵鬼小組。

進入曼哈頓獵鬼小組數十年後，她的戰功躍升為全組第一，她以精於算計的冷漠形象，加上美豔絕倫的外表，更讓她成為地獄人民的偶像。

而在此時，她卻做了一件令人訝異的事，她悄悄的領養了一名人類女孩。

只有少數人知道這件事，那就是蒼蠅王與獵鬼小組，而他們對此事都維持著低調而諒解的態度。

他們之所以如此諒解，就是因為他們懂吸血鬼女。

吸血鬼女這個美麗而強悍的女戰士，外表雖然冷漠，但內心卻比誰都渴望去保護他人，所以她才能在每次戰役中，扮演了精算的角色，目的其實為了讓每個隊員，能平安的從任務中歸來。

於是吸血鬼女收養了一名人類女孩，為了填補她內心的缺憾，為了平衡她冷漠無比的外表。

但，此刻，面對阿努比斯時，又有另外一種情感，正猛烈的撞擊著吸血鬼女的內心。

這份情感又陌生又熟悉，彷彿是那個被血腥瑪麗屠殺的下午，小舅舅慢慢把衣櫃門關上時，那抹微笑。

「乖乖待在這，我馬上回來。」小舅舅笑得一如往常，調皮中帶點任性。

當然，舅舅從此沒有回來，但那衣櫥門關上前，舅舅明知道必死，臉上仍綻放的微笑，那是為了讓吸血鬼女安心的微笑。

原來，就是那抹微笑。

就是這種「被保護的感覺」。

這感覺如此溫暖，溫暖到，被吸血鬼女深刻的遺忘，且堅定的冰封在記憶深處。

然後，一滴溫熱的液體，答的一聲，落到了她的臉頰上。

她伸手一摸，看著掌心液體，這是血。

而當吸血鬼女順著血的軌跡抬頭，她再次看到那個戴著胡狼面具的下巴，此刻，這位用背部擋下魔佛H一掌的男人，嘴角都是鮮血。

重傷。

那一掌，果然讓阿努比斯重傷了嗎？

魔佛一掌，當然讓阿努比斯受了重傷。

但他卻不改霸氣，依然笑著。

「就是這樣的魔佛之掌，擊敗賽特和撒旦嗎？」阿努比斯嘴角揚起，當揚起的瞬間，又是滿滿鮮血從嘴角滴落。「真是硬，魔佛H不愧是那個臭H加上聖佛，真是古往今來第一棘手的硬角色。」

「不過，第二發子彈，已經上膛。」阿努比斯放下了吸血鬼女，挺直胸膛，又回復了那個霸氣臨天的強者，面對正緩步而來的魔佛H。「聖佛，請接。」

第二發子彈，已上膛，聖佛，請接。

同時間，吸血鬼女感覺到了異象。

原本散布在整個長廊，每個空間角落的霧，開始朝著阿努比斯湧來。

霧不斷的捲來，連同霧內的植物，也開始離開了它們著根之處，化成片片落葉殘枝，朝阿努比斯而來。

而阿努比斯依然傲然挺立，而那些霧，則順著他的肌膚，他的鼻與嘴，不斷的被他所吸納。

越是吸納，吸血鬼女越能感覺到阿努比斯的壯大。

「怎麼可能？此刻阿努比斯的靈力也太強了，不對，不對啊。」吸血鬼女喃喃自語著。

「這樣的阿努比斯，實力絕對不下於剛才的賽特與撒旦，他到底發生了什麼事？」

無論阿努比斯做了什麼？改變了什麼？唯一可以確定的是，他的第二發子彈，已經準備好了。

只見阿努比斯傲然而立，嘴角帶血，眼神專注，直視著眼前這個天地最強者，魔佛H。

「來啦。」阿努比斯大笑，然後抬起手上的獵槍，扣下扳機。「第二發子彈！」

就在阿努比斯收回所有力量之時，在遠方觀察這場戰役的神魔們，也忍不住發出驚嘆。

「嘿，賽特。」蚩尤放下了筷子，目光閃爍著濃濃殺氣。「怎麼回事，這阿努比斯收回濃霧的力量之後，怎麼感覺可以打敗你？」

「嗯。」賽特托著下巴，沒有答話。

「這傢伙一直在隱藏實力？」

「我想，應該沒有。」賽特搖頭。「這不是阿努比斯百分之一百的實力。」

「啊？還不是百分之百？」

「不是，是超過百分之百……是一百分之一千！」

「一百分之一千？你說他用上了十倍的力量？」

「是的。」賽特語氣陰沉，透著一股可怕的殺氣。「阿努比斯用了超越十倍的實力，這應該是使用了禁忌的力量！」

「使用了禁忌的力量，會怎樣？」

「這禁忌的力量多半是向女神借的吧，代價肯定不菲，一旦要歸還，大概會用去阿努比斯超過千年的修行吧。」賽特聲音越來越低沉。「阿努比斯啊，阿努比斯，你為了少年H，真的……拚了啊。」

「嗯，真是拚了……」忽然，土地公拍了拍肚皮，起身，自顧自的往廣場角落走去。

「咦？你要去哪？還沒打完欸。」

「去大便。」蚩尤回答得乾淨俐落，只有三個字。

「大、大便……你知道現在多緊張嗎？」賽特啞口。「阿努比斯打出了第二發子彈，雖然還有第三發，但如果他在這一發子彈就掛掉，豈不是錯過……」

「緊張？我問你，世界被毀滅，和我吃了這麼多食物後肚子痛，哪一個比較緊張？」土地公咧嘴一笑。「坦白說，我覺得我肚子痛比較緊張。」

「吃太多，肚子痛？」賽特面容扭曲。「這種事可以不要在這裡說嗎？好歹你也是黑榜第一大妖，你也顧一下我們黑榜群妖的形象……」

「什麼形象，我放屁！而且……」土地公說到這，忽然臉露詭異笑容。「肚子清空了，等一下要衝刺跑，也才跑得動啊。」

「土地公，你剛剛說什麼？衝，衝什麼？你要衝去哪？」

「沒事，」土地公用力拍了拍肚皮。「去宣洩啦。」

「也許，現在該擔心的，真的不是世界毀滅的問題，也不是阿努比斯第二發子彈的問題，而是……」賽特凝視著土地公離去的背影，忽然他吐出長長一口氣，慢慢的說道：「……那一間被蚩尤大過便的廁所吧？」

看見土地公走進了廁所，然後廁所內發出了響亮如雷鳴的轟隆聲。

「那間廁所，被天下第一大妖拉過屎後，臭到再也無人能上，從此被封為『天下第一廁』了吧！」

事實上，賽特推測得沒錯，就在阿努比斯出發挑戰魔佛H之前，阿努比斯的確有與女神進行交易。數十分鐘前，阿努比斯垂首站在女神面前，安靜，沒有言語。

過了十餘秒之後，先開口的，反而是伊希斯。

「我知道你要什麼，但我不能答應你。」伊希斯語氣沉靜。

「……」阿努比斯依然沒有說話，只是看著伊希斯。

「我說過不會給你，並不是擔心你會變得太強喔，而是這一張牌，在二十四張塔羅中，威力僅次於我的女祭司，一旦我啟動了它，」伊希斯嘆息。「其威力，恐怕會讓你付出極為慘痛的代價。」

「……」阿努比斯依然沉默著，但他這沉默且傲然的站立，卻已經回答了女神的每一個問題。

那問題的答案，就是比誰都堅定的決心。

「好吧，如果這是你的回答，」伊希斯語氣輕柔，「那我有件事要提醒你，第一，你可知道，就算你用了這張牌，也未必能擊敗魔佛H？」

「……」阿努比斯依然沉默。

「第二，你可知道，這張牌的代價，就是你這千年的道行？」伊希斯說著。

「……」阿努比斯依然沉默。

「第三，你可知道，你若用了這張牌，未來的一千年，你的靈力可能弱到……連人的形態都無法維持，只能成為荒野中一隻普通的胡狼，任何一隻猛獸，一場大病都可以奪去你的生命，就算這樣……你還是執意要用？」

「……」始終沉默的阿努比斯，在此刻，終於開口了，他低聲說了八個字。

「千年易過，摯友難尋。」

「千年易過，摯友難尋……那好友，是指少年H？」

「……」阿努比斯又沉默了，這份沉默，又同樣堅定的回答了伊希斯的問題。

「好吧，這就是你，阿努比斯，我想今日如果換成我遇到這樣的處境，你也會用相同的方式對我。」女神淡淡的笑了，然後，她伸出了纖纖細手，「喏，給我吧。」

「嗯。」阿努比斯從懷中掏出了一張薄薄的方形硬紙片，這不是別的，正是女神打遍地獄無敵手的最強武器之一，塔羅牌。

原來，有一張塔羅牌一直在阿努比斯身上。

而且，這張塔羅牌封面形狀與其他牌面完全不同，那是一個穿著黑色破爛斗篷，手持著灰黑色鐮刀的男人，這男人的臉都藏在斗篷之內，但從姿態來看，這男人似乎正凝視著牌中的那片夜空。

還有夜空中那枚聖潔純白的月。

「這張牌，其威力等級僅次於我的女祭司，微勝於愚者，對了，那張愚者，好像一直在貓女手上，改天再來回收好囉。」女神看著這張牌，露出寂寞的微笑。「阿努比斯，這是你的本命牌……死神。」

死神！

阿努比斯位居地獄列車車掌，手握追魂獵槍，埃及三聖器護體，他名列死神兩字，還真是當之無愧。

只是，死神的含意就是死亡，滅絕，終止，如何強化阿努比斯的戰力，與魔佛H戰鬥的需求？

「塔羅牌一如宇宙真理，其中最深奧與最玄妙之處，就在事情原本就有正與逆。」女神淡然一笑，手指捏住了阿努比斯的這張死神，然後慢慢的，慢慢的轉向。「當正轉逆，死亡不再是滅絕，而是滅絕後的新生。」

死神牌，在女神的手指下，緩緩的上下顛倒，然後反了過來。

這動作看似簡單平凡到極致，但當女神完成之時，整個火車站的天花板，落下一絲灰塵。要知道台北火車站是整個地獄遊戲的核心，曾經歷女神與濕婆等大神的全力激戰，但卻因為這個簡單的轉牌動作，而產生了基礎結構性的裂紋。

可見，這死神的轉牌，其內涵之威力，究竟有多驚人。

「好了。」女神轉了牌，竟露出了些許疲倦的笑，笑容中更帶著些許寂寞。「去吧，阿努比斯。」

「謝謝。」阿努比斯深深鞠躬後，轉身，邁開大步，朝著大廳外走去。

「不用謝。」伊希斯輕輕說，「這一切都是你的抉擇，是你抉擇了……死神，逆位。」

死神，逆位。

這是阿努比斯用了自己數千年為代價，換取而來，為了換回少年H，的第二發子彈。

死亡的絕望與死後再生的強大，在此刻，正化身為一枚子彈，筆直的，朝魔佛H而去。

面對這第二發子彈。

魔佛H不再低眉垂首，不再謙卑低調，而是姿態凝重，雙手並緩緩合十。

上次魔佛H雙手合一，是面對撒旦，再上次，是面對賽特，同樣是天地魔神，換言之，此時此刻，魔佛H終於擺出了最強姿態。

因為，這發子彈。

也是阿努比斯百分之一千的力量，死神逆位。

魔佛H合十的瞬間，天地為之變色，台北火車站籠罩於一片黑暗重雲之中，這片陰暗之中，卻見魔佛H雙臂之後，出現層層殘影。

在對上賽特時，殘影共有八對十六掌，這十六掌粉碎了賽特的黑暗之砂，讓他不成形體。

在對上撒旦時，殘影共有十六對三十二掌，就是這三十二掌打得撒旦吐血而走，退出這場戰局。

如今，在面對阿努比斯以「死神．逆位」所創造出來的百分之一千實力，魔佛H的殘影掌數，正不斷激增。

四掌，八掌，十六掌，掌數已然超過賽特。

轉眼間，數目再破三十二掌，已超過撒旦。

六十四掌，不，還在增加，轉眼間，已經用到了一百二十八掌。

這一百二十八掌在魔佛H的周圍，化成密密麻麻綻放的金色花朵，在這片黑暗重雲下，一百二十八掌，合而為一。

眾掌合一之時，正是子彈到來之時。

雙方，就這樣，僵持住。

子彈暫停，這由一百二十八掌合成的一掌，也暫停。

時間，空間，所有的一切彷彿都已經暫停，暫停在這子彈與一掌之前。

一切，都暫停了。

在這暫停的瞬間，位在阿努比斯身後的吸血鬼女，則目睹了阿努比斯這一發子彈，所累積的一切。

像是投影畫面般，在子彈的周圍一一浮現。

第一個浮現的，是一隻由綠光繪成的眼睛圖騰。

烏加納之眼？吸血鬼女低語。

烏加納之眼之後，綠光變形，快速化成了一隻甲蟲。

聖甲蟲？吸血鬼女歪頭，她識得這隻曾經背負女神之力的神祕甲蟲。

聖甲蟲消失後，再次變形為一個優雅的十字架。

安卡？吸血鬼女忽然笑了，對，安卡，這安卡曾出現在地獄列車羅賓漢J的弓箭上，也是阿努比斯獵槍永不失手的原因。

之後，烏加納之眼、聖甲蟲，以及安卡，三大聖器互相融合，化成了一座三角錐體。

那是吸血鬼女記憶中所見過，最美的三角錐體。

然後，她發現自己的嘴角微微上揚了。

「金字塔？」吸血鬼女低聲說道，「埃及至高聖殿，阿努比斯，這就是窮盡畢生之力，最後的功力嗎？」

金字塔，被視為古老埃及的象徵。

原本被認為只是法老的墳墓，但卻因為金字塔包含了許多至今仍未解的謎團，而讓它成為人類考古學上永遠的聖殿。

謎團中包括了，它獨特且完美的三角體比例，不只通過數千年的天災人禍屹立不搖，更有人發現金字塔頂，能對應到夜空的星辰，竟然千年如一日，從未偏差半分。

這不只是星象學的精準而已，設計金字塔之人更必須考量到地球軸向數千年來的偏轉，與數千年來，來自外太空各式各樣射線與風暴的影響。

這些，以現今的科技都未必能做到，但五千年前的埃及，卻完成了此事。

這已經不只是神祕，而是到了匪夷所思的地步。

另外，還有金字塔建造之謎，那重達十餘噸的石頭，埃及人沒有重機械裝備，沒有電子校正儀器下，如何完成如此浩大的搭造工程？

這些謎團，讓金字塔成為全球考古迷心中的最愛，許多人都告訴自己，一生都必須去一趟金字塔，親眼目睹一次，這橫亙五千年的偉大之謎。

如今，阿努比斯的第二發子彈，從死神蛻變成了死神逆位，由三聖器轉化為埃及最神聖象徵，金字塔，正面對決魔佛H的一百二十八掌。

一百分之一千的金字塔，是否能打破魔佛H至今未嘗一敗的傳說呢？

「黎明的石碑」上，也因為這第二發子彈，掀起了一陣波瀾壯闊的討論。

黎明石碑上，聚集的人數超過三百萬，這同時也是遊戲中目前倖存的人數，他們緊緊盯著戰局。

而且，此時氣氛與剛才女神即將破關時完全不同，當玩家們知道女神即將破關時，所帶的情緒是期待、混亂與遺憾。

如今魔佛H與阿努比斯的這一戰，卻充滿了同心協力的悲壯氛圍。

因為，每個人都見過魔佛H一路由南而上的瘋狂殺戮，每個人也都明白，除此一役，退無死所。

如果輸了，所有人，所有玩家，都將，退無死所。

而就在這個時刻，有個玩家，留下了這一篇沒有內文，只有標題的文章，標題是這樣寫的：

「請你守護我們，阿努比斯！」

「請你守護我們，阿努比斯！」緊接著，第二個玩家也接了下去。

「請你守護我們，阿努比斯！」第三個玩家，沒有第二句話，也接了下去。

「請你守護我們，阿努比斯！」

「請你守護我們，阿努比斯！」

「請你守護我們，阿努比斯！」

「請你守護我們，阿努比斯！」

「請你守護我們，阿努比斯！」

「請你守護我們，阿努比斯！」

「請你守護我們，阿努比斯！」

「請你守護我們，阿努比斯！」

「請你守護我們，阿努比斯！」

「請你守護我們，阿努比斯！」

…………

這一個時刻，是黎明的石碑上有史以來最靜默，也最莊嚴的一刻，所有的玩家，沒有噓文，也沒有推文，更沒有半篇雜文，所有人只是不斷接著「請你守護我們，阿努比斯！」這個標題。

安靜而沉默的祝禱，持續著，直到……

子彈與一百二十八掌的僵局，終於發生了改變。

子彈，往前了。

魔佛H的掌，後退了。

「請守護我們，阿努比斯！」在串連了百萬篇文章的祝禱下，子彈往前了。

「吸血鬼女！」此時的阿努比斯，重傷之餘更是耗盡全力，他放聲大吼。「該妳了！」

「沒，問，題！」吸血鬼女盤據於地，做出短跑前疾速俯衝的姿態，大腿肌肉收緊，她要爆發超越自己極限的高速。

子彈繼續往前，不斷將魔佛H的掌往後推，眼看就要推到了魔佛H的胸膛。

而，這時間，吸血鬼女大腿的肌肉也繃到了極限。

「吼！」繃緊之後的釋放，是力量的絕對爆發，這些爆發全部都灌注到了她的速度之上。

此刻的吸血鬼女，宛如一道黑色的光，銳利的，為了此刻而生的光，穿過了子彈與魔佛H的掌，來到了魔佛H黑色火焰般的魔髮前。

梳子的牙，已然穿過魔佛H的髮，眼看，黑髮如水流，就要隨著梳子，不斷往下流去。

成功了嗎？

玩家們屏息。

第二發子彈，就要成功了嗎？

吸血鬼女感受手心的梳子，正在往下，而手掌之間，是那髮絲流過的觸感。

成功了嗎？

所有曾經一同參與這次梳髮之役的倖存者們，雙眼中都是期待。

成功了嗎？

土地公在馬桶上，抬起頭，緊皺雙眉。

但，他卻嘆了一口氣，然後搖頭。

說到搖頭，還有一人也在搖頭。

她在女神的椅子上，低首讀書，露出美麗的後頸，她輕輕的搖頭，馬尾隨之晃動。

「原本就不行，哎呀，阿努比斯，早就和你說過……聖佛祂，是你碰不得的怪物啊。」

鏡頭，猛力拉回吸血鬼女這邊。

當魔佛H被阿努比斯的子彈困住，動彈不得時，吸血鬼女縱身一躍，躍到了魔佛H的上方，然後舉起梳子，由上往下，快速而柔順的往下梳去。

當梳子往下走去，吸血鬼女看見梳子經過的每一個地方，黑髮都不斷的脫離，飛散。

快成功了！吸血鬼女感到來自內心的喜悅。

只要梳子能梳到底，這場戰役，就將結束！

可是，卻在吸血鬼女的梳子，已然梳到一半之時，忽然……吸血鬼女無法控制的，打了一個寒顫。

這寒顫，來臨得沒有任何徵兆，讓吸血鬼女的手微微一頓。

也是這一頓，吸血鬼女察覺到了，自己寒顫的來源……是在自己的正前方，那雙眼睛。

魔佛H的眼珠緩緩的移動了。

全身被阿努比斯的子彈所牽制，理應不能動彈的魔佛H，卻仍能移動祂的眼珠，眼珠慢慢移動，然後停住，瞳孔收縮，最後穩穩的定焦在吸血鬼女身上。

也是這眼珠的定焦，讓吸血鬼女感到寒顫。

而就在寒顫的下一瞬間，吸血鬼女看見了魔佛H的眼睛。

魔佛H的眼睛，好大，好黑，好深，像是一個棲息在宇宙最邊緣的黑洞，曾經是如此驕傲且明亮的太陽恆星，但在燒盡自己之後，壓碎了空間，墮落成了一個巨大黑洞。

這黑洞，在千億年的歲月內，不知道吞噬多少行星，不知道吞食多少的太陽恆星，不知道滅亡了多少生命，讓多少的故事失落在無邊的黑暗之中。

如今，這枚巨大的黑洞，在魔佛H的眼中，夾著滾滾吞併銀河的駭人氣勢，朝吸血鬼女而來。

太陽與黑洞，這就是聖佛與魔佛的本體嗎？

一如女神的白月，與濕婆的火山岩漿。

失去光熱而墜落的黑洞，就是魔佛的本體嗎？

「啊！！！！」來自太陽與黑洞宇宙等級的超巨大壓力，吸血鬼女一個渺小的肉體如何承受？

她發出慘烈尖叫，手上的梳子，再也梳不下去。

而這短暫停止的一瞬，就足夠，就足夠讓魔佛H完全且輕易的逆轉戰局。

接下來的畫面進展之快，讓所有玩家，想要閉上眼睛，轉頭不看，都來不及。

先碎的，是吸血鬼女的梳子。

然後吸血鬼女整個身體開始扭曲，像是一塊破布般被不斷的扭動，就要扭成碎片。

「吸血鬼女！」阿努比斯見狀，急催靈力，死神逆位威力再現，要將子彈推入魔佛H的胸膛。

只可惜，就算阿努比斯傷了魔佛H，也只是軀體，如今魔佛H用上的，已經是祂的本命了。

下一刻，子彈也扭曲，然後無情的，碎開了。

「可惡！」阿努比斯舉起獵槍，試圖要打出第三發子彈，但獵槍也如毛巾般扭轉，接著阿努比斯的手臂又跟著獵槍扭轉。

在劇痛之下，阿努比斯身體也扭成了一團，與吸血鬼女一般，就要在空中化成兩團手腳交纏，屍骨不全的遺骸。

事情演變得太快。

讓所有目睹一切的玩家，都瞠目結舌，全身發顫。

輸了？

只是一眼，魔佛H的本命太強，太可怕，阿努比斯竟然連第三發子彈都來不及發射，就這樣結束了嗎？

還有援軍嗎？

賽特、撒旦，所有的高手不是陣亡受傷，就是必須袖手旁觀。

還有誰，能幫助阿努比斯與吸血鬼女，逆轉這幾乎已成定局的……死棋呢？

「輸了？怎麼這麼快？」在台北火車站的廁所內，土地公還在宣洩，他感覺到阿努比斯與吸血鬼女的生命靈氣驟降，他想起身，卻只抬高了十公分的屁股，卻又慢慢的坐下。

「不能衝動，還沒大完啊。」土地公苦著臉。「阿努比斯和吸血鬼女，只能怪你們運氣不好，在老子大便時出事……」

可是，土地公的皺眉，只皺了那麼一下下，隨即，他眼睛一亮，露出驚喜表情。

「等等，是誰？現在出現的第四股氣，是誰？」

「誰還有能耐介入魔佛H本體主導的戰局？伊希斯，不，這臭女人超愛袖手旁觀，」土地公抓著頭髮，面容扭曲，搞不清楚是在努力感覺，還是在對括約肌用力。「那會是誰？不會是門外的賽特，他力氣還沒復原，更不會是撒旦，不會是濕婆，當然也不會是我，我正在大便。」

「到底是誰？那個人……怎麼那麼熟悉，熟悉到，我從地獄列車上，就開始看到他啦。」

我從地獄列車上，就開始看到他了？

那個突然出現在魔佛H戰局中的第四股氣，是誰？

「啊，難道是你？」土地公猛然抬頭，咧嘴笑了。「對了，都忘記了，還有你啊，還有你在現場啊！」

那個一直讓土地公沒法專心大便的第四股氣，到底是誰呢？

那是一抹微笑，一抹從地獄列車開始就出現過，總是輕鬆自信的笑容。

那抹微笑，竟然出現在魔佛H的臉上。

看到這抹微笑，首先發出大喊的，是已經被扭曲到失去人形的阿努比斯，他張開嘴，發出了聲嘶力竭，又充滿懷念之氣的喊聲。
「把我們，送出去。」阿努比斯忘情大喊。「少年H啊。」

這一刻，魔佛H的眼睛閉上了。
這當然不是魔佛H自願的，是這身體原本的主人，少年H，他強行介入，硬是將魔佛H的本體關上。
下一秒，魔佛H，也就是少年H一手抓住阿努比斯，一手抓著吸血鬼女，猛然往外甩去。
「走！我快撐不住了。」少年H用力一甩，將阿努比斯與吸血鬼女同時甩離魔佛H的攻擊範圍。
在推離的過程中，阿努比斯感受到來自少年H的靈力挹注，他幾乎被扭曲繞折的身軀，透過這靈力，在空中轉了半圈，最後勉強的站住身形。
而一旁的吸血鬼女，也是相同的狀況，彎著腰，一手扶著地板，勉強的撐住了身體。
而當兩人被推離之時，可見魔佛H臉上那抹微笑，瞬間冰冷。
然後下一秒，魔佛H的眼睛再次睜開。
這次睜開，已經看不見少年H那調皮輕鬆的笑意，取而代之的，又是無窮無盡的絕望。
「謝謝，H，剛剛一定用盡了你僅存的意志吧。」阿努比斯再次端起獵槍。「第三發子彈，我，不會讓你失望的，老友。」

「嗯。」吸血鬼女也同樣的一抹嘴角的血，慢慢微笑。「我們一定會把你帶回來的，H，你要撐住。」

可惜，此刻魔佛H的臉上，已經完全沒有了少年H的影子。

少年H真的用盡了他僅存的意志，為了拯救阿努比斯與吸血鬼女的性命，替他們爭取最後一發子彈的機會。

而魔佛H呢？面對自己原本身軀的介入，祂臉上看不出任何喜怒哀樂，但祂的眼睛，卻維持在擊殺阿努比斯與吸血鬼女時，那深沉與深邃的黑洞狀態。

接下來的戰鬥，非關掌數了。

直接要面對的，就是魔佛H的本命了。

「終於打到這裡了。」阿努比斯吐出了一大口鮮血，獵槍朝前，擺出帥氣的端槍姿態。

「終於要挑戰……魔佛H的本命了嗎？」

第四章　第三發子彈，當我們同在一起

魔佛H的本命，是黑洞。

而黑洞的形成，其實就是來自一生都不斷散發光與熱，提供宇宙生命能量的恆星，如太陽。

太陽，就如同聖佛的存在。

恆星太陽，透過核融合的方式，不斷的燃燒自己，照亮周圍的行星，也因為有太陽的光與熱，行星上才會誕生生命，一如地球般，若沒有那一枚每日東升西落的，亙古不變的太陽，地球何來生命可言？

所以，太陽恆星，其實才是地球的生命之母，而聖佛的本命，正是這樣一枚閃耀，火燙不可親近，卻又默默提供萬物生命之源的，太陽。

但，太陽的結局很多種，有的太陽放盡了一輩子光與熱之後，逐漸冷卻，最後變成星空無聲無息的白矮星。

有的太陽，若本質上太過巨大，能量太強，在它還能散發光熱時，足以照耀半個銀河系，在它燒盡自己的物質之前，它就會因為核融合而不斷讓密度提升，重量也不斷上升，重到空間無法承受之後，壓破空間，形成了一個大洞。

而它自己，則悲傷且無奈的，墜入了那個大洞中。

那個大洞，就是黑洞。

若聖佛是太陽恆星，那祂親自創造出來的黑洞，也就是魔佛H。

這就是聖佛與魔佛，巨大太陽與巨大黑洞，那最燦爛的光芒下，所製造出來最悲傷的影子，黑洞。

這場戰局，已經邁向了第三發子彈。

少年H耗盡最後意志，替阿努比斯和吸血鬼女爭取了這最後一發子彈的機會，也是替百萬名玩家，爭取這最後的一線生機。

還可以戰。

只要還有最後一口氣，就還可以戰，就還有希望。

不過，這次的狀況卻略有不同，一直處於被動的魔佛H，忽然抬起頭，眼放深邃黑芒。

黑芒中，那雙曾經吞噬萬物的黑洞之眼，正直直的盯著阿努比斯與吸血鬼女。

「魔佛H，祂看著我們，代表祂要……」吸血鬼女吸了一口氣。「主動攻擊？」

「沒錯。」阿努比斯身軀也因為這股魔氣而顫抖，但嘴角卻揚了起來。

「這樣你還笑得出來？」

「因為，這代表魔佛H的實力，也到盡頭了啊。」阿努比斯大笑，霸氣力抗魔氣。「哈哈，所以，最後一發子彈，就肯定能分出勝負了吧！」

「那你第三發子彈，要怎麼打？」

「第三發子彈。」阿努比斯從口袋中，拿出了「那個東西」，「它，非得出來不可了。」

「那東西？」吸血鬼女歪著頭，看見阿努比斯手上的東西，她訝異了。

怎麼會在戰局這麼緊繃的時刻，拿出這樣的東西呢？

「地獄遊戲道具型錄上，排行第二號，僅次於黑蕊花的……」阿努比斯高舉手上物品，放聲大喊。「『當我們同在一起！』」

吸血鬼女看著阿努比斯的手，高舉在空中，而他手上握的那『當我們同在一起』……竟是一個酒杯。

酒杯裡面還有著濃濃的小麥色啤酒。

而更古怪的事情發生了。

吸血鬼女突然感覺到自己的遊戲戒指發出了光芒，接著，她的手上多了一個沉甸甸的重量。

她的手上，也出現了一個杯子。

她的杯子是曲線華麗的紅酒杯，酒杯內，是如寶石般晶瑩剔透的紅酒。

「這到底是……」吸血鬼女看著酒杯，滿臉吃驚。

「這是一份邀請函。」阿努比斯舉著酒杯。「妳、我，甚至整個地獄的玩家，都會拿到專屬於自己的杯子。」

「每個人，都有專屬自己的杯子？」吸血鬼女一愣。「這就是『當我們同在一起』的祕密？只是……這樣又如何？」

「這樣又如何嘛……」阿努比斯臉上綻放微笑。「接下來，就看妳是否要喝下這杯飲料，並且讓我們『同在一起』啦！」

所有躲藏在台北市各處的玩家，都在此刻，手上出現了一個杯子。

最多的杯子是馬克杯，圖面上包羅萬象，有的是可愛的卡通圖案，有的是自己的照片，有的是風景畫，也有不少各地的限量杯。

除了馬克杯，第二多的是啤酒杯，每個啤酒杯都有自己的造型，像是阿努比斯大小得宜的中型杯，還有小巧迷人女性用啤酒杯，當然也有可以拿來看超級盃球賽用的超大啤酒杯。

啤酒杯之外，酒杯也不少，像是各種形狀的紅酒杯，以吸血鬼女的酒杯為大宗，各式各樣寬口窄頸的紅酒杯，應有盡有。

還有喝烈酒的寬口酒杯，每杯剛好一口的高粱酒杯，還有原本等同藝術品的陶瓷杯。

另外，竹杯、籐杯、木杯、銅杯，各式各樣的杯子應有盡有，完全符合每個玩家內心的渴望與特質，所製作而成的杯子，裝著各式各樣的飲料，出現在眾人的手上。

就連女神伊希斯手上，也出現了一個杯子。

那是一個單純到極致，也美到極致的玻璃杯，輕柔迴旋的弧度，純白無瑕，沒有半點裝飾，但光從那弧度就讓人感到無比的迷戀。

「女神之杯。」女神看著自己手上的杯子，微笑。「又要製造一個熱銷商品了嗎？」

女神拿到了純淨玻璃杯，那土地公呢？

還在蹲廁所的他，看到手上杯子的時候，忍不住放聲大笑。

因為，那是一個鋼杯。

專門在野地打滾，可以喝河水、雨水、泥水，也可以拿來擋子彈、當鍋子，甚至是與敵軍互相敲擊對方腦袋的……軍用鋼杯！

「媽的，超適合我的啦！」土地公狂笑著，「我喜歡這杯子，很醜，但就是打不爛！」

賽特面前也有一個杯子，那是一個陶砂杯。

墨黑色的陶砂杯中，裝著雖是墨黑色，但卻透著濃烈到令人一聞就腿軟的烈酒氣息。

「這裡面裝的，是地獄第六層特產的葡萄酒嗎？」賽特拿起酒杯，聞了一口，光這一聞，就可以感覺到他身後的影子，從人形化成野獸形態。「這遊戲真的懂我，杯子不重要，重要的是裡面裝的東西，果然，懂我。」

除賽特之外，還有一個人也拿到杯子，他在某家麵包店中，正在擔任店員，不過此刻魔佛H與阿努比斯激戰正酣，自然沒有人來找他買麵包。

他看著自己手上的杯子，忽然笑了。

「紙杯啊。」這男人微笑。「好像很適合我這個專門跑龍套的……萊恩啊！」

此時此刻，在阿努比斯高舉「當我們同在一起」道具的同時，所有的玩家都拿到了這只杯子。

而他們的回覆很簡單，只有喝，與不喝。

若喝，就是應承了阿努比斯的請求，力量將透過這只杯子，傳送給阿努比斯。

若不喝，則拒絕了阿努比斯的邀酒，選擇了讓魔佛H擁有更高的勝算。

如今，這場戰役的勝敗賭注，已然不再是眾神眾魔眾妖了，而是每個人了。

每個參與過地獄遊戲，並以此為榮的玩家們了。

場景，最後回到阿努比斯身上。

他一隻手端起了手上的獵槍，對準了魔佛H，另一隻手，則舉起酒杯，酒中的金黃啤酒液體，在台北車站的明亮燈光下搖晃著。

「地獄遊戲，所有的玩家們，請將你們的力量借給我。」阿努比斯酒杯舉得老高。「請跟我一起喝下這杯，當我們同在一起！」

當我們同在一起！

這一刻，數百萬的玩家，也一起舉杯。
然後仰頭，將杯中物，一口飲盡。

當杯中物被飲盡，忽然，杯子發出燦爛的光芒，在台北夜空劃出一道燦爛光痕，撞上了阿努比斯的杯子。
當流星光芒散去，杯子上，則多了一張貼紙。
貼紙的圖形，是那位玩家的大頭貼。
而回頭看向那玩家呢?他手上的杯子消失了，連帶的連指環都消失了，象徵著遊戲身分的指環消失，所代表的是……
「我將帳號與身分交給你了。」那玩家似乎懂了，但卻笑了。「請你守護我們，阿努比斯。」
在遊戲中，有帳號代表的就是生存，沒帳號代表的就是死亡。
換句話說，當這名玩家一口飲乾「當我們同在一起」，代表的是他將自己屬於這遊戲的一切，都交給了阿努比斯。
一個玩家飲盡飲料，將生命交付給阿努比斯，緊接著，又是第二個!
然後是第三個、第四個、第五個……阿努比斯的杯子上，貼紙越來越多，轉眼間，整個台北市的夜空上，都是密密麻麻的流星，久久不停，流星穿過台北火車站的屋頂，墜到阿努比斯身上……

轉眼間，杯子被貼紙貼成了十倍，貼紙轉而貼向阿努比斯的手臂，手臂貼滿，又貼向阿努比斯的身體，雙腳，甚至是獵槍上。

「請你守護我們，阿努比斯！」幾個從高雄逃上來的玩家，他們來自高雄內門的實踐大學，他們一起乾杯後，發出大笑。「乾杯！」

說完，杯子消失，化成數枚流星，帶著高雄才有的日光熱度，貼到了阿努比斯左上臂的肌肉上。

指環離開玩家，代表該玩家將無法行使任何玩家的權力與義務，連彼此戰鬥的資格都喪失了。

但他們，卻還是一個一個的舉杯，一個一個的乾杯，將自己存在的證明，化成貼紙，全部交予阿努比斯。

「守護我們喔。」有數名年輕的女性玩家，自拍了自己的乾杯照片後，一起飲盡口中飲料，然後化成數枚貼紙，貼上了阿努比斯胸膛。「YA，我們就是要貼在阿努比斯的胸肌啦！」

「只能靠你啦，臭小子，乾杯。」也有在街頭獨自飲酒的玩家，默默的舉杯，默默的飲盡，他們是獨立的貼紙，飛過半個台北夜空，貼紙落在阿努比斯的背部，那是一個不顯眼的地方，如同他們不顯眼，卻是不可或缺的存在。

「守護我們，阿努比斯！」最多的，是在黎明石碑上的玩家們，他們堅定且認真的舉杯，然後一口喝乾。

化成流星，墜落在阿努比斯身上的每個位置。

阿努比斯身上的貼紙越來越多，但他沒有動，依然站著。

因為他知道，還不夠。

要對付魔佛H，這百萬張貼紙，還不夠。

直到，幾個強者也喝下了自己的酒，他們的流星特別大顆，貼上阿努比斯背部時，阿努比斯甚至身軀猛震。

感受到這股巨大力量，阿努比斯笑了。「德古拉伯爵，謝啦。」

下一張貼紙又來，這張貼紙讓阿努比斯身軀不只猛震，更差點跌倒。

「賽特……」阿努比斯也笑了，「你不管伊希斯，決意幫我忙了嗎？」

「九尾狐、娜娜、血腥瑪麗、九指丐、小桃，各位老友們……」阿努比斯感受著四面八方，毫不保留湧來的力量，他閉上眼，「謝謝。」

但直到這一張貼紙的降臨，讓阿努比斯睜開了眼，並決定就此出手。

這張貼紙，很大張，大到像是一塊布，但其氣勢之強，威力之猛，當他貼上了阿努比斯的獵槍，阿努比斯還以為獵槍會因此爆裂。

那貼紙上的人像，是一個喝著仙草蜜，穿著藍白拖鞋的宅男。

「土地公！」阿努比斯感受著那貼紙巨大而狂暴的力量，然後終於抬起了獵槍。「你終於來了！」

在百萬張貼紙無聲吶喊之中，阿努比斯扣下了扳機。

第三發子彈。

帶著百萬玩家的期待，發著各色燦爛的光芒，衝出了獵槍槍管。

直射向它唯一的目標，那個雙手合十，慈悲但卻恐怖的佛，魔佛H。

而魔佛H呢？祂的眼中瞳孔，再次出現那深邃而可怕的黑洞，黑洞中是千萬年累積的悲傷與暴力。

魔佛H的全力，對上地獄遊戲百萬玩家的共同之力。

第三發子彈，最後一發子彈，結果究竟會如何？

平手！

只見這發子彈夾著全部玩家的力量，綻放連天地都被震懾的七彩光芒，射向魔佛H。

而魔佛H這次沒有出掌，祂只是看著那枚子彈。

祂的眼睛，深邃且浩瀚，宛如千萬種憤怒與故事的流動，是吞噬天地的黑洞，子彈與黑洞兩者力量交會，子彈就在魔佛H面前，五公分處，硬是停了下來。

子彈不斷螺旋轉動，但就是無法再繼續靠近魔佛H。

同樣的，魔佛H那雙黑色眼珠，只是盯著子彈，也無法將其彈開。

「全部玩家的力量相加，也只和魔佛H的本命平手而已？」吸血鬼女在一旁，看得是瞠目結舌，「魔佛的力量，究竟有多深啊！」

平手？

如果平手，那該怎麼辦？

「還要，還要其他玩家的力量！」這時，阿努比斯提氣大吼，聲音透過監視器，響徹了整個地獄遊戲。「還有人嗎？還有人沒喝那杯酒嗎？」

有嗎？

事實上，有。

其中一個，正坐在台北火車站的另一側，優雅的讀著書。

她，是女神伊希斯。

「阿努比斯，很抱歉。」女神搖頭，她身旁簡約美麗的玻璃杯，水的高度沒有絲毫下降。

「我不會喝，因為擊敗魔佛H，與我的理念相違背。」

女神沒喝，是的，因為魔佛H不會危及她的生命，她更需要魔佛H替她清除所有敵人，讓她順利開啟夢幻之門，所以她不必喝這杯水。

女神不喝，那還有誰？

阿努比斯額頭上的汗珠越來越多，吸血鬼女的手越抓越緊……

但，就在此刻，奇怪的事情發生了……

一顆流星，劃過了天際，咚的一聲，落在子彈上，那是一枚貼紙。

貼紙的等級很低，玩家等級只有1而已。

「是誰？」阿努比斯和吸血鬼女面面相覷，但緊接而來的，是第二顆流星，與第二張貼紙，也飛了過來。

當流星光芒散去，貼紙上的等級，依然是1。

「等級這麼低，這是……剛註冊登入的玩家吧？」吸血鬼女歪著頭，「為什麼……」

阿努比斯與吸血鬼女的疑惑尚未解開，從天花板墜下的流星數目，陡然增加，十，二十，一百，五百，一千……

轉眼間，數十萬的流星墜下，全部黏上了阿努比斯、獵槍，與子彈上。

這些薄弱的力量，雖然有限，但不斷的積聚起來，也一點一滴的打破了平衡。

子彈開始往前了，不斷靠近魔佛H的本命之眼。

魔佛H表情沒變，但一股無聲的沉默，卻隱隱透露出他的驚訝。

這數十萬的新玩家，究竟哪來的？

為什麼會有這麼多人突然註冊，然後又加入了阿努比斯的陣營？

這份疑惑，在一個黎明石碑新留言上，得到了解答。

「嗨，我是剛註冊的玩家，第一次玩地獄遊戲，不太習慣……」那留言是這樣寫的，「我是白老鼠介紹來的，我是他的同學……」

第二個留言也跟了上來，「哈哈，我上次玩遊戲是十年前了，我是天使團老爹的老友，他說，有個遊戲一定要玩一下！」

「我是小五介紹來的……」

「麥可・傑克森的遺願，說一定要玩一次地獄遊戲……」

「其實我是被台灣獵鬼小組救過的人類，他們在夢中對我說，來玩這遊戲！」

「我是刺蝟女的好朋友，我也是護士，嗯，還有我是單身喔，我的電話是 095XXXX……要記得打電話給我喔！」

所有的人，十餘萬的新登錄玩家，紛紛留言，他們來自許許多多，已經被魔佛H殺敗，但卻堅持盡一份力的人，於是他們登錄遊戲，然後以新玩家的身分，加入了阿努比斯。

這批生力軍的加入，頓時給了阿努比斯的第三發子彈，決定性的關鍵力量，頓時將子彈拉回正確方向，更進一步飛了三公分。

距離魔佛H的眉心，只剩下三公分了。

魔佛H依然看著那子彈，那雙眼睛中的黑洞，顯得更深、更濃，而且黑洞中翻湧的物質，似乎更兇暴了！

到極限了嗎？

在眾人協力下，終於要把魔佛H的極限，給逼出來了嗎？

此刻的地獄遊戲，似乎也出現了許多異常不穩定的現象，像是明明是深夜，天空卻是深淺不一的藍色，城市中不斷吹起猛烈的風，許多的建築物也在風中應聲垮落。

地獄遊戲，在數百萬玩家與魔佛H的對峙中，也慢慢呈現出極限的狀態。

在魔佛H黑洞的注視下，子彈雖然緩慢，卻強而有力的前進著。

一直前進到，魔佛H的眉心前，就要貫入。

此時此刻，所有的玩家都屏住了呼吸，眼睛不敢輕易眨動，怕錯過任何即將發生的經典畫面。

但，等了一秒、兩秒、三秒……足足十秒……

那子彈就停在魔佛H的眉心處，子彈尖頭輕輕頂著魔佛H，就是沒有射進去……就是，射不進去！

「沒有了啊。」吸血鬼女雙手握拳，用力搥打地面，發出大吼。「我方已經沒有任何一個人啦，為什麼，為什麼子彈，還是射不入魔佛H的眉心？」

「並不是沒有喔。」阿努比斯語氣低沉。

「啊？」

「當我使用『當我們同在一起』的時候，我就明白了它的使用真義，所謂的最後一個人，其實就是第一個人。」

「阿努比斯，你的意思是？」吸血鬼女看著阿努比斯，忽然，一股強烈不安湧上心頭。

這不安是什麼？

阿努比斯，你想要做什麼？

「我的意思是……」阿努比斯右手抓住了胸膛那張來自少年H的貼紙，背後的黑色長外套，開始往外飄動，重傷的他還有靈力嗎？他想要做什麼？

「阿努比斯……」

「這是最後機會了！」阿努比斯開始往前，拖著重傷的身體，往前奔去。「吸血鬼女，我會完成的。」

「阿，努，比，斯！」

這剎那，吸血鬼女懂了，阿努比斯想做什麼了，他竟然想……

「不可以啊！」吸血鬼女發出哀痛的怒吼！

不可以啊！

阿努比斯開始狂奔，在台北火車站的寬闊長廊上，邁步狂奔！

他背後黑色長外套迎風飄揚，重傷的他雖然腳步踉蹌，但充滿決心，轉眼已達魔佛H面前。

連續三發子彈攻擊，從「地獄第七層植物叢林」到「死神逆位」，又從「死神逆位」到「當我們同在一起」，這是阿努比斯最接近魔佛H的時刻。

魔佛H睜大眼睛，看著阿努比斯陡然接近。

祂的眼中，是訝異，卻也是通透一切事物的了然於心。

彷佛早已知道，阿努比斯接下來要做的事，也彷佛默默接受了這一切。

祂的眼中，阿努比斯高高舉起右手，右手在空中擰成拳頭，拳頭不斷擰著，甚至擰出了血滴。

「H，給我，他媽的，醒過來吧！」阿努比斯狂吼中，拳頭就這樣揮了下去！

朝著子彈的尾端，狠狠地揍了下去！

是啊，靠著整個地獄玩家團結的力量，甚至是土地公、賽特、少年H、吸血鬼女等人的力量，都沒辦法破除魔佛H的黑洞之眼，讓子彈停在眉心動彈不得……那就乾脆用拳頭，像是鐵鎚打鐵釘一樣，一口氣打進去吧！

拳頭轟中了子彈尾端，子彈晃動了，微微往前晃動了。

這時，魔佛的瞳孔移動，對準了阿努比斯。

再一拳！阿努比斯在此舉起拳頭，再次猛轟向子彈的尾端。

子彈再晃，又往前推進了一些些。

而魔佛H眼睛焦距凝聚，阿努比斯的身體開始炸裂，從腰部、雙腳，全部在魔佛的凝視下，炸成粉碎。

但，阻止不了阿努比斯的第三拳，轟的一聲，猛烈的，沒有任何保留的，正中子彈的尾端。

子彈受到這拳的強力推擠，往前了，直挺挺的往前了，然後插入……

插入了魔佛H的眉心。

但同時間，阿努比斯全身爆開，頭部、雙手，最後消失的，是他的拳頭。

還有拳頭中，被他緊握在手中，畫有少年H與阿努比斯並肩而坐的貼紙。

阿努比斯死了。

徹底死了。

化成漫天飛舞的道具，阿努比斯，陣亡了！

這位從地獄遊戲開始，一路參與各場戰役的好手，竟然，就在此刻，被魔佛H以黑暗瞳孔凝視，而全身爆裂。

他死了。

真的死了！

阿努比斯，形神俱滅，他，真的死了。

道具，也隨之往四面八方噴開，絕對無法逆轉的死亡證明。

但他的死，代價卻高得令人動容，因為他換來了第三發子彈，打入了魔佛H的眉心。

眉心一傷，魔佛H那震古鑠今，天上地下唯我獨尊的魔力，頓時殘了。

然後，所有的人，百萬個玩家，甚至是剛剛加入遊戲的現實世界人類，都同時發出大吼。

「上啊！吸血鬼女！」

這一秒，是吸血鬼女記憶中，最長，也最短的一秒。

當她意識到阿努比斯要犧牲自己，用拳頭，硬把子彈打入魔佛H眉心時，她就很清楚，她也要開始行動了。

就算精疲力竭，就算傷痕累累，就算希望渺茫，吸血鬼女還是仰頭大吼，然後展開雙翅，跟在阿努比斯的背後，疾飛而去。

同樣傷痕累累的她，飛起來也是歪七扭八，幾次還墜地彈起，然後，她看著阿努比斯爆開。

她有種感覺，阿努比斯是刻意不避開魔佛這一眼的，因為阿努比斯如果避了，魔佛H的黑洞之眼，就會看見緊跟在後的吸血鬼女。

然後，吸血鬼女就會粉碎。

於是阿努比斯豪氣無比的動也不動，任憑魔佛H施展憤怒的最後一眼，成為吸血鬼女最堅強的掩護。

接著阿努比斯爆裂，遺留下他最珍藏的一張貼紙，那是他喝下「當我們同在一起」後，自己的貼紙，貼紙上有他，也有少年H。

看見阿努比斯如此珍藏這張貼紙，吸血鬼女感到一陣心痛，但，吸血鬼女隨即收斂心神，她舉起了手。

沒有梳子，她該怎麼辦？

該怎麼辦？

其實，吸血鬼女早就知道，答案，就在自己的手心。

「梳子是我，我是梳子。」吸血鬼女伸出手，那纖細的五指，輕輕滑過魔佛H最後的一絡魔髮。「又有何分別呢？」

當吸血鬼女的手，不斷的撫過魔佛H的髮，髮也隨之不斷散落。

髮彷彿在說話，順著吸血鬼女的掌心，不斷傳達到她的內心。

她看見了那隻犧牲了自己，只為了餵飽小孩的蜘蛛。

她看見了那個吸著戰場血水而生存下來的女孩，親手殺了生命中每個愛著她，又恨著她的男人，那個小女孩回過頭，她有著美麗的九條尾巴。

她也看見了村莊中，那個不斷哭泣的小吸血鬼女，還有一直保護她到最後的舅舅。

還有，她也看到了，一對雙胞胎男孩，長得雖然極為相像，但卻有些地方不太相同，對了，是眼睛，一個男孩的眼睛清澈如藍天，一個男孩的眼睛卻陰沉如黑夜。

為什麼會有這對雙胞胎，這是誰的故事?吸血鬼女無從分辨。

但當這一秒過去，這又長又短，又激烈卻又異常平靜的一秒過去，吸血鬼女看見了，魔佛H的頭上，已無任何一絲魔髮。

已無，任何一絲，魔髮。

僅存的魔髮，如今都已經在吸血鬼女的手上，而且隨著時間，魔髮正在透明，消散……

「贏了……」吸血鬼女，看著自己的手心，低聲說。「我們，贏了嗎？」

我們，贏了？

所有的玩家都愣住。

我們，贏了嗎？

從高雄一路殺到台北，殺了好幾百萬的魔佛H，被打敗了？

我們，贏了嗎？

黎明石碑上，悄然無聲，每個人都獃住了。

我們，贏了嗎？

現實世界的新玩家，盯著電腦，他們也沒有說話，但他們的嘴巴都微微張開。

我們，贏了嗎？

一路上，不知道多少戰士的犧牲，不知道多少高手前仆後繼，為了阻擋魔佛，從亞瑟王，到蜘蛛精，到賽特，到九尾狐，到狼人T，到撒旦，一直到……阿努比斯！

我們，贏了嗎？

阿努比斯的三發子彈，每一發都是如此嘔心瀝血。

尤其是第三發子彈，更是整個地獄遊戲全部玩家合力，奉獻出自己的帳號，才讓那枚子彈終於來到魔佛H的眉心。

我們，贏了嗎？

最後，阿努比斯狂吼聲中，親自揮拳把子彈打入魔佛H的眉心，然後他犧牲了自己。

才讓吸血鬼女有這麼完整的一秒，讓她的手，梳過魔佛H的最後一綹魔髮。

我們，贏了嗎？

這些疑惑的終點，是吸血鬼女高高舉起了雙手，雙手上是魔佛H最後的幾絲魔髮。

她對著攝影機，也對著黎明石碑上所有百萬玩家，發出震盪人心的嘶吼。

「我們，贏了啊！」

可是，就在整個地獄遊戲，都為此時此刻而瘋狂之際。

吸血鬼女，卻又發現了一件事。

失去了魔髮的魔佛H，他眼睛的眼珠，正慢慢的移動，對準了吸血鬼女。

那眼珠，還是黑暗的，還是渾沌的，還是充滿了毀滅一切的黑洞。

「啊！」吸血鬼女驚恐而叫，急忙起身，卻已經慢了一步，魔佛H的眼睛，已然對焦，焦距就在吸血鬼女的身上。

魔佛H已無魔髮，魔氣不是早該散盡嗎？為什麼，祂還沒回到聖佛姿態？祂的黑洞之眼，為何還能施展如此可怕魔力？

這一切，究竟是怎麼回事？

怎麼回事？

而台北火車站的廣場，有個正在吃雞排，周圍都是黑沙的男子，忽然，他抬頭，露出詭異的笑容。

「廁所，空了？」這全身黑沙的男子，當然是賽特。「剛剛衝出去了嗎？」

賽特對著空氣，像是在自言自語，又像是在對某人說話。

「對喔，你剛剛說過，你要拉屎要拉乾淨一點，不然衝起來會不夠快……」

當然，沒人回答賽特的自言自語，不過賽特又繼續說道：

「不過也不怪你啦，如果梳完了魔髮，天劫卻還沒解除，的確就是你該出手的時候！」

賽特咧嘴笑。「蚩尤，去對天劫全面開戰吧！哈哈哈哈！」

如果梳完了魔髮，天劫卻還沒解除，的確就是你該出手的時刻了！！

這就是你拚命大便，要讓自己跑快一點的原因嗎？

究竟為什麼，天劫仍未解除呢？

第五章　送道者

此刻，吸血鬼女感受著魔佛H眼中的魔氣，她張開雙手，閉上了眼，等待死亡。

我死了。

吸血鬼女腦海中，只有浮現這三字，我死了。

正當吸血鬼女等待著死亡之際，忽然，一個背影，出現在她的面前。

這背影出現得好突然，像是連續影片中被插入了一張完全不相干的照片，又突兀，偏偏又充滿了魄力。

而這背影，穿著略寬的T恤、短褲頭，再加上一雙藍白拖鞋，這不是宅男三寶嗎？

「臭老頭！」這背影發出低吼，這吼聲聲線不高，似乎也沒有特別放大音量，但卻充滿了讓人打從心底的戰慄。「還不給我醒過來！」

魔佛H看著眼前的男子，那雙黑色黑洞之眼，沒有絲毫動搖。

「給我醒來。」男子的臉靠得更近了，而男子眼中，也出現了類似黑洞的物質，不過那不是將所有光線都吸收殆盡的黑暗螺旋體，而是一個白色的洞，洞口正不斷噴發出各式各樣的物質，包含光線。

這一剎那間，吸血鬼女腦海中浮現了一個似曾相識，幾乎陌生的詞。

白洞。

女神的本體是白月，聖佛的本體為太陽，魔佛H的本體為太陽壽命盡時，壓陷空間而成的黑洞，而這男子的本體是黑洞的另外一方，白洞？

對於白洞的來歷，對人類天文學來說，一直僅限於推論，有一種說法，黑洞吸取了一切物質，而白洞就是將這一切物質噴發出來的出口。

黑洞的中心是讓時空都終止的奇點，而白洞的中心也有個奇點，但這奇點卻是所有物質展開旅程的起點。

黑洞吞噬一切，成為宇宙物質的消化者。

白洞噴發一切，成為宇宙物質的製造者。

只是白洞未必是好，它所製造出來的大量物質，也同樣暴力而混亂，也許更危險，更瘋狂，更讓宇宙徹底的失去了秩序。

但比起黑洞的寂靜絕望，白洞充滿混亂，卻又充滿了生機。

能創造白洞的男子，其身分，已經呼之欲出。

「土地公……不……蚩尤！」吸血鬼女低呼。「你……」

土地公毫不畏懼的瞪著魔佛H的眼睛，整個地獄遊戲中，能有這樣的威力與膽識，瞪著黑洞之眼的男人，大概也只有他了吧。

「臭老頭，如果你還不醒，我就把你瞪醒！」土地公全身爆發濃烈的灰色可視靈波，高舉手上拳頭。「管他什麼天劫，老子就接收了，我把整個天堂地獄人間全部弄得一團亂，我也不介意啦！」

而就在這黑洞與白洞，兩大奇異宇宙現象僵持之際……

忽然，魔佛H嘴角揚起，祂笑了。

笑容中，魔佛H的眼睛，閉上了。

「閉上了？」吸血鬼女身體一顫，閉上的魔佛之眼，代表什麼呢？

隨即，魔佛之眼，再次睜開。

而這次，眼中的黑洞消失了。

取而代之的，是一雙吸血鬼女曾看過，更對其滿懷感激的雙眼，那是太陽。

溫和，純淨，暖暖的晨曦之陽。

看見了這雙眼睛，土地公也露出滿是獠牙，但卻鬆了一口氣的笑容。

「臭老頭，你也是會醒的嘛，差點，我就要接下天劫了……」土地公笑著，「這世界又要毀滅一次，不，這次是真的會被我毀滅了。」

魔佛的魔髮落盡，眼中的黑洞幻化回暖暖太陽，經歷了無數辛苦，聖佛終於回來了。

於是，吸血鬼女來到聖佛之前，她雙手合十，對聖佛單膝跪地。

吸血鬼女沒有說話，她感謝聖佛曾為她做的一切，不只是在血腥瑪麗率領部下屠村時，救了吸血鬼女，之後吸血鬼女被白虎精夫妻收養，一直到進入地獄學院，以及加入曼哈頓獵鬼小組，其實都受到聖佛默默的照顧。

她想對說聖佛說聲謝謝，但卻說不出話來，取而代之的，是不斷落下的眼淚。

尤其是，當她想起聖佛為了承受天劫，竟殺了這麼多人……許多無辜的生靈，這份大罪，該如何算？

活了數千年，一直為守護蒼生而努力的聖佛，該如何償還這筆債？

想到這，吸血鬼女無法說話，只能任憑淚水一滴一滴，不斷落下。

直到，吸血鬼女感到頭頂微微一沉，一隻厚實溫暖且粗糙的大手，正輕輕的放在自己的頭上。

感受著這隻手的厚實溫度與粗糙表面，吸血鬼女的淚，流得更多了。

她知道，素來不說話的聖佛，正用這隻手，溫柔告訴著吸血鬼女，「別掛心……一切隨緣吧。」

「聖佛……」吸血鬼女啜泣著，她發現，不知道何時，她身邊多了兩個人，蜘蛛精娜娜與九尾狐。

兩人同樣垂首低頭，同樣淚流滿面。

而聖佛的手，也一一輕撫娜娜與九尾狐的頭頂，一如慈父疼愛著愛女。

掌心的溫度，似是在說著對吸血鬼女、九尾狐和娜娜的感謝，這場蒼生之劫，是因為有妳們三人，才得以終止。

「聖佛，我們才要謝謝你……」娜娜哽咽的說。

「聖佛，您辛苦了。」九尾狐低語，也同樣哽咽著。

而就在聖佛的大手離開吸血鬼女頭頂之際，吸血鬼女忽然一抬頭，表情微微吃驚，「聖佛，我剛剛耳中響起的聲音，關於那個人，您的意思是……」

聖佛卻沒有回答，只是微微一笑，然後手離開了吸血鬼女頭頂，抬起頭，看向了站在一旁的土地公。

土地公，本體蚩尤，他與聖佛打了好幾千年的架，始終不分勝負，但卻在最後一刻，他來到魔佛面前，硬是逼著聖佛清醒。

聖佛看著土地公，嘴角單邊上揚。

「嘿，臭老頭，原來你也會笑？我以為你整天只會板著臭臉，哈哈哈。」土地公的回應，是朗聲大笑。「下次約好了，咱們再繼續打！」

聖佛沒有回應，只是再次看了一眼土地公、吸血鬼女、九尾狐以及娜娜，然後緩緩的閉上了眼睛。

閉上了，那賜予萬物光與熱的太陽之眼。

看著聖佛閉上眼，所有人都沉默了，直到……聖佛再次睜開眼。

當聖佛再次睜開眼，原本眼中的光與熱，慈悲與博愛，都消失了。

取而代之的，是一雙靈活，充滿智慧與卻又有些調皮的眼睛。

看到這雙眼，不約而同的，吸血鬼女、九尾狐與娜娜都笑了，而土地公更是伸出手，直接摟住這對眼睛主人的肩膀。

因為，他們都知道這雙眼睛屬於誰，一個老是逃過死劫，擁有高絕功力與輕鬆笑容的老友。

「聖佛走了？」九尾狐問。

「走了。」那雙眼睛的主人微微一笑。「祂離開了。」

「沒說去哪？」娜娜問。

「祂從不說去哪的，也許，又去拯救需要拯救的蒼生了吧。」雙眼的主人，語氣崇敬。

「聖佛走了，也歡迎你回來。」吸血鬼女舉起了手，與眼睛的主人擊掌。「H。」

H，也就是少年H。

是的，正是這軀體最原本的主人。

少年H，是他對貓女的眼淚誘發了天劫，更讓聖佛轉為魔佛，屠殺百萬生靈，卻也是他在最危急時出手，救下阿努比斯和吸血鬼女，成功讓魔佛消散，而聖佛走了，終於，又回到了他一個人。

少年H微笑著。

輕鬆，帶點調皮，令人安心的微笑。

「接下來。」少年H微笑著說，「我們還有事要忙。」

「還有事？啊，你是說阻止女神？」吸血鬼女問。

「不是喔。」少年H抬起頭，看著遠方。「是等待遊戲中最後，也是最關鍵的道具。」

「道具？」

「那道具很重要。」少年H語氣溫和。「因為，那道具也許可以，贖清聖佛殺戮了百萬玩家的罪。」

「欸？可以贖清聖佛的罪？」三個女人同時驚呼，「怎麼可能！」

「這可是聖佛告訴我的。」少年H比了比腦袋，「當我還跟他共用軀體時，他和我說的。」

「究竟什麼道具……」三個女人同時問道。「這麼厲害？」

「還有什麼道具有這樣厲害的道行，當然是地獄遊戲中排行第一的……」少年H微笑著。「黑蕊花！」

黑蕊花！

一個功用不明，卻被整個地獄遊戲玩家追逐的神祕道具。

如今，就要登場了嗎？

它又究竟有什麼神效，可以洗清聖佛一身血罪？

黑蕊花，此刻在哪呢？

它正在一片輕微晃動的黑暗中。

這片黑暗，是屬於一個女子肩膀上的包包，女子不斷的看著自己的手錶，喃喃唸著。

「剩兩站……」女孩雙手抓了抓手提包的背帶，喃喃自語著。「只剩下最後兩站就到台北車站了，無論如何，都別出事啊。」

「兩站之間時間不過一兩分鐘，很快就到了啦。」坐在女子旁邊，有個穿著破爛，但五官中帶著些許英氣的男人，正蹺腿坐在捷運椅上。「別怕別怕，何況有我九指丐在啊。」

九指丐？這個人是九指丐？那這名女子難道是……

「哼，就是因為你在，我才特別怕啊。」女子搖頭。「你這麼不可靠……」

「嘻嘻，我很可靠好嗎？要不是靠我把黑蕊花藏在商店裡，我們現在能坐在這捷運上嗎？嘻嘻。」九指丐嘻嘻笑著。「妳就別太擔心啦，這時候所有人都專注對付著魔佛H，哪有人有心力來找我們？小桃。」

小桃，這有著一頭波浪長髮的女子，果然就是小桃。

「說的也是，」小桃閉上眼，「希望真如你所說的，能平安將黑蕊花送到台北火車站。」

「不過，和這道具一起玩了這麼久，還真搞不清楚它的作用。」九指丐說。「妳猜到了嗎？」

「我也猜不到。」小桃搖了搖頭。「但我知道，這道具很重要，一定要在此時此刻，送到台北火車站。」

「為什麼，因為它能逆轉女神戰局？」

「嗯。」小桃搖了搖頭，她其實也不知道，但她卻有一種強烈的直覺。

這朵黑蕊花的影響力，肯定遠遠凌駕「當我們同在一起」，而且她必須完成任務，不只為了阿努比斯，也為了少年H，甚至更多更多的玩家。

但，就在小桃期待捷運快點到站之時，忽然，車廂的燈光閃爍了兩下。

「怎麼？」小桃和九指丐同時抬頭。

下一秒，燈光全暗。

整節車廂中，登時陷入無光的黑暗中。

黑暗中，車廂又搖晃了一下，彷彿某種巨大的力量撞上了這節車廂。

「啊？」小桃急忙伸手，拉住了一旁的九指丐，「小心。」

一旁的九指丐也手一翻，回握住小桃。

感受著九指丐掌心的溫度，小桃稍微鬆了一口氣。「剛剛車廂好像受到了攻擊，你沒事嗎？」

「沒事……」九指丐聲音在黑暗中有些含糊。

「你聲音怪怪的，受傷了嗎？」小桃雖然氣九指丐的臭屁，但卻忍不住關心的問。

「沒事……」

「嗯。」小桃頓了一下，似乎在思考什麼，「那你可以點亮你手機的光嗎？好黑，我看不清楚。」

「妳確定？」

「什麼確不確定的，當然是確定啊，快點啦，」小桃跺腳，「我現在不想玩啦。」

「咯咯，那我點囉。」小桃只感覺到身旁的九指丐在身上一陣掏摸，掏出了一個類似手機的物體，然後噌了一聲，手機的燈光，亮了。

而就在亮起的那一瞬間，小桃感覺到呼吸停了。

因為，在這個由下往上照映的燈光中，小桃看清楚了身旁，這個人根本不是九指丐，而是一個戴著面具的小丑，面具上的臉，正露出似笑非笑，似哭非哭的詭異神情。

「你是誰……」

「咯咯，咯咯咯咯咯咯咯，」那小丑面具發出又尖又高的笑聲，「我是小丑啊，妳忘了我嗎？我就是地獄列車上，差點殺死阿努比斯的小丑啊！」

小丑！

卑鄙，貪婪，從不正面戰鬥，專使恐怖手段的刺客，小丑！

他怎麼會出現在這裡，主導這次黑蕊花的攔截？

說完，小丑的雙手勒住了小桃的脖子，然後就要用力掐下。

「結束啦，黑蕊花就要落到我手上啦，咯咯咯咯咯咯。」小丑尖銳的笑聲，在黑暗中迴盪。「就說這種重要的場景，就是要我小丑這樣的人物，才扛得下來嘛。」

不過，就在小丑放聲狂笑，準備用雙手將小桃掐斃之際……

小丑的表情，卻忽然變了。

因為他感到雙手一硬，竟是被兩團冰給困住，手指無論怎麼用力，都掐不下去。

然後，小丑聽到了一聲輕笑，來自眼前小桃這名女子。

「原來是小丑啊。」笑聲，來自眼前的小桃，她目光炯炯，絲毫沒有深陷險境的慌亂。

「難怪……」

「難怪什麼？」小丑不懂，他弄黑了車廂，偷襲了九指丐，更要趁小桃與自己牽手之際，趁機捕殺小桃，佈局如此完美，怎麼會露出破綻？

「難怪……」小桃手上的冰，不斷凝聚。「你的手指頭不是九根，而是十根啊。」

這一剎那，小丑懂了，是那個握手的瞬間，小桃摸出了小丑的指頭，硬是比九指丐多了那麼一根！

也在這剎那，小桃手上的冰，化成一柄尖銳冰錐，猛力揮去，噗的一聲，在燦爛的冰粒晶花之中，冰錐直接插入小丑的面門。

燈光閃爍了兩下，車廂恢復了光明。

明亮的車廂中，小桃看清楚了眼前情勢，小丑頭顱被插破，五官全部陷入臉上的冰錐洞口，死狀頗醜。

而九指丐則因為在黑暗中被偷襲，倒在地上，露出歉意苦笑。

「抱歉燈光一黑，我就被小丑偷襲得手了。」九指丐的身上有個刀傷，雖然不至於致命，但短時間可能無法恢復戰鬥力了。

「沒事就好。」小桃低身，將九指丐拉起。

「妳剛好酷，竟然對小丑實施反偷襲。」九指丐坐回了椅子後，喘了一口氣。「但，不能掉以輕心。」

「嗯？不能掉以輕心？」小桃露出疑惑神情。「你的意思是？」

「道具。」九指丐比著地上的小丑屍體，「注意到了嗎？地獄遊戲鐵則，死亡時必噴道具，妳有看到小丑身上噴出道具嗎？」

沒有。

小桃目光移向小丑這具屍體，他的臉上雖然被插上了冰錐，冰錐貫腦而過，理當非死不可，但卻未噴出任何道具。

換言之，小丑沒死。

如果他沒死，接下來，他會出什麼招數？

小桃腦海閃過這念頭的同時，忽然，她看見了小丑的面具下，一個小小長方形黑影竄動。

「咦？」小桃雙手運起冰氣，身為天使團天使的她，冰氣是她最強武器。

長方形黑影在空中來回竄動，最後在空中陡然停住。

這一停，也現出了長方形黑影的真身，它是一張紙牌，紙牌上畫著一個跳舞的小丑，雙手正玩著各色皮球，發出咯咯的尖銳笑聲。

「沒想到，妳還挺厲害的嘛。」小丑笑著。「剛剛就算妳能識破我的身分，能在一瞬間，凝結冰氣成冰錐，並將我腦袋貫穿，妳的等級應該接近黑榜百大群妖了。」

「過獎。」小桃屏氣凝神，她自己強嗎？這幾年來在地獄遊戲的歷練，的確讓她跨越到自己從未想像過的境界。

她的冰，可是曾經擊潰與瑪特相同等級的眼鏡蛇王，也曾經與九指丐合作殺敗母獅神。她強嗎？經過這麼多場戰鬥，答案絕對是肯定的。

「所以，你打算直接投降了嗎？」小桃手上的冰氣盤桓流動，時而柔軟時而剛強，正顯示出她對操縱冰氣的輕鬆自在。

「打，也許是打不過，不過，我小丑的絕活，向來不是打架。」紙牌上的小丑，一邊發出笑聲，一邊跳著舞。

「那是什麼？」

「是恐懼啊。」紙牌上的小丑，發出狂笑。「妳忘了嗎？是恐懼啊，咯咯咯咯咯，是招喚恐懼啊！」

而就在這一瞬間，小桃的眼睛陡然睜大，因為她看見了，小丑使出了一種小桃完全無法理解的詭異招數，而招數的威力，更遠遠的超過了小桃的想像。

小丑這角色，第一次登場，非常的久遠，他甚至是地獄列車的元老之一。

據說他真正的身分，是一間高中宿舍的抽鬼牌遊戲中，不小心招喚而來的惡鬼，在那場抽鬼遊戲中，小丑害死了幾個學生，最後被兩個叫做表哥和胖子的同學，實施淨化儀式而擊敗。

看他會被高中生擊敗，就知道他的戰力並不強，至少在當時地獄列車的群雄之上，他的戰力不是排行倒數第一，就是倒數第二……

可是，他卻是導致曼哈頓獵鬼小組中的二號，雷，死亡的元兇。

因為小丑的招數，並不是他自己，而是「恐懼」。

小丑能呼喚敵人內心中，最恐懼的人物。

於是小丑喚醒了雷心中最痛恨也最恐懼，也是圓桌武士武藝之首，湖中劍蘭斯洛。

蘭斯洛在透過羞辱與數落的心理戰之後，將雷打得節節敗退，但最後，雷卻以自己的生命，逆殺了這名從地獄歸來的恐懼惡夢——蘭斯洛。

兩人，同歸於盡。

小丑的恐懼招數，拿了曼哈頓獵鬼小組上的唯一一個死亡姓名，雷。

不過，也在同一時間，小丑的恐懼招數卻對另一個人失效。

那個人是阿努比斯，而阿努比斯的恐懼人物，是尊貴至極的女神伊希斯，神級太高的人擁有拒絕招喚的能力，藉著這樣的特殊條件，阿努比斯並未陷入小丑的恐懼陷阱中。

之後，阿努比斯更用一拳將小丑打趴在列車牆壁上，徹底終止了小丑的惡行。

只是，時光回到現在，小丑的惡夢招數即將再次展開，而他的對手，換成了小桃與九指丐。

他們兩人的恐懼對象，不會是神，所以沒有無法招喚的問題，

「天地之間啊，應承我小丑的呼喚，最恐懼之人或物，給我出來吧！」小丑的牌面跳躍著，然後一道綠光出現，朝著小桃直射而來。

最恐懼之人！

小桃往後退了一步，她看見眼前那堵冰牆之前，出現一團光影，這團光影初時模糊，但卻慢慢的清晰……有個人，正從光影中出現！

光影中，小桃隱隱可判定這人是一名男子，很高，黑色長外套，而且奇妙的是，從他模糊的輪廓中，就可以感覺到此人散發著一股孤傲難馴的霸氣……

這剎那，小桃才開始想，她所懼怕的人，究竟是誰？

小桃是人類，也就是所謂的現實玩家，她父親做的是中藥生意，在她六歲時，她父親與母親離婚，母親離開之後，父親又再續弦，於是小桃有了新媽媽，而新媽媽再兩年後又生了一個弟弟。

小桃和新媽媽非常不熟，應該說，新媽媽曾非常用心的想要與小桃親近，是小桃自己無法跨過那個門檻，最後兩人終於在一個微妙，且雙方都不感到尷尬的距離，停了下來。

不過，另外一件有趣的事卻發生了。

小桃的新弟弟，在長大之後，變得無比叛逆，他不只抗拒念書，更抗拒社會，抗拒他人的親近，讓小桃的爸爸與新媽媽頭痛不已，但小桃卻是唯一的例外，這個弟弟與小桃非常的投緣。

兩人彷彿都能了解這扭曲家庭對自己帶來的影響，而互相珍惜著，幾次弟弟差點走上險路，也都是小桃親自出面苦勸，將其帶回。

後來，小桃漸漸長大，沒有太大野心的她選擇當一名幼稚園老師，她對小孩有愛，也有耐心，她在幼稚園內可以說是得心應手，直到有天，有個人來找她，那個人是一個身家數千萬的科技主管，綽號老爹。

他說，他要找他女兒，希望小桃幫忙。

小桃聽得是莫名其妙，為什麼要找她?她又不認識這個人？

「其實妳不認識我，但我卻觀察妳一些時間了。」這個名為老爹的人是這樣說的。「因為我組出來的團隊，嗯，其實都是一些非常有能力，但卻非常奇怪的人，在這些人當中，我需要有一個本質善良，但卻平凡的人，這個人必須平衡這些人的性格，讓團隊不至於分崩離析。」

「本質善良，卻又平凡的人？」小桃聽得目瞪口呆。「我怎麼完全聽不懂你是在稱讚我？還是在虧我？」

「當然是在稱讚妳，給我三十分鐘。」老爹語氣真摯，「我想告訴妳一個故事，一個用盡全部力量，想要把失蹤女兒帶回來的……父親的故事。」

「嗯。」小桃看著老爹的眼睛，直覺告訴她，這個老爹不是壞人，更不會說謊。

而就是那三十分鐘，讓小桃決定加入地獄遊戲，更決定協助老爹，找回他的女兒。

也在小桃見過老爹口中的「隊員」之後，更加確信了老爹話語中的可信度。

電腦天才比爾、籃球大帝五號、音樂鬼才麥可，更別提蜘蛛精娜娜了……只有沉默少言的小五是個名不見經傳的凡人，和小桃比較相近一點，但時間久了，小五對電腦的強大能力，又讓人感覺到他的不凡。

於是，小桃如老爹所預期的，成為了天使團中，人緣最好，也最關鍵的平衡點。

也許因為她夠平凡，也許因為她不具威脅性，更也許她懂的，是每個人內心除了天才以外，那溫柔且基本的人性部分。

然後，地獄遊戲逐漸進入了巨變時期，各方神魔強勢降臨，五大軍團的勢力崩解，老爹決定與少年H結盟，因為老爹發現，女神控制著女兒的身軀！

為此，一直明哲保身的天使團，正式加入混戰，每個團員沒有多說什麼，一方面他們本來就是因為老爹而聚在一起；二方面，這是小桃自己猜測的，這些人類世界的天才們，其實也渴望戰鬥，渴望在地獄遊戲中，留下些什麼……

而透過各式各樣的戰鬥，他們也的確留下了什麼……麥可與貝多芬的合奏，比爾窺見了女神的完美程式，五號用籃球證明了他不懼神魔，而小五呢？他和白老鼠的聯手攻擊，一定會讓他含笑而終吧！

最後，小桃在這些戰鬥中，遇見了九指丐……一個神經很粗，但卻一看就知道，會對自己很好的人。

一直想到這裡，小桃都感覺到自己人生其實沒啥遺憾，要說遺憾，大概就是那場地獄遊戲瘋狂的追逐，始終沒有追逐到那個人……

而眼前，那個光影正不斷的清晰著。

小桃最恐懼的人，就要出現了嗎？

會是那個人嗎？

小丑，真的會把那個人喚回來嗎？

當光影停止了變化。

小桃的表情先是吃驚，然後卻忍不住噗嗤笑了出來。

「那張鬼牌，一定，一定，一定，」小桃開始笑，「一定沒有想到，會把你叫回來吧？」

光影已然消散，那個人正穩穩站在地上，逼近一百九十公分的身高，黑色長大衣，肩上倚著一柄獵槍，臉上，則是胡狼面具。

「是啊，」那個人也笑了，笑時，兩排獠牙閃閃發光，霸氣中帶著帥氣。「沒想到，我才剛死，又要回來了。」

「既然回來了，你會一直都在嗎？」

「這沒辦法，我的回來只是暫時的。」那人慢慢的轉身，「但我走之前，至少會完成一件事。」

「那件事……」

「我會送妳平安下捷運，」那人大笑，轉頭對那張紙牌低吼，「對吧，小丑，我的老友！」

這剎那，小丑發出了尖叫，薄如紙牌的他，宛如高速飛舞的蟑螂，在捷運中開始逃竄。

小丑一邊尖叫，一邊哭著吶喊。

「怎麼可能，怎麼可能把你叫回來！那女孩怎麼會最怕你？怎麼會以你為她的缺憾！」

小丑哭著，「怎麼會是你啊……阿努比斯！」

是的，就是阿努比斯！

阿努比斯，才壯烈犧牲，又回來的超強魂魄。

在這裡，將親自護送小桃，把黑蕊花送至少年H的身邊。

「吼！」小丑拚命逃著，現在，距離到台北火車站的最後四十五秒，如今已經變成小丑最危險的時間。

但小丑知道，他還是有生機的，那就是撐到台北火車站，只要這四十五秒內他不被阿努比斯逮到，當車子平安抵達火車站，那裡還有一人，能制住阿努比斯。

而那個人，叫做伊希斯。

伊希斯不會讓阿努比斯殺了小丑，小丑很清楚，阿努比斯一定也知道。

這場逃生大賽，唯一勝負的規則，就是能否撐過四十五秒！

「要打敗你也許沒機會，但只是逃四十五秒，有那麼難嗎？」小丑邊逃竄，邊冷笑。「而且我猜，你就算復活了，但剛剛和魔佛H打完的你，靈力也不可能恢復得這麼快，你的那些靈力絕招，應該都打不出來吧，怎麼可能殺得了我？」

「你倒是挺會想的。」阿努比斯淡淡的一笑，「是的，現在的我，沒有半點靈力。」

「那我還怕你什麼？」

「當然要怕！」阿努比斯笑了一下，然後，身影突然消失。

當他再次出現，已經出現在小丑的身旁，然後他的拳頭已然舉起，跟著猛力揮下。

砰的一聲。

小丑一個急扭牌身的迴轉，驚險萬分的避開了這一拳，但這拳力強橫，直直往前，直接轟中捷運的柱子，柱子應聲折斷！

拳力未盡，又繼續往前，把座椅打穿一個洞，洞一直往下貫穿，不只穿破了椅子，連車廂的牆壁都貫破，露出後方陰暗的捷運隧道，洞口狂風飛揚，將粉塵全部吸了進去。

看到這拳的威力，小丑頓時噤聲。

「嗯，剛死過一次，拳頭的力道還沒完全恢復，」阿努比斯轉了轉手腕，露出淡淡的笑容。「下一拳，力量應該會再強個三倍吧。」

「強……強三倍……」小丑聲音顫抖。

「對了，你剛剛說什麼？啊，你說過我靈力不足，殺不了你？」阿努比斯雙目綻放殺氣光芒。「是嗎？」

「哇！救命！」小丑又是一個竄動，往捷運的天花板鑽去。「剩下三十五秒了，你不可能，不可能抓得到我的！」

「天花板嗎？」阿努比斯仰頭，露出笑容。「小丑，你知道嗎？其實比起靈力對決，我還更喜歡用直接……」

「直接……？」小丑已經鑽進了車廂天花板的縫隙中。

「直接訴諸暴力啊！」阿努比斯說完，整個人躍起，然後掄起拳頭，對著天花板又揍下去！

這一擊，威力果然比剛強上三倍，天花板受了這拳，頓時如波浪般扭動，當扭動到了極限，天花板的接縫處頓時斷開，垮啦的一聲，整個天花板如大雨般落下。

碎片大雨中，是驚慌失措，到處亂飛的小丑牌。

還有，露出獠牙笑容的阿努比斯。

「看，你這不就自己下來了嗎？」阿努比斯在不斷墜落的天花板碎片中，再次揮動了他的拳頭。

拳頭，不斷撞開飛落而下的天花板碎片，在碎片中形成一條筆直的真空帶，真空帶的盡頭，正是逃竄的小丑。

「救命啊！」小丑牌一邊尖叫，一邊急迴旋，避開了阿努比斯這拳，阿努比斯的拳頭沒有擊中小丑，僅僅拳頭邊緣擦過了小丑的牌緣。

但光是這一擦，就擦去三分之一張的小丑牌，紙牌上的小丑，被擠在剩下三分之二的空間內，繼續尖叫著，這次，他往下一鑽，鑽入了地板的縫隙內。

「地板嗎？」阿努比斯再次舉起拳頭。「這次要注意安全囉，小桃。」

「這有什麼問題？」小桃甜甜一笑，坐到椅子上後，順勢收起放在地板的雙腳。

而小桃的腳才剛剛收起，阿努比斯的拳頭，已然貫入捷運車廂的地板內。

當整個拳頭貫入地板內，地板頓時以阿努比斯的拳頭為中心，像漣漪般，一圈圈往外隆起。

當隆起到了極限，地板更是轟然炸開。

當地板炸開，頓時露出了自以為躲藏得很好的小丑牌，他一見到阿努比斯，急忙尖叫，再次飛起，但拳頭已經來了。

瑟的一聲，拳風如刃，又削去小丑牌三分之一大小。

牌面只剩下原本三分之一大小，小丑擠在小小紙牌內，手腳都已經彎曲，臉也靠在紙牌的邊緣處，但他仍不放棄的繼續逃竄。

「十五秒，剩下十五秒啦。」小丑叫著，讓人分不出他是在笑，還是在哭。

「就算十五秒，天花板和地板你都躲過了，你還想躲去哪？」阿努比斯霸氣外露，緊追著剩下三分之一張的小丑牌。

「你弄錯了一件事喔，自以為老大的阿努比斯！」四處飛散的天花板與地板碎片中，小丑牌宛如失控的蒼蠅在空中亂竄，「地板，可是我騙你掀開的……」

「喔。」

「因為，我要找出地板下，『那東西』的位置。」小丑在空中一個迴旋，似乎瞄準了某個目標，然後急速俯衝了過去。

「哼。」阿努比斯的雙眼順著小丑牌的方向看去，只見小丑牌瞬間貼到了一個大型機械體的上面。

那機械體有黝黑的金屬外殼，有齒輪，有皮帶，正隆隆的運作著。

這東西，正是整台捷運列車運作的核心，引擎。

「引擎。」阿努比斯冷冷的說，「你想躲在引擎上？」

「哈哈，聰明，聰明，不愧是當過列車長的阿努比斯啊。」小丑尖笑著，「我就是要找引擎，只要躲在引擎內，看你怎麼打？」

「……」阿努比斯看著剩下三分之一張的小丑牌，半插在引擎內，露出咯咯咯詭異的竊笑，阿努比斯的眉頭皺了起來。

「剩下十秒囉，阿努比斯，你揮拳啊，沒有靈力的你，用力揮拳啊，揮下來引擎裂成碎片，看你怎麼把黑蕊花送到台北車站？」

「……」阿努比斯閉上眼，沒有說話。

「九秒……八秒……七秒……」小丑咯咯的笑著，「怎麼樣，還是我贏了吧，我天生就是當主角的料，咯咯咯咯，我要平安抵達台北車站囉，女神在那，我看你怎麼動我……咯咯咯咯！」

「剩五秒，那表示……距離台北火車站，也夠近了吧？」阿努比斯慢慢睜開了眼睛，然後微笑。

那是霸氣十足，天下無雙的阿努比斯獠牙之笑。

「咦，」看見阿努比斯這樣的神情，小丑表情驟變。「等等，你、你想要幹什麼？」

「當然是，揮拳啊！而且是，用力揮拳啊！」邊說，阿努比斯邊舉起拳頭。

然後，毫不保留的，往小丑藏身處揍了下去，這一揍，當然是揍在宛如捷運心臟的－引擎之上！

「阿努比斯，你瘋了嗎？」看這阿努比斯的拳頭越來越近，小丑放聲尖叫。

「瘋？哈哈哈，我阿努比斯，豈是會受到威脅之輩！」阿努比斯狂笑中，飽滿的拳頭，已然紮紮實實的轟入引擎中，而引擎先是微微一頓，然後發出像是人類肚子脹氣般「咯嚕、咯嚕、咯嚕」的怪聲……

「阿努比斯……」小丑最後的慘叫，是與引擎爆炸聲、零件碎裂聲，與拳風揮動聲混在一起的！

引擎，炸開了。

而原本藏身其中的小丑牌，自然無處可躲，他尖叫，哭吼，悲鳴，從碎裂的零件中，再次逃竄而出，但這一次，他真的無處可躲了。

他只飛了兩下，忽然身體猛然一定，這是被阿努比斯的兩根指頭硬是夾住，這一夾，宛如鋼鐵熔鑄，小丑再也動彈不得了。

「阿努比斯，你沒有贏！你這笨蛋！引擎毀了，捷運不動了……那女人怎麼把黑蕊花送到台北火車站，哈哈哈……」小丑狂笑著。「你就算殺了我，也是選了一個同歸於盡的方式，笨蛋！哈哈哈！笨蛋！」

的確，引擎被破壞的那一刻，捷運車廂開始減速，在劇烈晃動之中，越來越慢，轉眼就要停止。

「是這樣嗎？」阿努比斯走到了小桃面前，伸出了手，宛如紳士邀請淑女。「因為只剩下五秒的距離，所以，我知道我可以。」

「可以？」小桃露出疑惑神情，伸出自己的手，放在阿努比斯的手心。

當阿努比斯牽起小桃的手，順勢將她身體一托一帶，讓小桃坐到了阿努比斯的右肩之上。

「阿努比斯……」小桃訝異，阿努比斯想要做什麼？

「最後五秒的距離，不算遠。」阿努比斯語氣溫柔，「就讓我親自送妳一程吧。」

「啊？你要……」這剎那，小桃懂了。

「去吧，小桃！」說完，阿努比斯開始往前狂奔，奔出了捷運車廂後，跳在鐵軌上，然後越跑越快，越跑越急，周圍的風宛如一台高速行駛的汽車。

「阿努比斯！」小桃在風中大喊，而下一秒，她感覺到身體一輕。

她的身體已經被阿努比斯，如推鉛球般，送了出去。

「小桃，一路順風。」阿努比斯最後的聲音，爽朗而豪氣。

她在阿努比斯的推力下，感覺到自己在黑暗的捷運鐵軌上飛著，不斷往前飛著，而她忍不住回頭，看向了還在鐵軌上的阿努比斯。

鐵軌的盡頭，阿努比斯對小桃微微欠身後，霸氣轉身，然後他的身影越來越小，越來越小……小到被黑暗的捷運鐵軌山洞給吞噬，小桃再也看不到了。

當小桃回過頭，緊接著出現的，是山洞盡頭微微的一點亮光，它正隨著小桃不斷往前飛進，不斷的擴大著。

小桃知道，那就是台北捷運車站的入口。

阿努比斯沒有了靈力，但有著摧毀車廂的怪力，他靠著這份怪力，將小桃成功的送到了台北車站。

阿努比斯成功了。

但，卻被留下來了。

也許，阿努比斯知道，他終究只是被小丑招喚回來的亡靈，所以他最重要的任務，是送小桃一程，以及，回頭收拾小丑，這個老是在最後鬧場的混蛋……

「再見，阿努比斯，光想到你和小丑的獨處時光……」當小桃穩穩的落地，她的雙腳已經在台北火車站的米白色地板上了。「就很替，小丑，擔心啊！」

當小桃穩住了身形，她第一件事，就是回過頭，對著一片漆黑的捷運隧道，一個深深鞠躬。

「阿努比斯，再見了，因為你是我最喜歡的人，所以也是我最介意與害怕的人。」小桃語氣溫柔，帶著淡淡鼻音。「再見了，阿努比斯，你永遠是我心中的英雄。」

鐵道沒有回應，只有一陣淡淡的風吹來，吹起了小桃的短髮。

「接下來，又回到我的任務了，九指丐沒來，只剩下我了。」小桃拍拍肩上的包包，裡面的黑蕊花依然存在。「我得將這朵黑蕊花，親自送給少年H才行啊！」

我得將這朵黑蕊花，親自送給少年H才行喔。

第六章　遊戲史上最強道具，黑蕊花

黑蕊花，在道具排行榜上編號第一，同時被喻為得手難度最高，功能卻是神祕到無人可知的道具，此刻，正被一隻纖細的手，捧在掌心。

黑蕊花躺得並不算安穩，因為這掌心正在上下搖晃著。以搖晃頻率來判斷，這隻手的主人，正激烈的奔跑著。

她是小桃。

她一隻手捧著黑蕊花，跑過捷運月台，跑過手扶梯，刷了悠遊卡，轉上階梯，穿過地下街，她知道她的目標在哪，而且很近了……

目標的名字，叫做台北火車站。

那裡，有一個叫做少年H的男子，這男子正等著這一朵花，而且他也可能是目前地獄遊戲中，極少數可能猜到黑蕊花用途的人。

小桃跑著，忽然發現，空無一人的地下街道旁，有一個人站著。

看到這男子的時候，小桃忍不住多看了一眼，原因無他，因為這人是小桃記憶中所看過，最好看的一個男人。

好看到，就算只是眼角餘光掃到，都忍不住想多看一眼。

這男子，穿著一件高挑合身的黑色西裝，長髮綁成俐落馬尾，散發著剛柔並濟的氣質，兼具著男子的陽剛剽悍，與女子的清秀絕俗。

這人，是男還是女？怎麼會那麼好看？

而就在這時，這人對小桃笑了，好一個令人著迷的微笑。

「女孩，我用一個願望，」那男人微微笑著，「換妳手上的東西，好嗎？」

「願望？換我的……黑蕊花嗎？」小桃腳步減慢了。

「沒錯，就是黑蕊花。」男子伸出了手掌，纖細卻又充滿力道的五根指頭，同樣迷人。

「換給我好嗎？」

小桃的腳步又更慢了，慢到幾乎停步，雖然她不懂這男人為什麼會出現在這，為什麼知道小桃身上有黑蕊花，但不知道為什麼，小桃就是相信，這男人辦得到……

無論多可怕，多巨大，多邪惡，多誇張的願望，這男人都有實現的能力。

「怎麼樣呢？什麼願望都可以喔。」男人保持著微笑，這微笑彷彿有一股魔力，深深誘惑著小桃。

「我……不……」小桃感受到男人那幾乎蠱惑般的魅力，讓她內心感到一片混亂，張狂的欲望，混亂的心智，貪婪的生命，不斷拉扯著小桃的理智。

如果有一個願望，我想要什麼呢？

我可以擁有一輩子永遠都用不完的財富，我可以變成人見人迷的女孩，我可以擁有顛覆世界的權力，我可以……

但想到這，小桃猛然搖頭。

「不，不可以，這黑蕊花，是兩個男人託付給我的！」小桃用力吸了一口氣。「那兩個人一個用詭計留住黑蕊花，一個用生命將我保護到這裡，我、我不能給你！抱歉！我要走了！」

「要走了……」那男人的表情，慢慢的由微笑轉為嚴肅。「妳真的不考慮一個願望嗎？」

「我不……」小桃搖頭。

但小桃的話還沒說完，忽然，她看到眼前的男人身材陡然脹大，足足脹大了一倍有餘，那原本好看的臉，變成了魔鬼般猙獰，全身充滿巨大殺氣，讓小桃全身發抖。

「妳的意志挺堅定的嘛！那我只好用搶的了啊！」眼前這巨大的惡魔，發出令人膽寒的笑聲。

「搶的……」見到這男人如此驚人的威勢，小桃感到無比的恐懼。

「不要搶也可以，」瞬間，這巨大惡魔又恢復了原本帥氣溫柔的模樣。「那妳乖乖聽我的，小女孩，我可以給妳一個美好的願望喔。」

「願望……」

這一剎那，小桃感受到來自這男人，兼具威嚇與誘惑，恐懼與貪婪，痛苦與甜美，憤怒與喜悅，情感混亂成一團，因為這混亂，讓小桃的手，竟不自覺的，往前伸了出去。

「好乖，好乖。」那男人笑得開懷，笑得陰森。「妳可知道，操弄人類情感，可是我的強項呢。」

但，小桃的手卻只遞了一半，因為她又想起了數分鐘前，那個男人黑色的長大衣與他的背影，是他，將小桃送到了這裡……

而另一個男人，雖然生平詭計多端，多行不義，但卻在面對黑蕊花時，守住了他的正義，更全心全意的相信小桃，並將黑蕊花交付給了小桃……

這兩個男人，一個叫做阿努比斯，一個則是九指丐。

為了這兩個男人，小桃知道，再怎麼痛苦，再怎麼誘人，她都不能將黑蕊花交出去！為了這兩個男人！

「啊啊啊！」小桃發出意志堅定的怒吼，然後雙手硬是拉了回來，「我，拒絕！」我，拒，絕！

看到小桃如此斬釘截鐵，這男人眼中滿是驚異，「我用了誘惑，又用了威嚇，這兩招從古至今，不少成名英雄都淪陷了，妳竟然還能抵抗？」

「因為，有兩個男人，教會了我一件事。」小桃咬著牙，額頭冒汗，但眼神卻是無比堅毅。「那就是，守護。」

「守護嗎？」這男人看著小桃，原本氣勢驚人的身軀，慢慢的縮小，變回了原本人類的尺寸。「數百年前，好像有個朋友也對我這樣說過，他拒絕我之後，一直貫徹著他的理念，後來他成為地獄政府的首腦，不過，最後他的理念終究還是沒有達成，最終還是敗在伊希斯手下……」

「……」小桃看著這好看的男人，她發現這男人自言自語的時候，表情有些複雜，竟然帶著些許懷念，這男人是想到了誰嗎？

「好啦，既然利誘不成，威嚇不成，我也不浪費時間了，給我吧。」好看的男人微笑著，攤開了手掌。

「妳知道我是誰嗎？我的名字妳一定聽過……」好看男人笑著說。

「你……」

「你是？」

「我，就是撒旦。」

「撒旦？」小桃感到身軀一顫，那個在聖經中一直和上帝抗衡的魔鬼？那個基督教徒內心深處最恐懼的魔王？更是黑榜上名列為鑽石A的超級魔神！

撒旦！

「看妳的表情，妳是知道我的可怕了吧？」撒旦微笑著，手心攤開在小桃面前，「把東西給我，雖然不是用妳的願望換來，價值有些減低，但重點是這朵花本身，給我吧。」

說完，撒旦五指輕輕擺動，而這一擺動，小桃只覺得一股無法抵抗的力量，就要將她手上的黑蕊花扯走……

只是，黑蕊花只被扯離了半秒……忽然，嘶的一聲，竟然像是被吸了回來，又落回了小桃手心！

「咦？」小桃咦的一聲抬頭，緊接著發現，撒旦的目光充滿了戒慎與憤怒，正瞪向小桃的身後。

誰，是誰正站在小桃的身後？

「我以為你被打敗之後，就完全不管地獄遊戲這些事了呢？」撒旦口氣輕鬆，但卻難掩其中澎湃殺意。「怎麼，又回來了？」

小桃感覺到背後有股陡然上升的殺氣，排山倒海而來，這是什麼靈力？怎麼好像溫度破萬的火山岩漿？

好燙！好燙啊！

「好好好，是我不該，我不該提你被那女人擊敗的事，」撒旦聳肩，「更何況，我好像沒資格說你，因為我剛剛還被魔佛痛宰，哈。」

聽到撒旦如此說，小桃感覺到背後那人的殺氣微滅，但那股壓力卻絲毫沒有減弱，似乎正明確的告訴著撒旦，在我面前，你並不會討到任何便宜。

這樣的人，會是誰呢？

可以如此逼迫著鑽石A，地獄惡魔，撒旦。

「但若我們打起來，其實也分不出高下，只會讓我們互相消耗，平白無故的便宜了那埃及女人。」撒旦嘆氣。「不過，你真的要管這件事？這不像你啊。」

這時，小桃又感覺到背後傳來了一陣風。

這風，沒有剛才那炙人的萬度高溫，反而轉為清涼，像是從萬尺高山上吹來的風，空靈且透徹。

「因為你欠了那個H一份情？嗯，因為你兒子嗎？」撒旦聽到這，沉吟了數秒，「所以，你會在這擋我？」

小桃背後的那股氣，沒有反應，看似已然同意了撒旦的推論。

「好吧，既然你都這樣說了，那我放棄，我可不想和印度古老神系之主對打，放棄放棄。」撒旦微笑，退了一步。

印度古老神系？小桃一愣，她背後這個人的身分，呼之欲出啊！

「走啦，反正沒了黑蕊花，我還有那枚心臟，換句話說，我可還沒從這場比賽中退場呢。」撒旦說完，然後轉身，馬尾輕甩，就這樣化成一抹俐落的美麗的黑影，消失了。「我只能說，後會有期啦。」

後會有期啦。

這人，來的時候很帥，連離開之時，都不拖泥帶水，如果不是惡魔，一定很多女人為他癡迷吧……不，也許就是惡魔，才如此迷人。

「撒旦走了，我得快點往前……」小桃帶著黑蕊花往前跑了幾步，才想起她忘記和背後那個人道謝了，於是她回過頭，開口道：「謝謝……」

但當她回頭，卻發現那個人的背影，已經走遠了。

那個人穿著一件黃色袍子，步履穩重，宛如一名得道高僧，全身散發著寧靜與空靈之氣，小桃很難想像，剛剛就是這個人，發出宛如地獄火焰的岩漿靈氣。

他，到底是誰呢？

小桃歪著頭，認真的想了一下，由於短時間沒有辦法想出答案，於是小桃將雙手放在大腿上，一個九十度大鞠躬。

「謝謝！」小桃喊著。「雖然我不認識你，但謝謝你！」

那背影沒有回頭，只是微微的停步，若有似無的回應了小桃的感謝，然後又繼續邁步向前。

「好，接下來就要繼續努力前進了。」小桃轉身，吸了一口氣，又再次開始奔跑。「真的只剩下一點點距離囉！加油！」

小桃仍在奔跑，終於，她看到高鐵月台的收票口了，她只要通過這裡，就會到高鐵月台外的長廊，那裡就是九尾狐、娜娜、阿努比斯與魔佛H激戰之地！

然後，少年H就在那裡！

這朵花，交給他，任務就完成了。

想到這，小桃不禁露出了微笑。

不過，她臉上的微笑卻只維持了零點一秒，因為她突然看到了一個東西，陡然出現在她的正前方。

那是一張椅子。

一張看起來很簡樸，沒有半點裝飾，但卻絕對不該出現在這裡的椅子。

接著，一種宛如獵物見到獵人的恐懼，小桃感覺到一陣冰冷，順著她脊椎尾端開始往上，蔓延整個背之後，直竄上了後腦。

因為這一瞬間，小桃想起這椅子的來歷……在黎明的石碑上價格破表，被喻為神之道具，人人都想收藏的……

女神的椅子！

女神之椅現身，那表示……連女神，都要親自阻止黑蕊花嗎？

小桃停下腳步，戒慎恐懼的看著這張椅子，但奇怪的是，過了數秒，卻毫無動靜……

椅子在這裡，會發動什麼攻擊呢？

還是要等到走過時，才會突然發難？

女神要用什麼樣的招數，來搶奪這朵黑蕊花呢？

許多疑問紛至沓來，讓小桃呼吸急促，動彈不得，但小桃深吸了一口氣之後，她決定向前了。

背負著兩名男子的託付，小桃知道，自己必須往前走。

於是她小心翼翼的跨出了第一步，椅子沒有動靜。

她又小心的跨出了第二步，等了半晌，椅子依然沉靜。

然後，第三步、第四步、第五步……小桃非常小心，像是踩在佈滿地雷戰場的士兵，一步一步的繞過了這張木椅。

但，椅子卻依然沒有動靜。

奇怪……小桃滿心納悶，但她不敢聲張，只是慢慢的繞過了椅子，直到高鐵站前，一直到此刻，女神都沒有出手。

那張椅子，真的只是一張椅子？

女神沒有突然從天而降，沒有施展驚天動地的女祭司塔羅牌，更沒有招喚她旗下強大的埃及眾神兵團，什麼都沒有，真的，只是一張椅子而已？

當小桃完全繞過椅子，再度加快腳步，離開椅子時，這椅子依然安靜。

小桃不懂，她忍不住，在進入高鐵月台前，回了頭。

就是這一回頭，讓小桃看見了另一個東西。

不知道何時出現的東西，同樣突兀，正直直的躺在地上。

那是一雙藍白拖鞋。

又髒又破，至少被穿了十年以上，藍白帶子已經褪色發紫，散發一股古怪氣息的，藍白拖鞋。

「發紫的藍白拖，與女神的椅子，這兩樣東西，都出現得好怪？」小桃回過頭後，繼續往前，「這兩樣東西為什麼出現在這？兩者之間有什麼關係呢？」

小桃不懂，但她慶幸的是，至少女神伊希斯沒有親自出手，不然以女神的神力，整個戰局肯定會徹底翻轉。

不過，那雙發紫的藍白拖，又是誰的呢？為什麼會被放在這呢？和女神椅子之間，又有什麼關聯呢？

這些問號在小桃腦海中瞬間浮現，但又被任務的緊張感所取代，她加快步伐，繼續前進。

不過，就在小桃的身影離開之際……

那張女神之椅，傳說中曾經歷無數靈力轟擊仍毫髮無傷的椅子，忽然崩的一聲，椅腳出現了一條清楚的裂縫，隨之椅腳歪折，然後折斷。

但下一秒，發紫的藍白拖，卻也沒有好到哪去，啪的一聲，它上面的鞋帶也突然繃緊，然後裂開。

接著，在女神椅子和藍白拖鞋正下方的地板，發出嘎嘎的聲音，竟然出現了交錯縱橫的蜘蛛網碎紋，碎紋不斷往外擴散，最後轟然一聲，炸出了一個大洞，這大洞就這樣拖著整個高鐵的收票口，一起往下陷落，最後掉入無盡的深淵之中。

台北火車站乃是整個地獄遊戲的根本架構，絕對足以承受萬年大妖全力攻擊，如今它竟然破了一個大洞？

女神的椅子、發紫的藍白拖，到台北火車站地板的崩裂，在小桃進入這裡之前，到底發生了什麼事？

哪個超強的神？或哪個超強的妖？在這裡狠狠地打過一場了嗎？

小桃不知道，但她也不用知道，為了護送這朵黑蕊花，多少神魔前仆後繼的登場，但她知道的是，快到了。

少年H，就在前方了。

看到了。

終於，小桃看見少年H了。

但就在看到少年H之時，她先是一愣，然後忍不住眼眶就紅了。

因為，她眼中的少年H，竟是如此的……憔悴。

之前少年H的身材經過武術的淬鍊，精瘦得恰到好處，但現在的他，卻乾瘦到如一名生病多時的老人。

如此憔悴的少年H正盤對而坐，閉著眼，沉思入定。

「你好瘦……」小桃來到少年H面前，坐下，輕聲說，「而且也沒了頭髮。」

聽到小桃的聲音，少年H睜開了眼睛，然後，笑了。

看見這一笑，小桃也笑了。

至少，H的笑容，還是沒變。

那帶著調皮與聰明，堅定且正直的笑容，依然存在於H的臉上，為此，小桃忍不住笑了，然後又哭了。

「少年H……」

「是啊，我沒了頭髮。」少年H伸出乾瘦的手，在自己的光頭上摸了摸，又是一個露齒微笑。「我的新造型。」

「對啊，不過也不錯啦，這年頭流行光頭。」小桃眼眶紅紅的笑著，「女粉絲一定不會隨便離開的，但我有個不情之請……」

「請說。」

「我可以，摸一摸你現在的頭嗎？」

「喔。」少年H眼睛微微睜大，隨即笑了。「當然可以。」

少年H說完，低下頭，將這頭落盡魔髮的光頭，展露在小桃面前。

「那我就不客氣囉。」小桃先是害羞的遲疑了一下，隨即伸出手，滑過少年H的光頭。

「呵，好摸嗎？」待小桃收回了手，少年H也坐回原來的位置。

「真是太好了。」小桃看著自己的手，露出安心的笑容。「你，都沒變。」「嗯？沒變。」

「是啊，你還是我一開始認識的少年H。」小桃瞇起眼，笑得好開心。「你不是殺了百萬玩家的魔佛H，你真的是少年H。」

「是啊，我當然是少年H，不過是頭髮少了點的少年H。」

「哈哈，你沒頭髮也很帥喔，我這隻摸過你光頭的手，搞不好可以去黎明的石碑上拍賣哩，每和我握手一次，就收五千元。」小桃笑。「然後依次遞減，最新鮮的最貴！」

「嗯，有生意頭腦。」少年H也笑。

「對了對了，都忘記了，你要的東西，我帶來了。」小桃慎重的攤開了掌心，裡面，有著一朵細小纖瘦的小花。

小花外表實在平凡，但就是花蕊處，懸浮著一枚黑色無光的球。

這是黑蕊花，毋庸置疑的黑蕊花。

這朵花，在台北車站明亮的燈光照映下，在數百台監視器下，在數百萬玩家的眼中，展現了它的完整姿態。

黑蕊花共有四片花瓣，分別代表薔薇團的四大高手，野玫瑰、荊棘玫瑰、粉紅玫瑰與豔紅玫瑰，她們四人以「一見風信子，生死都相聚」為誓言，先後陣亡，並滿足了黑蕊花出現的條件。

這黑蕊花的蕊心是黑色的，它的黑，是一種不斷流動，彷彿會將所有的光都吸入其中的黑，這樣的黑彷彿有著自己的生命與意志。

若不斷注視著黑蕊花的蕊心，會產生一種意識、知覺，甚至是肉體，都被吸入其中的神祕感覺。

「小桃。」少年H看著黑蕊花，並沒有伸出手，只是一笑。「妳可知道，黑蕊花的功用到底是什麼?」

「不知道。」小桃搖頭。

「那本道具大全之中，排名一『黑蕊花』與排名二『當我們同在一起』，這兩個道具有一個共通點，那就是要在女神逼近破關之時，才會現身……」少年H看著小桃，「所以許多人猜測，這兩個道具，應該都是用來阻擋破關者的道具。」

「阻擋破關的道具？」小桃歪頭思考著，「好像是欸！『當我們同在一起』是集合眾人的力量，來打敗強敵，這樣說，如果我有『當我們同在一起』，而且破關者又很令人討厭的話，的確有可能透過這個道具推翻他！但，我不懂的地方是……」

「嗯？」

「如果說，『當我們同在一起』已經能夠集合所有玩家的力量了，算是堪稱無敵的道具了，那麼，排行還在它前面的……」小桃歪著頭。「黑蕊花，又是一股什麼樣的力量呢？」

「妳覺得呢？」

「我猜不出來。」小桃搖頭。

「那妳想知道嗎？」

「想……」小桃點頭。

「我可以這樣說，地獄遊戲是一款電腦遊戲，對吧？」

「對。」

「換句話說，無論遊戲本身擁有多巨大的能量，吸納了多少神魔，它終究是一個電腦內的遊戲……」少年H注視著黑蕊花，花蕊深處的黑芒流動，似乎正在慢慢加速。「所以，它還是必須遵循著電腦的規則。」

「嗯，電腦的規則？」小桃歪頭。

「電腦的規則中，對於無法處理的巨大問題，通常會用一種最簡單的處理方式。」少年

H說到這，臉上慢慢浮現了微笑，而手上的黑蕊花，花心處的黑色流光，也開始越轉越快。越轉，越快。

「最簡單的處理方式……？」

「對。」少年H眼睛瞇起，微笑擴大，溫柔也跟著擴大，黑蕊花的轉速也越轉越快。「電腦的處理方式，非常簡單，那就是……」

「那就是……？」

「兩個字。」少年H一笑。「還原。」

「還……還……原？」小桃這一剎那，嘴巴微張，她懂了，卻在下一秒發現，自己又不懂了。

還原？少年H說的是什麼？是電腦中毒或是系統錯誤到無可回復時，用系統儲存點，讓系統回到早期設定的「還原」嗎？

如果是電腦，小桃還可以理解，那不過是一個設定按鈕，但，這裡是遊戲欸，這是死了這麼多人，大家打了這麼多場架，許多人犧牲了，許多人離開了，這要怎麼還原？

「還不懂嗎？」少年H枯瘦的臉上，微笑擴大。「那我就做一次給妳看吧。」

「欸？」

說完，少年H單手托著黑蕊花，慢慢起身。

然後，少年H將黑蕊花托高，高過了頭頂。

「黑蕊花，我以道具主人的身分，命令你。」少年H聲音清朗，迴盪在整個台北火車站的長廊之上，「讓我們一起回去，那個還原點吧！」

這句話說完，黑蕊花的轉速突然加快，越來越快，越來越快……快到極限時，忽然，停住。

然後，小桃抬頭，她發現，一切風景，都開始改變了。

就從這座地獄遊戲的核心，台北火車站開始。

讓我們一起回去，那個還原點吧！

每個使用過電腦的人，肯定都知道「還原」兩字，事實上，這堪稱是電腦系統中最偉大，但也是最令人畏懼的發明之一。

還原，是透過記憶點，記憶電腦系統當時的狀態，包括灌入了什麼程式，記錄了什麼資料，或是當時處於什麼樣的系統，全部都被儲存起來，然後壓縮成一個檔案，藏到電腦的深處。

更早以前，還原功能被發明時，還有一個更有趣的名字，叫做「ghost」，字面上正是鬼魂。

當時的發明者，大概是認為所謂的還原，就是「將死去的鬼魂從墳墓中喚醒」的概念，仔細想想，這名稱不只瘋狂，還挺貼切的。

而ghost何時會被人喚醒呢？是當人們發現，當一切已經無法挽回，電腦中毒過深，系統問題已經複雜到無法解決時，人們才會喚醒鬼魂，一旦喚醒，電腦將會重回鬼魂剛死時的狀態。

還原乍看之下是一個極度方便的功能，但若常使用電腦的人，應該都會有一種感覺，那就是隨著每次的還原，都會讓使用者與電腦都漸漸失去某些東西。

失去什麼東西呢？其實很難明說，但還原功能其實像是一種毒癮，雖然還給了使用者一個健康的電腦，但也奪去那段時光所留下的一切，曾經灌過的有趣小程式，曾經反覆思考後的細緻設定，曾經努力的替自己電腦所增加的小功能，都會因為「還原」，而徹底的消失了。

而且，還原事實上並未解決任何問題，之後若是中毒，仍會侵蝕電腦本體，一段時間之後程式仍會混亂，於是，使用者又會再一次喚醒鬼魂，再次還原……於是，還原的次數不只增加了，連頻率也跟著加快了。

到最後，使用者終會放棄這一台電腦，買更新穎，防禦性更強，效能更高的電腦。

這就是還原，這就是ghost，這就是鬼魂，當你開始依賴起鬼魂的力量，毀滅的日子，就不遠了。

只能說，ghost這名字取的既是瘋狂，又是無比貼切。

而如今，地獄遊戲一如所有的電腦，內建了自己的ghost，也就是這朵黑蕊花。

當黑蕊花被某位玩家取得，並啟動它之時，一如喚醒電腦中的ghost，一切，將會回到該玩家內心深處，最渴望回去的還原點。

如今，少年H捧起了這朵黑蕊花。

於是，這地獄遊戲之中道具排行第一的超級 ghost，終於要被喚醒了。

「終於，還是被你拿到黑蕊花了啊。」女神，伊希斯，此刻闔上了書。「我想，若要你選擇一個時間點，肯定會和『她的死』，有直接的關係吧。」

說完，伊希斯輕輕甩動馬尾。

「既然來了，就得接受，我準備好了。」伊希斯展現后者的氣魄，緩緩從椅子上起身，「來吧，H。」

時間逆流，是一種神祕的體驗。

就像是站在流動的溪水中，閉上眼，感受著，身軀與記憶，宛如流水般不斷的往後退，你不用睜開眼，就會看見曾經的風景、聽過的聲音，甚至包含舌尖感受過的酸甜苦辣……

第一個感受到時間逆流的玩家，是一個叫做 Jerry 的男生。

玩家 Jerry，在時間流中，看到他與暗戀的女孩管管一起躲避魔佛而逃亡的經歷，最後

Jerry 在火車站告白後，被人群衝散。

Jerry 活下來了，但管管卻沒有，而當記憶流過此處，Jerry 發現自己已經淚流滿面。

第二個感受到時間逆流的，是玩家雷龍。

她名字雖然是雷龍，事實上卻是一個身材爆辣的超級正妹，她看到自己在車站的人潮中被推擠的記憶，她不小心跌倒，遭人踩踏，當時有一隻粗壯的手，拉住了她，雷龍想記住那人的名字，卻被吵雜的人聲所掩蓋，進而兩人被衝散，如今，在記憶逆流中，雷龍終於聽清楚了這人的名字。

「我叫小咪。」

「這麼一個又壯又有點帥的男生叫小咪，」雷龍忍不住想笑，「也太搞笑了吧，剛好和我的雷龍相配喔。」

非現實的玩家，也一起感受了這難得的時間逆流，像是蜘蛛精娜娜，她看見了自己奮力梳下魔佛H長髮的瞬間，而她隨即又哭了，因為她看見了胖子，同為獵鬼小組，為了這場戰役而犧牲的胖子。

不過因為時間逆行，所以胖子是從死亡記憶，回到了活著的世界。

換句話說，胖子復活了。

復活的胖子看到娜娜，表情吃驚，他訝異於自己為何沒死?但在娜娜寬慰喜悅的目光中，胖子則被帶回專屬於自己的時空河流中。

當河流不斷流動，流到盡頭時，胖子咧開嘴大笑，因為看見了一個令他思念無比的嬌小身影。

「麻雀！是我啦！」胖子用力揮著手，聽到自己的聲音已然哽咽。「我還活者，我還活著啊！」

麻雀，這個與胖子在鷹團互相結識，互相扶持的女孩，她身軀嬌小一如麻雀，她聽到聲音，轉頭看見了胖子，她臉上同樣是淚水，也是燦爛微笑。

「貓頭鷹！」麻雀大叫著，「我也還活著！我們都還活著！」

兩人擁抱，然後他們明白，經歷了魔佛Ｈ的屠殺之後，他們將不會再離開彼此。

另外一條時間流分支，還有另一個非現實玩家，他面容如刀刻，肌肉如鋼鑄，但卻擁有一顆講義重情之心，他不是別人，就是曾多次與少年Ｈ交手，又多次為少年Ｈ奉獻心力的日本強者。

他是，僧將軍。

他同樣在魔佛Ｈ戰役中殞命，他獨自在時光流之中現身，見到自己未死，他眼神閃過一絲訝異，但隨即又合掌，對著眼前的魔佛Ｈ，一個深深鞠躬。

時光流繼續流動，直到僧將軍蒼涼的背影，緩緩消失在台北火車站門口處。

而現場留存下來之人，正是魔佛Ｈ，本次數百萬人驚人殺戮的主角，痛失貓女的少年Ｈ與承受天劫的魔佛Ｈ。

時光之流，在魔佛Ｈ身邊，是主流，因為少年Ｈ的本體就在此。

魔佛Ｈ順著時光之流，經過了奮戰不休的九尾狐，經歷了以生命為代價都要保護聖佛的蜘蛛精娜娜。

時光之流往後流動，魔佛H回到了高鐵之上。

台北，倒退回新竹。

車廂內，魔佛H遇到那位來自新竹的電腦天才少年，白老鼠。

白老鼠從原本一大篷爆裂的血珠，肌肉重新聚合，蜘蛛網血脈相接，四肢恢復形態，時光之流將白老鼠帶回身軀健全的樣子。

白老鼠露出驚喜的表情，看看自己的手，又看看自己的腳，再用滿是詫異的眼神，看著魔佛H。

魔佛H與白老鼠目光相接，白老鼠在魔佛H的眼中，找到過往未曾出現的一種感情，那叫做寬慰。

隨即，時光之流，又繼續前行。

魔佛H這條時間主流，從台北退回了新竹。

在新竹停住，門開。

魔佛H雙手合十，沉默低眉，倒退的從車上走了出來。

然後，殺戮……不，是殺戮逆行。

那些被魔佛H從四面八方吸取而來的玩家們，身軀從爆裂開始組合，恢復成正常的模樣，當他們完好無缺的落地，每個人的表情，都是茫然，還有驚喜。

「會不會，是黑蕊花？」

不知道哪一個玩家口中自然而然的脫口而出，這三個字，然後所有的玩家都開始傳誦。

「是黑蕊花嗎？」

地獄遊戲史上最難滿足條件的道具，同時也是道具排行榜上唯一的第一名，這項傳說之物，被人啟動了嗎？

「果真是黑蕊花嗎？」

在這片驚異歡喜的傳誦聲中，所有玩家都懂了，黑蕊花的謎底，還有他們正在經歷的，驚人且美好的一切。

時間逆流。

魔佛H再次後退，像是倒帶影像，他又退回了高鐵站。

這次，高鐵繼續倒退，退回了祂上一個毀滅的城市，台中。

「時間，到底會倒退到哪呢？」每個玩家都忍不住打從內心升起這疑問。

「據說，是會退回少年H內心深處，最想倒回的時間點。」

「那會是哪一個時間點？」

「不知道……」

哪一個時間點，是少年H最希望回去的時間呢？

玩家們帶著滿心的好奇，繼續在黑蕊花引發的時間逆流中，流動著。

當台中高鐵站門打開，魔佛H再次站在這名為台中的都市之前，曾經在這裡，魔佛H多停留了十分鐘。

擁有極佳氣候，便利交通，優雅舒適的台中，如今，也如同一座悲傷死城，因為魔佛H才走過這裡。

但，時間逆流如慈悲的佛陀，再次對這座城市展露了微笑。

因為每當魔佛H往後退了一步，就有數百名玩家，從血漿爆裂與散亂的道具中，再次新生。

玩家們看看自己的手，又看看自己的腳，表情都是相同詫異，因為他們的記憶都停在最後的那一刻，被魔佛H強大吸力給拖出來，然後在距離魔佛H數公尺處，他們身體炸裂，化成滿天道具，啪嗒啪嗒的落在地上。

他們先是訝異，而後驚喜，驚喜於自己終究逃過如此魔劫。

而當魔佛H退到了這條街道的底端，兩個人影出現了。

這兩個人，就是讓魔佛H多停留在台中城市十分鐘的主因，其中一名身穿黑色長袍，黑夜與神祕的主宰者，德古拉。

另一名，則穿著便利的金色鎧甲，腰繫金色長劍，地獄超級強者之一，亞瑟王。

「好久不見啊。」德古拉露出看似戲謔，但卻藏著真心的微笑。「死第二次的感覺怎麼樣？」

「很不幸，我不記得了。」亞瑟王嚴肅的面容中，也透著一股重新見到老友的喜悅。「下次你如果死了，換你告訴我。」

「這有什麼問題，若我去第二個死界，一定再稱霸一次。」德古拉看著眼前的魔佛H。「我們現在身處在逆行的時光中勒，你知道嗎？」

「嗯。」

「所以我們可以重溫剛剛精采的十分鐘。」

「嗯，」亞瑟王嘴角再次揚起。「那十分鐘，的確是我這數百年來最精采的一場戰鬥。」

「就算戰鬥到死？」

「也是值得。」

「呵。」德古拉笑了一聲，露出同樣滿足的神情。「對啊，也是值得。」

「其實，這黑蕊花記錄節點，讓時空逆行，至少讓因為天劫而欠下無數生靈的聖佛……有了解套的方式。」亞瑟王沉思。「一切都是天命嗎？」

「也許，聖佛早就知道這一切？」

「嗯，我不認為。」亞瑟王說。「我認為，一切只是機緣……」

「機緣？我替你翻譯一下，你是說魔佛因為做了太多好事，所以才有如此善報嗎？哈哈，『善有善報』這句話，可是名列現實世界中十大謊言之首！」

「誰說不可能呢？」亞瑟王笑了。「哈哈哈，謊言偶爾也會成真啊。」

德古拉與亞瑟王的閒聊到此，因為反轉的十分鐘戰鬥已經展開了，一拳一劍，在浩瀚魔氣之下，互相交擊。

而十分鐘後，魔佛H再次回到了高鐵站，下一站，是台南。

「我，咦？我沒死？」說話的，是台南第一大團，美食團團長。

就是他，臨死前拍攝下魔佛H的面容，上傳到黎明的石碑，讓全部的玩家都見識到魔佛H的真面目。

如今，他正站在他最愛的台南美食街道上，身邊都是東看西看，滿臉疑惑的玩家。

他的手上，抓著他最強武器「拍攝美食的照相機」，而相機中的檔案，正隨著時間，不斷流失。

他突然靈光一閃，在最後一刻，抓起相機，再次拍下了魔佛H的身影。

而這次的照片中，魔佛H不如上次般沉默，且充滿了巨大悲傷。

雖然同樣低眉合掌，卻多了一份，溫暖與光明。

「這光線正好！」美食團團長，露出燦爛的笑容。「美麗的光線照耀下，食物拍起來都會好吃一百倍啦。」

當魔佛H路過了美食團團長，他退回了高鐵站，他發現，有一個人，早已盤腿坐在高鐵站上，等著祂。

此人身穿殺狗乞丐裝，全身卻散發英雄氣息。

他等著魔佛H。

當魔佛H現身，身穿乞丐裝的此人，立刻彎下腰，頭碰地，做出無比崇敬的跪拜之姿。

「慢走，佛。」這男人頭頂著地，語氣低沉。「我，荊軻，不送了。」

而在此地，魔佛H離去，有個東西卻留了下來。

湛盧劍。

「老友。」荊軻雙手捧起了劍，低語道，「怎麼，這趟旅程好玩嗎？老友。」

劍不會說話，卻輕抖劍身，此動作勝過千言萬語。

彷彿說著一件事，此行此生，無悔且無憾。

而當高鐵再次啟動，祂的目的地，也只剩下最後一個，那就是台灣島南端的大城，高雄。

高雄第一個復活的，是「壽山搶錢搶糧搶娘們的猴子團」，牠們雖是玩家，但為了獲取更強能力，而讓自己與壽山的猴子結合，創造出像是孫悟空般的能力，更用這能力到處劫掠，成為遊戲中知名的惡棍團隊。

如今，牠們全都復活了。

牠們看著彼此，然後擁抱，啜泣中發誓，不再搶錢搶糧。至於娘們，這群猴子卻最後經過冗長開會決議，最後以三百二十一票比零決議，還是得搶。

第二個復活的，是「義大戰團」，當這些身穿棒球衣，手持滾燙球棒的選手從道具中復活時，所說的一句話，讓玩家們都奮力鼓起掌來……

那句話就是：「下次一定要贏韓國！」

第三個復活的，則是在高雄這座大城中排行第一的「花媽團」，擁有高人氣的花媽團長一現身，立刻引起整個城市的歡呼。

「花媽，我愛妳！」「花媽，我有收集妳全套的貼紙！」「花媽，妳是我們的精神領袖！」不只如此，更有人在情緒激動下，喊出了「花媽，總統好！」

不過大家都裝作沒聽到，因為每個人都知道，此時此刻，談起政治，也太敏感。

高雄完全復活，那魔佛H，又會去哪裡呢？

時間逆流，又繼續穿過一個又一個片段的時間，那冰冷的雨中，少年H擁抱貓女無聲痛哭的畫面，與少年H帶著重傷的貓女，突破濃霧的片刻……

忽然，所有人都有了相似的感覺，那就是，時間之流減速了。終於，要停了嗎？

它最終的目的地，似乎是這片充滿殺機的，濃霧啊！

濃霧中，曾發生什麼事？

起點，事實上就是這朵黑蕊花，當時阿努比斯親自設計了這場局，他仗著玩家職業為農夫的力量，啟動了「迷霧森林」。

濃霧中，少年H和貓女首先遭遇的，是來自比爾的背叛，一百二十四台殺手衛星的死光，偷襲少年H周身大穴，但，少年H畢竟是少年H，死光也許能限制他的行動，但卻傷不了他的性命。

緊接而來的，是阿努比斯的獵槍、聖甲蟲、安卡，與烏加納之眼，這些縱橫埃及神界的聖器，卻仍拾奪不下H與貓女，畢竟，這兩人可都是穿過地獄層層殺陣，更是獵鬼小組中最強的兩名成員。

可是，接下來的情勢越來越危險，因為瑪特降臨了，操縱重力的瑪特，抑制住少年H與貓女的反擊，更讓少年H做出了「打不贏，那就逃」的決定。

但，就在少年H即將離開這片濃霧之際，忽然，阿努比斯仰起頭，滿臉驚駭。

什麼樣的情況，會讓霸氣十足的阿努比斯如此驚訝？

因為，一個意料不到的人物，陡然降臨濃霧之中。

她，原本在台北火車站迎接每個挑戰者，可是她卻為了少年H與貓女，離開了她的椅子，放下了尊貴的姿態，選擇親自出手。

因為她知道，自始至終，這個老是逃脫一死的少年H，將會成為她破關最大的阻礙。

她，當然是女神伊希斯。

濃霧中，她伸出雙手，摟住了少年H之時，少年H露出了苦笑。

那是了悟生死的苦笑。

因為少年H知道，這一招叫做「女神的擁抱」，乍看之下溫柔無害，事實上卻是曾經摧毀蒼蠅王「命運之矛」的毀滅性絕招。

此招一出，少年H發現他全身上下六十四個方位，都被女神神力封住，一絲足以讓空氣流動的生路，都完全被封絕。

「死了。」少年H知道自己必死，「這次，可能真的死了吧。」

但，偏偏這時候，少年H的面前出現了一道門，門開，竟是貓女那窈窕迷人的背影。

「哆啦A夢之門……」少年H一愣，他知道貓女的絕招，就是這個可以自在跳躍的門，也是這個門，才讓貓女能在如此關鍵時刻，潛入了少年H與女神的中間。

不過，少年H卻一點都不希望，貓女在這時候出現。

因為那只代表了一件事，貓女想要代替少年H而死。

當女神的雙臂環住了，纖細的貓女軀體，「女神的擁抱」招數於是完成。

以九命聞名，仗著自己命多，不斷逆轉敵人的貓女，如今卻在女神的懷抱下，瞬間耗盡九命。

然後，變成一具冰冷屍體，往後倒去。

當她倒在少年H懷裡之時，少年H大吼，也在這一刻，他的雙目不再光明閃爍，透出即將轉為魔佛的陰沉而深邃。

下一秒，他手一揮，死光散盡，然後他拳頭貫穿比爾胸膛，又一拳打斷瑪特脖子，最後連阿努比斯的金字塔，都只能微微擋住發狂的少年H，少年H盡展殺意之後，就這樣抱著貓女，踉蹌的離開了這片濃霧。

從此，冷雨下，暗巷中，魔佛H於是誕生。

三百萬生靈的浩劫，也從此開始。

黑蕊花的時間逆流，高速流動下，帶著所有玩家通過了殺戮，回到了濃霧之處。

就是這裡，女神雙臂合抱，貓女為愛喪命，而少年H由道入魔之地。

「女神的擁抱」這一招，其實，早在魔佛H仍在橫行的時間，在台北火車站的一角，土地公就曾問過賽特。

「欸，賽特，如果有天我和女神對決，」土地公仰著頭，嘴裡吃著三星蔥油餅。「你覺得我會贏嗎？」

「你嗎？」賽特看著土地公半晌沒說話，這份靜默，似乎在推敲著土地公與女神激戰的戰況。

土地公，是黑桃A蚩尤的化身，而女神，則是埃及古神中地位最尊崇的聖女。

兩者若展開戰鬥，會是一幅怎樣的光景？

蚩尤狂霸無敵，肯定招招都是天崩地裂，萬物變色；而女神手持死者之書，書內二十三頁塔羅牌，張張都是功能迥異的法術極致。

一開始，佔優勢的，應該會是女神。

因為女神的戰鬥方式精巧且變化多端，會讓蚩尤處處捉襟見肘，發揮不了實力。

「怎麼樣？想這麼久……」土地公咬了一大口三星蔥油餅。

「一開始，女神會佔優勢。」賽特說。

「哼。」土地公喔了一聲。「然後呢？」

「然後啊……」賽特閉上眼，仔細的模擬推敲著。

戰局在進入中段時，局勢可能逆轉。

原因，也是因為蚩尤的單純，單純的強韌，單純的破壞力，會讓女神的巧計逐漸失去威力，所謂以簡破繁，就是這個道理。

「中局，你會逆轉。」賽特說。

「早就說我會逆轉。」土地公笑。「那後局呢？」

但戰局進入後段，雙方會再次陷入僵局，不過蚩尤除了靈力，更多了體力，當進入肉搏戰時，這時候的女神恐怕會吃虧，但……

「幹嘛，誰贏誰輸，這麼簡單的問題，有必要想這麼久嗎？」土地公吃完了三星蔥油餅，又開始吃紅糟排骨。

「戰局進入後段，雙方靈力招數用盡，進入拳腳，你應該會佔盡優勢。」賽特拿了一塊炸蚵嗲，吃了一口。「啊，沙漠就是沒有這種海鮮食物，實在美味啊。」

「嗯，所以我會贏？」土地公把紅糟排骨整塊吞下，連骨頭都一起進入了他宛如無底洞的胃。

「不一定。」

「不一定？」

「因為，」賽特抬起頭，眼中閃過一絲冷光。「你要小心一招『女神的擁抱』。」

「女神的擁抱？」土地公鼻孔哼出兩條長長的白氣。「不過就是一個擁抱嘛。」

「錯了，女神的擁抱堪稱有史以來最強的肉搏招數。」賽特慢慢的說著，「五千年前，埃及神系尚未歸一，我、阿努比斯、伊希斯都還是小神之時，她就是靠著這一招，殺敗許多強大的妖靈。」

「最強的肉搏招數？」

「別忘了，連蒼蠅王的殺神之兵，命運之矛，也是被女神的擁抱所粉碎。」

「也對。」土地公點了點頭。「蒼蠅王那把槍，刺過上帝之子，在地獄中也算是頗有名氣的兵器，被她一抱就粉碎，伊希斯的這一抱，的確有些門道，那這一抱，有弱點嗎？」

「據我所知，若是進入她雙臂環抱的範圍，破解方式……」賽特斬釘截鐵。「沒有。」

「沒有？」

「沒有，完全無法破解。」賽特搖頭，「一來你逃不走，二來你打不倒她，總而言之，是非敗不可了。」

「換句話說，要避開這一招，只有不靠近她一途囉。」土地公沉吟了一會，忽然咧嘴笑了。「不過，如果是我，我會用盡我的靈力，狠狠地衝撞伊希斯，應該會衝出一條路吧。」

「那是你啊。」賽特嘆氣。「綜觀地獄，能夠強行衝撞突破的人，大概也只有你和聖佛而已吧。」

「是啊，一般高手，算是黑榜 Ace 級數的強者，一旦被女神雙臂環住，也是凶多吉少。」土地公說到這，又端起一盤炒飯，開始用湯匙大口挖飯。「我們只好祈禱，不要讓少年H碰到伊希斯這一招囉。」

「是啊，這招可是無法可破的呢。」賽特微笑，「除非，有人願意替你承受這個擁抱。」

「承受擁抱？」

「因為擁抱是一對一的，所以若是有人願意犧牲自己的生命，」賽特說。「是可以代替對方死亡的。」

「可以代替對方死亡，仍不算真正破解它啊。」土地公皺眉。

「是啊，沒錯，並不算真正的破解它。」賽特眼睛瞇起，「所以我說，這招女神的擁抱，是最強的肉搏招數，這個世界上，無人能解。」

「無人能解，無人能解嗎？」土地公搖晃著腦袋，頭一仰，把盤中炒飯盡數倒入口中，然後咕嚕一聲，全部吞下，吞入目前為止已經不知道塞了成千上萬食物的巨大胃袋之中。「H啊H，貓女啊貓女，如果有一天，你們遇到了女神伊希斯這招，可千萬要小心啊，這招可是最強的肉搏招數啊。」

***

時間逆流，已然停住。

不再往前，也不再往後，就這樣停住。

黑蕊花蕊心那高速流動，充滿生命力的黑，也完全停止，如今只剩下一片漆黑。

所有人都知道，黑蕊花的靈力已盡，此刻的它不再是排行第一的道具，只是一朵普通的花，一朵沒有了根，即將枯萎的孱弱植物。

黑蕊花停住的還原點，是這片濃霧，伊希斯偷襲少年H，然後貓女犧牲自己拯救少年H，更讓少年H入魔殺遍天下的起點。

而這個時間點，正是伊希斯雙手已經張開，就要環住少年H，施展「女神的擁抱」的關鍵時刻。

「我以為，你會讓時間再回到更早一些，例如，濃霧出現之前……」伊希斯伸手擁抱時，在少年H的耳畔輕輕的說著。「至少，你可以選擇不進入濃霧……」

「不，如果不選擇這個時間，最終，我還是必須面對妳，只是換了一個時間，換一個場景而已。」少年H看著，伊希斯那雙左右包圍而來的雙臂，搖頭。「所以，必須是這片濃霧，更必須是這個時間。」

「那很好，我女神的擁抱，號稱最強的近距離肉搏招數。」伊希斯露出甜甜的笑容，那是屬於十七歲女孩，青春浪漫，帶著燦爛朝陽般的笑容。「那你就準備才承受一次失敗，然後再一次屠殺千萬生靈吧，只是這一次……你沒有黑蕊花囉！」

「是啊，黑蕊花只能用一次。」少年H定定的看著伊希斯，嘴角慢慢揚起，那是少年H最招牌的微笑。「但，我有貓女。」

「貓女？」伊希斯輕笑，「你是說，這次貓女不會以肉軀替你擋住這一擊，所以你不會入魔嗎？」

「貓女透過黑蕊花，知道了這一切，她會做出最好的決定……」少年H表情充滿自信。

這句話才剛剛說完，女神與少年H的中間，一扇看似緩慢，實則快到驚人的門，陡然出現。

「哆啦A夢的巫術之門！」貓女的聲音，從門後傳來，然後門拉開。

貓女窈窕的背影，再次從門後現身。

貓女還是來了，就算知道未來所發生的一切，貓女還是拉開了巫術之門，來到少年H與伊希斯的中間。

「H，抱歉。」貓女現身，她對少年H嫣然一笑，「就算我知道我會死，而你終究會入魔，殺死百萬玩家，欠下百萬人命的債，我啊，還是忍不住來了喔。」

看見貓女現身，伊希斯笑得好迷人。

「依然是相同的輪迴啊，少年H，這就是女人，就是那麼死心眼。」伊希斯微笑。「怎麼辦？H，眼前的一切，都依照著過去的劇本在走呢，我的擁抱依舊，貓女還是選擇犧牲，她若一死，你又會入魔，該怎麼辦呢？」

「該怎麼辦……」少年H看著眼前伊希斯的雙臂，就要把貓女環住。

貓的九條命，即將在下一瞬間殞落。

一切，將又回到原本的輪迴。

但這一次，少年H的微笑，卻是始終沒有消失。

「該怎麼辦啊？」少年H微笑著，「不然，就這麼辦吧。」

說完，少年H做了一個讓人無法理解的動作，他抬起了腳，往前踩了一步。

這一踩，頓時讓少年H的身體往前，剛好貼住貓女的背。

然後，少年H雙手一環，竟也摟住了貓女的腰。

如今兩人緊緊抱在一起，同在女神的雙臂之內。

「哎喲，H，你、你這樣，我會害羞，有好幾百萬個人在看啦。」貓女嘴上這樣說，臉上羞紅，可愛如清晨朝露下的水蜜桃，卻一點也沒有阻止少年H的意思。

「呵，貓女啊，妳想聽一件有趣的事嗎？」少年H溫柔的聲音，在貓女的耳邊響起。「我想到了，破解『女神的擁抱』的方法。」

「咦？」

「當妳代替我而死之時，我開始想一件事，為什麼女神擁抱只殺妳，不連我都一起殺了？」少年H語氣堅定。

「嗯……」貓女在少年H的擁抱下，語氣不自覺也溫柔了起來。「為什麼呢？」

「因為，女神的擁抱，這個古往今來第一的肉搏招數，只能一對一。」少年H語氣溫和。「也就是所謂的『單人限定』，所以只能殺妳一個人，也因為如此嚴格的限制條件，才會強到無以復加。」

「所以……」

「我想到的辦法，是只要我們兩個人抱在一起，變成了兩個人。」少年H那自信的聲音，在貓女的耳邊說著。「女神的擁抱，就會失效，因為它是『單人限定』。」

單人，限定？

女神的擁抱，就會失效？

曾經擊碎命運之矛，曾經稱霸埃及神界，堪稱第一肉搏招數的『女神的擁抱』，就會失效了嗎？

最強的招數，擁有最巨大的破綻，就是這個意思嗎？

這一剎那，女神的臉色，變了。

原本那青春無敵，迷人討喜的十七歲少女臉龐，在這一刻，湧現巨大怒意，讓她重現女王姿態。

最強的招數，竟然被如此簡單的動作破解了？

「哈哈哈，好一個張天師，好一個少年H啊。」女神大笑之際，雙手緩緩放開。

這一個動作看似平凡，卻代表了女神已經全然認同了少年H的推論與對策，沒錯，女神的擁抱是單人限定。

少年H與貓女的擁抱，竟如此輕易的破解了它。

「以擁抱，破解擁抱。」貓女笑得好開心。「你好聰明喔，H。」

「好說好說。」少年H微笑。

「H啊H啊，每次當你逃過我的攻擊，我都會忍不住想，好可惜，我真的好想把你留下來，因為你真的太有趣了。」女神的聲音，深沉巨大，且充滿威嚴。「但每次想到這裡，心理的另一個聲音就會更明確的告訴我，你啊，真的是非殺不可！」

「過獎囉，女神。」少年H放開了貓女，然後一個長揖，做出中國武者接招的莊嚴架式。

「我今天站在這，就是要破解妳全部招數，請出招吧女神。」

「哼。」女神眼睛閉上，似乎在思考，然後纖細的拳頭前伸，接著打開。

裡面，是一張牌。

一張熟悉，且令人畏懼的牌。

牌面上，一個莊嚴女子，全身高雅白衣，坐在長椅上，手持高雅法杖，宛若聖女。

這是伊希斯的本命牌，女祭司！

「出來，我的本命牌！」女神高聲喊道。「女祭司！」

女祭司登場，這一剎那，不只是少年H與貓女，所有正在一旁觀看的玩家，都屏住了呼吸。

曾經擊敗濕婆的白月傳奇，又要再次登場了嗎？

少年H終於逼出了伊希斯的本命，白月，戰局即將進入最後高潮了嗎？

第七章　我們來改變世界的節奏吧

女神上次啟動這張牌，對手是濕婆。

濕婆，名列黑榜第二，紅心 Ace。

濕婆在狂怒之中，招喚出自己的本命，能讓大地震動，卻也是土地的創造者——火山熔岩。

而下一秒，女神雙手交握，宛若祈禱，夜空中，一個美麗、巨大，卻又安靜無聲的白月降臨了。

白月與地球岩漿的激戰，持續到最後一刻，終於白月技高一籌，濕婆落敗。

但這種星球等級的戰鬥，卻已經深深震撼著每一個玩家，更讓女神的白月傳奇得到了傳誦。

如今，女神再一次雙手交握，垂首祈禱，姿態宛若聖女。

而同時間林口的天空，頓時被一大片巨大的黑影所籠罩，黑影的另一頭，是一枚潔白如玉，美麗且駭人的白月。

白月來了，伊希斯的本命力量，女祭司，即將降臨。

「女祭司牌……」少年H看著夜空，一大片夜空幾乎都被這枚白月給佔領了。「貓女啊，這一招，和剛剛女神的擁抱不太一樣喔。」

「嗯?怎麼說呢?」

「剛剛的女神的擁抱，因為被稱作最強肉搏招數，任何的『最強招數』都存在著『最致命的破綻』，但女祭司牌，則是女神的本命能量，要擊敗這輪白月，沒有什麼技巧，只有一種方法，那就是比它更強。」

「比它更強?所以比伊希斯更強啊?嘻嘻。」貓女歪著頭，那襲柔軟的黑髮，撒落在她的胸前。「聽起來很有趣。」

「是啊。」少年H也笑了，那是一直以來，屬於少年H的輕鬆微笑。「如果神力這東西可以量化，我們一定不是女神的對手的。」

「那怎麼辦?」

「我們得用我們的方法。」

「什麼方法?」

巨大白月逼近，佔滿了整個林口夜空，天空再也看不到星斗，看不到捲動的雲，只有白，一望無際，無垠的雪白。

白不斷下降，已經不只美，而是讓人屏息的壓迫感。

順著白月下沉引發的氣流，霧被沖散了，露出了白月下所有人的真實樣貌。

居中的是女神伊希斯，左後方戴著透明無框眼鏡高雅的瑪特，右後方是手拿著平板電腦，正在操作天空一百二十八台殺手衛星的比爾，而正後方呢？

自然是少年H一路上最惺惺相惜的老友，也是最強悍的敵人，胡狼面具與黑色長衣的阿努比斯。

而伊希斯的對面，是帶著微笑的少年H，以及美豔如昔的貓女。

「H，你想到方法了嗎？」

「嗯，想到什麼方法啊。」少年H看著白月，沉思著。

但一旁的貓女卻感覺到此時的少年H，那略瘦而精悍的身軀，正散發出深沉且強悍的氣，這些氣，一絲一絲的往上飄，宛如蒸騰的熱氣。

這是，可視靈波？

而且還是少年H十成功力，沒有半點保留的可視靈波？

「想到辦法了嗎？」貓女依然歪頭看著少年H，笑容慵懶。「就算我們用全力，也不可能摧毀這白月喔。」

「想到了。」少年H全身靈波不斷往外擴散，連頭髮都隨風飄揚。「但需要我們兩人聯手才能完成。」

「喔，說說看。」

「就是……」少年H忽然把嘴湊上了貓女耳邊，輕輕說了幾句話。

「啊？」貓女聽到一半，臉色已變。「這個……方法？你瘋了嗎？」

「不瘋，怎麼有勝算？」

貓女閉上眼，深深吸了一口氣，終於，她睜開了眼睛。

然後，她露出了甜美且接受挑戰的笑容。

「也是哩。但我沒想到的是，事事精算，每件事都充滿把握的你，也會出這種瘋狂的點子。」

「嗯，也許剛剛入魔了一趟。」少年H露齒微笑，「才明白，人生苦短吧。」

「好。」貓女的五官由溫柔，慢慢轉為強韌與認真，這才是貓女身為頂級殺手的神情。「敬四個字，人生苦短。」

「敬，人生苦短。」少年H將目光移開，再次仰頭注視白月，他全身的可視靈波，已經到了百分之百的境界，那黑白雙色的太極圖騰，正在他周圍盤繞旋轉著。

好強，是的好強，少年H，經過了魔佛H的旅程與變化，此時的他，其實已經和神與魔站在同一個級數之上。

一如，以三發子彈，阻止魔佛H的阿努比斯。

這兩人，都已經攀上了地獄強者的頂峰。

「決定了。」貓女嫣然一笑。「那我出手囉。」

說完，貓女身影消失了，消失速度之快，空氣中仍留著貓女那抹微笑的殘影。

「好快。」少年H仰頭，微笑，順著他的目光，發現了貓女。

貓女，已經在上萬公尺的高空中，用雙手貼在白月的正下方，仗著白月的引力，貓女沒有落下。

而雙手貼在白月上的貓女，發出語調雖嬌弱，音量卻震動這片大地的一喝。

「哆啦A夢的巫術之門！張大吧！把這顆巨大的白月，當作中秋月餅，給整個吃掉吧！」

「開玩笑嗎？少年H和貓女啊，你們想用巫術之門，吃掉這白月？」先笑出來的，是拿著平板電腦的比爾。「妳知道這白月的體積有多大嗎？它是地球的四十九分之一。就算我用死光雷射猛轟，也要轟上三百六十四年五個月三十八天六個小時十五分鐘才能轟完……妳要一口氣把它吃掉？」

第二個笑的，是瑪特。「這就是少年H想出來的點子？貓女，我如果沒記錯，妳的巫術之門是在地獄遊戲中才修煉出來的能力吧，就算妳已經進步了，想用這門吞掉女神的白月？你們果真瘋了。」

「……」三人中，只有阿努比斯沒有說話，他沉默的凝視著白月，他的表情藏在胡狼面具以下，讓人無法猜測他的想法。

「更何況，」瑪特又繼續說。「就算妳弄了一個巫術之門出來，伊希斯的白月會乖乖進去嗎？伊希斯當然可以自由操縱自己的白月！貓女啊，妳真以為妳能捕獲這地獄遊戲中，數一數二的力量嗎？」

在空中的貓女沒有回答。

她只是安靜的閉上了眼。

雙手感受著，來自白月那粗糙的土地，還有那不斷增加的沉重感。

瑪特說得沒錯，她的巫術之門，是最近才演化出來的能力，那是貓女回到過去，解決少年H夙願時，為了解救少年H而獲得的能力。

一開始，的確只有抽屜大小，當時，少年H還依靠著巫術之門，來傳遞聖甲蟲。

後來，巫術之門的面積，隨著貓女的能力提升而不斷擴大，已經可以讓一個完整的人通過其中，這也代表著貓女力量的躍進。

後來，更因為巫術之門的進化，才讓髒到不行，但其實頗有實力的鼻涕鬼劉禪，死在貓女手下。

但無論貓女進步到何種程度，她要挑戰這個巨大的白月，地球體積的四十九分之一，也未免太不自量力，她究竟要把門開多大，才能吞下這枚白月？

但，貓女卻沒有半點遲疑。

因為，她相信那個男人。

一個認真的男人偶然的瘋狂，實在很迷人，迷人到，讓貓女願意犧牲一切來配合。

所以，她手上的門，不斷的擴大，瞬間就大過一台車的面積，大過一個建築物的基座，大過一整條街道，還在繼續擴大，擴大，轉眼就大過一個城鎮，完全涵蓋住整個林口。

但，這不夠，貓女知道，眼前的物體是白月。

她必須繼續讓門擴大，繼續擴大才行啊！

「貓女，妳也進步不少啊……」阿努比斯的嘴角揚起，淡淡吐出了這句話。「不過要完成這個計畫，共要有兩部分完全配合才行，第一部分是製作能容納白月的門，第二步是要箝制住白月的行動，讓白月精準的落入門內，第二部分，應該要換你啦，老友。」

第二部分，精準的箝制白月的行動？順著目光看去，發現少年H也不在原地了。

少年H用手在空氣中畫出一串長長的符咒，一直畫到了地上，當符咒畫完，他的身影，也消失了。

然後，他的身影，也在白月上出現，只是貓女在白月的正下方，而少年H，卻出現在白月的上方。

踏著白月的土地，少年H正以超乎想像的高速，宛如一架貼地飛行的戰鬥機，不斷奔跑著。

奔跑中，他雙手不時往左右揮舞，一陣揮舞，就是一個太極圖騰，從他手上飛出。

飛出的太極圖騰並未消失，反而懸在白月的上空，一個一個，轉眼間上百枚太極圖騰，已經均勻且規律的分布在白月表面的天空上。

而且，這些太極圖騰與白月之間產生了引力與抗力，竟這樣，鎖住了白月的方向。

逼得白月只能直直的朝著貓女的門，墜下。

果然是第二步，箝制。

藉著太極圖騰強烈的旋勁，吸納對方的剛力，轉回柔力，並將力量反饋到對方身上，鎖住了白月的方向。

而由於白月體積太大，力量太強，所以少年H才以上百個太極圖騰，進行精巧的位置佈局，完全的箝制住白月行動。

見到貓女與少年H這樣驚人的計畫，以及如此完美的合作，所有玩家都張開嘴巴，連歡呼都忘了，只剩下緊促的呼吸而已。

月，仍在下沉。

貓女手上的巫術門，已經擴張到了整個城市大小，似乎微微頓了一下，這表示貓女的力量已經出現了瓶頸。

「瓶頸？沒那回事！」貓女雙手按著白月，發出尖銳的大吼！「給我再大一點啊，巫術之門！」

這聲大喝之後，貓女全身上下的粉紅色可視靈波，呈現亮晶晶的粉彩色澤，化成尖銳流刺，流刺不斷往外擴張，照亮了半個夜空後，隨即急速內斂，收回了貓女的體內。

在這片粉紅色的光芒後，門的四邊，猛然往外擴張，以高速在天空中往外延續，越延續越遠……已經完全蓋住一座城市，然後繼續往外，超過了一整個縣市。

而貓女的背後，那片亮晶晶的粉紅光芒後，也隱隱出現了那個古老埃及貓神的形象。

「貝斯特？妳的本命神，竟然已經這麼巨大了？」瑪特吸了一口氣。「現在再打，我可能已經不是妳的對手了！」

貓女喚出了她的本命神，以對抗伊希斯這巨大的白月，那，少年H呢？

少年H正在白月上狂奔著，仍不斷放出太極圖騰，太極圖騰在他手上翻湧盤旋，然後停在某個特定的位置上。

這個位置，其實都是精算過的，高度、旋轉速度，以及對白月的影響。

白月太大，象徵著少年H的靈力與女神的距離，但，透過數千個太極的運算與巧勁，還是成功的箝制住這個巨大的白月。

這就是少年H的戰術，以弱打強，以精巧壓制暴力。

而看見自己的白月的行進方向，被少年H這數百個太極箝制住，伊希斯臉上看不見任何一絲慌張，她只是淡淡的一笑。

「有點小看我喔，H。」伊希斯伸出了手，手腕輕輕擺動，姿態宛如輕柔海浪。「白月！開始轉動吧！把那些小太極給甩掉吧。」

轉動？

少年H還在白月上狂奔，卻因為腳底下的大地的變化，而差點失去平衡而跌倒。

「轉動了？還有這招？」少年H低頭，看著白月竟然開始自轉了。「果然是女神，一旦轉動產生了旋勁，與太極的旋勁互相衝突……」

白月開始自轉，遠遠看去，白月的轉動十分緩慢，但在月球表面上，感受卻完全不是那麼回事……少年H腳底是時速破萬的驚人高速。

而這麼高速轉動下，所帶起的旋力更是驚人，這樣的旋力與太極圖騰的旋力互相衝突，在白月那君臨天下的巨大靈力下，啵啵啵啵啵，數百個密集的爆裂聲後，半數的太極圖騰已然消散！

「以旋破旋？」少年Ｈ腳踩在高速旋轉白月表面，仰頭注視著天空，他陷入了沉思。「果然是女神啊。」

可是，卻在下一瞬間，少年Ｈ的左手，轟然的一聲，竟點起了火。

這一下點火，連少年Ｈ自己都嚇了一跳。

但少年Ｈ看著火，明明整隻左手都被陷在火焰之中，卻一點都沒有燙傷的疼痛，而且當他凝視火焰深處，更發現這火的顏色之中，除了火焰的亮紅色外，竟還有著晴空的靛藍色，深沉靜默的黑色，純淨如喜馬拉雅山純雪的白色……

這火焰，彷彿是某個懷著巨大憤怒與救世胸懷的印度古神，所贈與的禮物。

忽然間，少年Ｈ懂了。

「這是你點的火嗎？哈哈哈哈。」少年Ｈ放聲大笑。「濕婆！」

而在白月的下方，伊希斯也同時感受到了這股不尋常的火焰，她表情一變，先怒後笑，「濕婆，你都已經撤出地獄遊戲了，為何還要多管閒事？」

濕婆當然沒有回答，但少年Ｈ卻替他回答了。

「也許，當時我曾被濕婆附身過，嗯，所以他在我身體內留下了引子，他是透過這引子，將力量引導進來吧！」少年Ｈ大笑間，「謝啦，既然你送來更好的配備，那就讓我來讓這些太極更火，就叫做……火太極吧！」

說完，少年Ｈ又再次開始起跑，越跑越快，狂奔中，他再次瞄準了天空上的正確位置，然後，他帶火的左手，猛一揮出……

這一刻，太極圖騰從掌心而出，而且，圖騰不再是黑白雙色，竟然是帶著岩漿烈焰的紅色。

紅色的太極圖，這是「火太極」。

火太極威力更遠勝少年H的黑白太極，當到達正確位置之時，與白月產生引力的同時，轟的一聲，白月一震，其轉速竟然減慢了。

「紅心A，等級果然不一樣。」少年H再笑，他又開始在白月上狂奔，尋找下一個揮出火太極的地點。「這火太極的樣子好美，搞不好過幾小時，又會出現在道具型錄上了？」

好美，是的，這個擁有太極圖騰的火焰，不只燦爛，更是深沉而充滿了力量，那真是會令玩家們瘋狂收集的夢幻逸品。

而當下一個火太極被架設完成，白月又是一震，自轉速度再次減慢了。

當少年H將架設完成九十九個火色太極，白月狂暴的自轉，已然停住。

再一次，白月再一次被箝制住。

這擁有地球四十九分之一體積，這個在地球遙遠的天空中，依然主宰地球潮汐的雪白之月，竟然被少年H九十九個火太極，以極巧之勁，給控制住了。

「我這邊沒事了，妳那邊好嗎？貓女。」站在白月上，同時操縱著那九九火太極的少年H，對著白月下方大喊著。

「嗯。」而同時間，貓女在白月正下方張開的「巫術之門」，也已經打開到了極限。

「白月要下去囉，妳準備好了嗎？」

「當然，」貓女雙手撐著，就算使出全力，她仍維持著優雅與迷人。「我準備好了。」

「好，下去吧！」少年H左手一揮，九十九個火太極運轉加快，轟的一聲，白月被驟降，朝著巫術之門，緩緩的落下！

而這道巫術之門，如今已經大到超過了台灣島。

換言之，以台灣島為架構的地獄遊戲，它的天空都已經全部被巫術之門籠罩住了。

在這片巫術之門的籠罩下，所有的玩家，眼睛都離開了眼前的電腦螢幕和手機畫面，透過窗戶，專注的往上仰。

這次的對決，竟然就在天空上，而且是整片夜空。

「再大！」貓女放聲大吼，「再大，再大，再大，再大，再大啊！再大啊！」

這一剎那，貓女的背後，出現了一個女子身影。

貓女回頭，竟是蜘蛛精娜娜。

「妳？」貓女訝異的看著娜娜。「怎麼會來這？」

「放心，此刻我沒有要和妳搶少年H喔。」娜娜拿出了一個杯子，那是一個高腳葡萄酒杯。「我是來請妳喝飲料的。」

「請我，喝飲料？」

「這道具啟動的時候，妳已經死了，所以妳不知道。」娜娜露出甜甜的笑容，她手上除了高腳葡萄酒杯，還有一個用細絲纏繞的玻璃杯。「這杯飲料，叫做『當我們同在一起』。」

「咦？」

「簡單來說，它就是一個邀請全部人一起喝飲料的概念。」

「啊。」貓女接過那高腳玻璃杯的瞬間，忽然感受到，來自地面上，所有反對女神玩家們的力量。

這次的數目，雖然不及阿努比斯力抗魔佛H時來得眾多，但卻也是十分駭人且巨大，有如滿溢出來的水庫，即將洩洪。

這些玩家，不希望女神破關的玩家，同時舉起了手上杯子，一口飲盡。

這其中，特別包含了一個人，他穿著破舊西裝，笑容溫柔且疲憊，他舉起了一個很質樸的老馬克杯，他輕輕說。

「乾杯！少年H，貓女，麻煩你們將我的女兒帶回來。」這男人閉著眼。「感謝。」

然後，超過百萬股力量，透過酒杯，化成百萬道流星，來到了貓女的背上，然後順著貓女背部的肌理，流入了貓女的四肢百骸，最後，來到貓女的雙掌之間。

雙掌，一按。

門，再次擴大。

「加油，可別辜負了H的一片真情喔。」娜娜微笑著，向貓女揮手，然後一個回身，回到了地面。

而貓女只感覺到那百萬名玩家驚人的力量，快要從她身體爆出。

於是，她發出大吼，這次，只有三個字。

「再大啊！」

門，猛然往外擴去，就像一枚被引爆的空中核磁砲彈，化成透明無光但又充滿威力的磁波，水平的往外擴去。

這一瞬間，門的面積，超過了台灣島，往西跨過了台灣海峽，籠罩住整個大陸，沿途經過北京、西安，通過新疆，甚至跨入了尼泊爾，跨過了聖母峰，最後，完全蓋住了亞洲大地。

往東則跨入太平洋，在寬闊無際的海面上空不斷延伸，直到美洲的海岸，才終於停住。

往南也是跨過重重海洋，一口氣衝到澳洲，爬過雪梨歌劇院，才終於停止擴大。

往北則越過了日本與韓國，再繼續往北，越過重重冰天雪地，最後逼近了北極圈。

現在的巫術之門，面積之廣，的的確確可以容納住伊希斯的白月。

「H！」貓女提氣大叫，聲音透過貓女強大的靈力，來到少年H的耳邊。「我準備好了，把白月送下來吧！」

「沒問題！貨來啦！」少年H也感受到巫術之門的強大，他大吼一聲，啟動了九十九個火太極。

九十九個火太極在少年H強力驅動下，轉速猛然加快，快到肉眼無法分辨其中的紋路，只像是一個發出燦爛光芒的火色圓盤。

「給我下去！」少年H也大吼，這聲大吼，傳遍了所有玩家的耳中。

白月，開始墜下。

緩慢，且無法抵抗的，朝著貓女與百萬玩家共同建築而成的巫術之門，直直墜下。

所有人都屏住了呼吸，白月，真的會被巫術之門給吞噬嗎？

女神，伊希斯，這個突然降臨地獄遊戲的超級高手，單人殲滅了整個立法院怪物群，短時間內成立史上最強團隊，最後更愜意的拉了一張椅子，放在台北火車站的中心，囂張的對全部的玩家下戰帖。

挑戰者們蜂擁而至，卻無人能擊倒她，其中甚至包括從濕婆到蒼蠅王各方好手。

如今，這個又青春又可愛又無敵的神話，即將被打破了嗎？

而且，又是少年H，又是貓女。

會嗎？

真的，會嗎？

所有的玩家引頸仰望，這片被整個巫術之門籠罩的夜空，那枚吞天食地的白月正在墜下。

越墜越大，大到所有人都已經看不到了天空，只有那皎潔的白，讓人滿心崇敬，卻又打從心底畏懼的白。

這時，不知道誰在黎明石碑上，發了一篇文章。

「根據我把愛因斯坦加牛頓加霍金公式的計算，白月再二十秒，就會撞上巫術之門了！」這個人署名，叫做白老鼠。「各位，讓我們一起倒數吧，十九、十八……」

「十七！」馬上就有玩家直接在文章下推了文。

「十六！」再來一串玩家的推文，寫上十六！

白月離巫術之門越來越近了……會嗎？女神的不敗神話，會被打破嗎？

「十五！」黎明石碑上，那篇文章的人數不斷湧入，早已打破傳說中的紫爆現象，進入連系統都未曾設定過的……彩爆！

「十四！」

「十三！」不只玩家緊張，女神團的團員們，也忘記了呼吸，看著天空。

「十二！」

「十一！」女神身旁的三大高手，瑪特皺了皺眉。

「這麼大的面積……」瑪特皺眉，「無論用眼睛，甚至是靈力捕捉，都無法估算白月是否會掉入門中。」

「十！」

另一個高手，比爾，他眼神一邊望著天空，手指仍忙碌至極的在手上的平板電腦上操控著，他正開啟世界上最厲害的數學程式，透過超級電腦運算著……

「九！」

「的確估不出來……」比爾語氣低沉。「我只能說，無論吞得進去或吞不進去，白月和門的差距，都在十公分以下……」

「八！」

「十公分？」瑪特吸了一口氣，「這個體積比亞洲加上歐洲還大的門，和這個照亮整個夜空的白月，兩者尺寸差距不到十公分？」

「七！」

「沒錯，兩者實在太相近了……」比爾咬著牙，手指仍不斷操控著電腦。「所以，任何一點計算誤差，都會錯估結果，而且，還有偏移問題，如果白月偏移了幾公分……」

「六！」

「門就會被撞毀？」瑪特咬牙。「這裡，就要看少年H的能耐了。」

「五！」

白月之上，以左手同時控制九十九個火色太極的男人，正是這次白月與巫術之門的另一個極重要關鍵。

是他透過超強的實力與超精密的操控，將白月準確的對準巫術之門，直接墜下。

也是他與貓女絕佳的默契，才能將女神的白月，逼到如此的地步。

「四！」

「會進去嗎？還是白月更大？或是偏差？而將巫術之門撞毀呢？」黎明石碑上，所有人都忘記了呼吸。

「三！」

阿努比斯也是仰著頭，看著夜空。

胡狼面具下的他，始終沉默，但那雙睿智且霸氣的眼眸，似乎在思考著什麼……

阿努比斯可是負責魔佛H第三次梳髮的男人，是他的三發子彈，解除了魔佛H的魔氣，也就是他的超絕判斷與強悍靈力，將戰局帶到這裡……這樣的男人，卻一直保持著沉默，為什麼？他在想著什麼呢？

「二！」

少年H專注的用他的左手，也就是濕婆之力，控制著九十九個火色太極，強力箝制著白月，隨時微調著白月的方向，要讓它精準的，沒有半絲偏差的，落入巫術之門中！

而底下的貓女，則雙手按著白月，她用盡她生命中每一滴力量，維持著巫術之門的面積。

但奇妙的是，情勢危急的當下，貓女臉上卻沒有半絲緊張，反而雙頰勾起，露出幸福甜美的微笑。

為什麼呢？因為貓女知道，她的夥伴是少年H，如果是少年H，一定會將白月精準的送到門中的！

而白月上的少年H，表情雖然嚴肅，但內心也同樣慶幸，幸好夥伴是貓女，如果是貓女，一定會盡情擴大巫術之門，直到足以裝入白月。

「一！」

這一剎那，所有人安靜了，最後的一秒，等待的結果即將揭曉，白月與門，女神與不敗傳奇，都將有了答案。

但，這片寂靜，卻傳來一個清脆，可愛，讓人一聽就忍不住喜悅的少女笑聲。

聲音極為清楚，透過靈力運送，剛好傳入了每個玩家的耳中。

「別忘了一件事，我伊希斯啊，是風相星座的天秤座喔。」這是女神伊希斯的笑聲。「看起來高雅溫和，其實啊，也是有我的小調皮喔。」

小調皮？

就在這最後一秒，每個注視著夜空的人，忽然都明白這三個字是什麼意思了……

白月，竟然脹大了！

那脹大的程度，是任何人眼中都可以感覺到的！

不只是十公分，而是突然大了十分之一的體積！

「白月，白月，白月，為什麼還會變大……」所有的玩家腦袋都打結了，但也在下一瞬間，就懂了。「啊，難道，女神剛剛保留實力？」

對，女神剛剛保留實力！

中間還刻意轉動了一次白月，讓少年H等人以為女神已經出全力抵抗，但事實上，她一直保留了這最後十分之一的力量，並在最後一刻啟動，就是要讓少年H、貓女，甚至是濕婆，完全沒有時間可以做出反應。

她是女神，果然是女神！

論實力，論心機，都是地獄之中數一數二的。

「抱歉啊。」女神微笑了。「再大十分之一的白月，才是我真正的實力，對了，有句話要說，喜歡我的偷襲嗎？少年H。」

「喜歡嗎？」遠方的少年H露出苦笑，笑容中帶了些許敬佩。「坦白說，還滿高明的。」

而就在這句話說出的同時，倒數最後一個數字，已經喊了出來……

「零！」

所有玩家都閉上了眼，白月突然脹大十分之一，巫術之門，肯定撐不住的！

這場戰鬥，就這樣劃上句點了？

就這樣，劃上句點了嗎？

第八章　忘了說，我還有右手

一直到此刻，始終保持沉默的阿努比斯，才終於開口說了一句話。

「女神小心，」阿努比斯聲音低沉，「他，還有右手。」

這倒數的最後一秒，當伊希斯掀開了她的底牌，一個能決定戰局的小惡作劇，讓白月體積脹大十分之一，殺得少年H與貓女措手不及之際……

伊希斯卻感覺到了一件奇異的事。

那就是，時間，變慢了。

當最後一秒白月擴大完成，時間逼近了零秒之際，時間，卻古怪的，變慢了。

時間，再過了二分之一，也就是二分之一秒時，第一次減慢。

當過了二分之一的一半時間，也就是四分之一秒，又再次減慢。

當又過了四分之一的一半時間，八分之一秒，又再減慢一次。

只見時間不斷的減慢，以每二分之一的週期，宛如一道按部就班下降的階梯，不斷的減慢。

這樣減慢的結果，就是時間不斷逼近零，但偏偏就是歸不了零。

「哎喲。」伊希斯眼睛睜大，輕咬嘴唇。「討厭的少年H，你還有招啊？」

「這叫做烏龜悖論。」少年H站在白月上，「所謂悖論，就是現實與邏輯互相衝突，無法被解釋的現象，而這個烏龜悖論，更是讓千年以來的數學家、物理學家，以及哲學家爭論不休的知名悖論。」

「烏龜悖論？說來聽聽。」

「簡單來說，就是有隻兔子和烏龜賽跑，烏龜先出發，而兔子後出發，」少年H說，「你猜猜，兔子會追上烏龜嗎？」

「兔子會追上烏龜嗎？」伊希斯笑了，「當然會啊。」

「會啊。」這時，關注著這場比賽的百萬玩家們，互相看來看去。「當然會啊，兔子當然會追過烏龜啊。」

「除非是趣味問答？」玩家們交頭接耳。「像是，烏龜是所謂的噴射引擎龜？」

「烏龜的體積有兩百層樓高，所以踩一步，就能跨過一座公園？」

「或者兔子倒退跑？這樣就追不上烏龜啦。」

「啊，題目沒有提到環境因素，如果是水裡的賽跑，烏龜就贏定了！兔子跑沒幾步就溺死啦！」

但這無邊無際的討論，卻因為少年H的說話聲，而安靜下來……

「這就是烏龜悖論，兔子速度的確比烏龜快沒錯，只是烏龜比牠更快出發，所以當兔子抵達了烏龜的位置時，烏龜一定又往前進了一點，所以兔子沒追到烏龜，對不對？」

「對。」所有的玩家都點頭。

「而接下來賽跑者再次奮力衝刺，當牠又到了烏龜原本的位置，這段時間烏龜一定也前進了，對不對，換句話說，兔子還是沒追到烏龜……」

「就算是一點點時間，烏龜也會前進，沒錯。」這次玩家們沉默了一下，還是點頭。「所以兔子還是沒追到烏龜……」

「結果，兔子雖然不斷的逼近烏龜，卻永遠追不上烏龜，因為烏龜比兔子早出發，永遠會快一個距離。」少年H微笑。「結果就是，兔子永遠追不上烏龜……對不對？」

「兔子永遠追不上烏龜……」玩家們點頭了，但卻在下一刻，又有一半的人搖頭。

「不可能啊，」那些搖頭的人說，「因為現實上，兔子就是追得上烏龜啊！速度快的原本就會超前啊！」

但這一半搖頭的玩家，卻又有一半的人跟著搖了頭。「但烏龜悖論的邏輯上是對，因為無論怎麼樣，烏龜都會先跑一段距離……」

這秒鐘，所有的玩家都混亂了。

「到底是怎麼回事啊？」「我還比較喜歡水裡跑步的那個答案！」「那隻烏龜肯定是忍者龜吧！」「來人啊！把這人拖走，把我砍了吧！我頭暈啦！」

面對這混亂的局面，倒是有個人始終好整以暇，她雙手抱胸，歪頭思考著。

「妳怎麼想呢？」少年H目光看向白月之下的那個人。「女神，伊希斯。」

「H啊。」伊希斯終於開口了，又是那個甜甜的少女微笑。「我想，那和時間有關吧。」

「時間？」

「當參賽者不斷逼近烏龜，烏龜卻始終超前，但時間卻被越切越小，小到後來，烏龜能領先的距離越來越短，逼近人類認知的極限，甚至超越奈米等級，而時間也同樣被切得無限小，超越了奈米時間。」伊希斯笑著說。「乍看之下在討論烏龜與兔子，事實上這問題是在辯論，時間與空間能否存在無限小，又或者說，時間能否暫停吧？」

「喔。」

「可是呢，我覺得此時此刻你提出這烏龜悖論，其實還別有用心。」伊希斯笑著。「是吧？」

「喔。」少年H微微一笑。

「此刻，你將時間壓迫到無限小，然後刻意提出這問題，你想爭取機會？你想爭取什麼的機會？」伊希斯目光閃爍光芒。

「哈哈，不愧是女神。」少年H笑著，慢慢舉起了他的右手。

右手閃爍燦爛金光，這是可視靈波？金色的可視靈波？這不是少年H可視靈波的顏色啊，這是誰的？

「這金光？」伊希斯的表情變了。

「我想爭取的機會，是我的右手。」少年H躍起，越上了數百公尺的高空，然後在空中翻轉，然後頭下腳上，手伸直為掌，直直的往下衝了下來。

隨著少年H不斷往下俯衝，速度更是越來越快，全身金光更是越來越烈，以手掌那金光為首，化成一枚燦爛金色流星。

眼看，流星就要重擊月球表面。

而此刻，伊希斯罕見的，可能是踏入地獄遊戲以來首次，收起了甜美笑容，表情慎重而憤怒。

她雙手合一，做出聖女祈禱姿態，這姿態，正是塔羅牌上，那本命牌女祭司的模樣。

「給我，擋住啊！」伊希斯大吼，吼聲貫穿了台灣所有玩家的耳膜，甚至衝上天際，震碎了夜空的殘雲，甚至衝出遊戲邊界，讓許多正在台灣這塊島嶼上的現實人士，停住了腳步。

他們納悶。

剛剛那聲女子的低吼，究竟是什麼？

而這白月，也在伊希斯這聲大吼中，快速旋轉起來，轉速之快，之猛，眼看就要甩開來自濕婆力量的火太極。

很明顯的，伊希斯用了超越當時與濕婆戰鬥的力量，她真正的發揮了百分之百的力量，在此刻！

為什麼？

伊希斯在怕什麼？

少年H始終收藏著的右手，到底有什麼力量！

「金色的可視靈波！」少年H頭下腳上，右掌為前，所化成的炙熱金色流星，在空中螺旋俯衝，在這一剎那，擊中了白月表面。「就靠你留在我身上的力量了，聖佛！」

聖佛！

當年，少年H曾被兩大神佛附體，一是古印度破壞神濕婆，二，自然就是入了魔，差點殺光整個地獄遊戲玩家的，聖佛！

左手，保留著濕婆留下的引子。

而右手，正是聖佛贈與的佛光！

如今，這佛光透過少年H的掌，由上往下，直接轟中了白月，同時間，伊希斯雙手合掌，以聖女之姿啟動了她真正的力量。

然後，烏龜悖論就在此刻結束。

「零！」玩家們的倒數，終於到了終點。

兔子終於追上了烏龜，而烏龜終於與兔子兩者平行，同時，穿越了終點線。

究竟誰贏？

誰，贏？

白月，與巫術之門，兩者相會。

來自聖佛的這一掌，直接衝擊白月，白月急遽震動之後，軀體往外膨脹，膨脹的表面隨即出現裂紋，裂紋更在下一個瞬間爆開。

聖佛的這一掌，不多不少，更好抵消了白月十分之一的體積。

讓這場差距在十公分以下的賭局，重新回到了原點。

而白月爆裂開的十分之一體積，也在夜空中化成塵土，形成一大團烏雲，遮住了所有仰頭凝視夜空玩家們的視線。

這團烏雲，讓戰局的結果，成了謎。

而且濃雲中更夾著女神與少年H共同的靈力分子，讓所有具備監控功能的道具與特殊能力，全部都失了效。

「誰贏？」玩家們嘶吼！「告訴我，貓女與少年H聯手，能否首次擊敗不敗傳說女神？」

「誰贏啊！」玩家們不斷吶喊著。「誰贏？」「究竟誰贏？」「是誰贏啊！」「告訴我！」

「是誰贏？」「女神傳說會被打敗嗎？」「會嗎？」「會嗎？」

濃雲，緩緩的散開了。

而濃雲之中的景象，也隨著濃霧密度下降，一點一滴的浮現出來……

雲中，已經沒有了白月。

白月，被吞噬了？

下一秒，所有非女神團團員的玩家們，同時舉起了右手，發出聲嘶力竭卻又歡欣鼓舞的聲音。

「勝！」玩家們狂吼著，忘情狂吼著。「勝利啦！」

白月消失，代表，巫術之門，成功吞噬了它。

這一切究竟是怎麼發生的呢？一分鐘前的那一掌之後，誰勝誰敗都沒有話說的那十公分差距，到底是怎麼克服的呢？

在一分鐘前，當少年H疾飛上天，然後在空中一個翻轉，右手往下，宛如戰機俯衝而下，掌心散發雄烈金光，朝著白月擊下。

金光之力，就是聖佛殘留在少年H體內之力，透過少年H的右手，透過身經百戰的那厚實掌心，轟入了白月之中。

白月，伊希斯的本命之月，同時被貫入伊希斯的聖女之力，兩大神力在這片夜空之中，以超凡之姿，激烈相逢。

白月的表面，開始碎裂，碎成濃濃烏雲。

當白月表面碎裂了，也代表面積縮小了，同時也代表著，巫術之門，又開始重新取得了機會，能夠吞噬這團白月。

然後，就在零秒時分，巫術之門，吞進去了。

白月的邊緣距離門邊，事實上比十公分更微小，只差距了一公分，但事實上，就算是零點零一公分，只要門比白月大，就是吞得進去！

吞進去了！

白月不斷的下墜，在九十九尊火太極完美夾擊之下，白月的行動受到箝制，只能不斷滾動，但卻不斷的往門內陷落下去……

「啊。」伊希斯雙手合十，全身散發神聖白芒，但卻輕輕的嘆了一口長氣。

門外的白月，只剩下一半的體積了。

「呼。」貓女笑了，她的雙手撐住這道巨大的門，逼迫著白月進入另一個空間。

白月仍在落下。

轉眼，就剩下最後四分之一。

最後十分之一。

最後百分之一。

最後千分之一……

當一分鐘過去，在這片烏雲之中，白月最後那抹純白潔淨的光芒，已然消失在門內，一如月落西方，消失在門的天際線之後。

月，沉了。

而女神伊希斯，自然也就輸了。

濃雲之中，貓女率先降落，她輕巧的落地，落地時，一點聲音也沒有。

而她落地之處，正是剛剛戰鬥最激烈的地方，也是伊希斯的面前。

如今，伊希斯依然維持著合掌祈禱的姿態，反倒是貓女右手扠腰，窈窕的模特兒身材展露著傲氣姿態。

「欸，伊希斯，妳輸了。」

「嗯。」伊希斯輕嘆一口氣，「是的，我輸了。」

「仔細想想，從當我們合作統治整個古埃及開始，妳好像就沒有輸過喔。」

「是啊，你們的合作威力的確是令人吃驚呢。」伊希斯看著貓女。

「嗯，因為我有一個很可靠的夥伴啊。」貓女一笑，「啊，說曹操曹操就到，他也下來了呢。」

就在貓女說這話的同時，地面突然一串約莫兩公尺的符咒，符咒閃著黑白色流光，流光過後，少年H於是現身。

「有人在說我嗎？」少年H微笑。

「少年H啊，我正要說你，我在想，怎麼會有一個人，我殺了你三次，卻都殺不死。」

伊希斯淡然一笑。「果然，我一直殺不死的人，最後還是將我打敗了，唉呀呀。」

「女神謬讚了，但是打敗妳的，並不是我或貓女而已喔，其實還包括了濕婆與聖佛。」

少年H搖頭。「還有那些透過『當我們同在一起』，將力量贈與貓女的反女神玩家們。」

「濕婆和聖佛？你是說那九十九火太極，與最後的金色流星掌嗎？」伊希斯嘆了一口氣。「說到底，這也是你曾經幫過他們，他們才在你最危急的時候，出手救你啊。」

「我們中國人講因果，種什麼因，得什麼果。」少年H微笑。「這就是因果吧。」

「說到因果。」這時貓女也開口了。「那一百萬名將力量給我的玩家，其實也是因果喔。」

「嗯，是嗎？」伊希斯仰望著此刻的夜空，「就算我已經收羅了上百萬的玩家，仍有更多的玩家對我不服嗎？」

「當然。」貓女搖了搖手指，「因為妳的女神團雖然巨大，但其中玩家素質參差不齊，更有人仗著女神之名，欺凌不少無辜玩家，這股來自其他玩家的怒氣，匯集成流，也是妳敗北的原因啊。」

「原來是這樣……我為了在短時間內拿到『最強團隊』的稱號，用了太過決絕的手段，引出的結果嗎？」女神閉上眼，「但仔細回想，若不用這方法，還有什麼方法能快速破關呢？我也是逼不得已的啊。」

「逼不得已？妳的講法，恕我不能苟同，遊戲的本質，是享受其中過程。」少年H搖頭。「若急於破關，豈不是辜負了遊戲的本質嗎？」

「也許，也許啊。」伊希斯臉上露出悵然的微笑。「你們說得沒錯，我太目的性了，我想破關，我想進入那個夢幻之門，拿到傳說中連神都無法完成的願望。」

「所以人家才沒辦法完全認同妳啊。」少年H說到這，微微一頓。「更何況，妳還搶了別人女兒的身體，這對那個爸爸來說，可是很傷心的。」

「也許，我是有些不擇手段。」伊希斯說。「但我不會後悔，這是我的理念。」

「我知道這是妳的理念，但妳用了錯誤的方法，導致妳的失敗。」貓女手比著女神。「現在，我們將收回妳破關的權力，妳將失去破關的資格……」

「失去破關的資格？」說到這，女神忽然輕笑了兩聲。「貓女貝斯特，我的老友啊，這件事妳好像弄錯了哩。」

「嗯？」

「我怕我說出來，會傷了你們與所有反女神玩家們的心。」女神雙手鬆開，不再做出祈禱的姿勢，而且緩緩起身。「但，我還是必須說，畢竟，現實原本就是殘酷的。」

這一下起身，雖然看似輕盈，卻隱隱帶出了一股埃及主神才有的女帝氣勢。

見到這股氣勢，讓見慣風浪的貓女，都忍不住微退了一步，雙手更不自主的擺出作戰姿態。

「女神，要說什麼？」

貓女會做出戰鬥姿態，是因為她懂伊希斯，她認識這女神好幾千年了，她就算落入極慘的劣勢，總能逆轉戰局。

她太強、太美，也太讓人畏懼了。

「貓女，妳不用對我擺出戰鬥姿態，其一，我的白月已被妳的巫術之門吞噬，短時間絕對無法恢復力量；其二，妳以為妳使出超越極限的巫術門之後，還會剩下任何一丁點的力量嗎?妳和我現在半斤八兩，都是無法戰鬥的。」

「哼。」貓女當然知道，現在的她，沒有任何的戰鬥能力。

恐怕任何一個等級五十以上的玩家來，貓女都必須逃之夭夭，而且她也清楚，此地力氣耗盡的人不會只有她，恐怕連身旁的少年H都是……

不過當貓女轉頭瞄向少年H，卻發現這人竟然依然雙手負在背後，一副天塌下來也無所謂的模樣。

喂！臭H！我們的對手是伊希斯欸！數千年來無人能顛覆其至尊之位，必然有其原因的！伊希斯一定還有招！你不可以這麼掉以輕心啦！

對於少年H輕鬆的姿態，不只是貓女，連伊希斯都感到興趣盎然。

「少年H，你沒做出任何防禦性的動作？為什麼？是因為你已經知道我要說的事情了嗎？還是你認為你還有力量，可以阻擋我接下來可能說出的任何一件事？」伊希斯問。

「還有力量？當然沒有啊，而且一丁點都沒有了啊。」少年H笑著搖了搖頭，「我的力量，也和貓女一樣用光光了，不只我們，那些支持我們的玩家，在喝下『當我們同在一起』時，應該也把力量用光了吧。」

「我想也是，那少年H啊，」伊希斯微笑。「你猜出，我接下要說的那件事，究竟是什麼了嗎？」

「嗯，真的要猜嗎？」

「當然要猜啊。」

「那我就說囉，我想答案……就在妳的身後吧。」少年H笑了笑，伸出手，比向了伊希斯的身後。「是嗎？我的老友，阿努比斯。」

伊希斯的身後，當白月造成的濃霧漸漸消失，的的確確出現了三個身影。

左邊人影是一名少年，身高與少年H相仿，差別是他手上拿的不是太極圖騰，而是一塊方形平板。

右邊人影是一名女子，身穿套裝，姿態高挑纖細，但從她站立的模樣，就透露出她是一個一絲不苟，事事算無遺策的女強人。

而居於三位人影之中的人呢？此人身穿黑色長大衣，肩上扛著一柄巨大獵槍，就算看不到此人的面容，也可以感覺到他全身散發出的強烈霸氣，那君臨天下，萬物皆俯首稱臣的霸氣。

「啊啊啊，真的讓你猜到了啦。」伊希斯雙手扠腰，擁有十七歲少女面容的她，這動作帶著青春可愛的迷人氣息。「沒錯，還有阿努比斯。他啊，雖然老是不聽話，非常有自己的想法，而且還抗命不肯殺你，但此刻，他的確是我方最可靠的戰力……我的最後一張王牌，就是他，阿努比斯！」

阿努比斯！

又是阿努比斯！

那帥氣的黑色長大衣，巨大的獵槍，傷痕累累的胡狼面具下，傳出阿努比斯低沉的嗓音……

「H，你雖然擊敗了女神，但你的靈力蕩然無存，所以此刻你不可能擊敗我，所以，請你……」阿努比斯慢慢的說著，每個字都充滿了威嚴，迴盪在濃霧中。「請你認輸吧，少年H。」

認輸吧，少年H。

看到青春美麗的十七歲伊希斯背後，濃霧中所出現的三個人影，兩男一女，有高傲精明的瑪特、有聰明帥氣操縱電腦高手的比爾，還有戴著胡狼面具的霸者阿努比斯。

這一幕，充滿了奇異的魄力，這魄力是來自於伊希斯青春少女的模樣，與背後三大強者的魄力。

當玩家們透過攝影機，看到這一幕，他們先是愣住，但隨即譁然。

玩家間的反應雖然同為譁然，但心情卻完全不同。

第一種玩家的心情，是剛剛喝下『當我們同在一起』，把力量分給貓女的玩家們，他們哀號，慘叫，相擁而泣，情緒激動者用右拳重擊液晶螢幕，用左肘貫破主機，更有人把筆電或平板丟上天空，用無影腳連踢三下，試圖要踢掉滿心無奈。

因為他們明白，此刻已然無力回天。

其他人也就算了，此刻站在少年H面前的人，可是阿努比斯啊。

如果說，少年H之所以能通過層層難關，是因為他厲害，他頑強，他聰明，或是他運氣超好……這些特質也許珍貴，但玩家知道……這些特質，少年H眼前的敵人，阿努比斯，也是完全具備啊。

阿努比斯多次在死亡邊緣遊走，也是厲害，頑強，聰明，運氣超好的角色啊。

少年H曾擊敗女神伊希斯，阿努比斯可是曾將魔佛H送回老家的！

如今，精疲力竭的少年H與貓女，面對阿努比斯，哪有勝算？哪還有一點點微弱如螢火蟲光芒的勝算呢？

第二種情緒的玩家，則是迷戀女神的團員們，他們來自社會各個階層，多是對地獄遊戲體制感到不滿，且不斷透過女神而掀起戰亂的玩家。

他們狂吼，歡呼，拿起身邊的啤酒痛快喝著。

他們從看到白月消失時的恐慌，到阿努比斯登場的雀躍，讓他們的情緒，如同經歷一場至冷至熱的三溫暖。

如今，總算洗到最後一刻，是熱水。

不用冷冰冰，全身光溜溜的被擊倒了。

他們女神團，會是最後破關的團隊了。

不過，當玩家們的心情受到結果而牽動，憤怒或是喜悅之際，畫面上的情況，又有了新的變化。

一個小東西，忽然，從天而降。

「要我認輸嗎？」少年H看著眼前的阿努比斯。「這是你希望的嗎？」

「當然。」阿努比斯聲音低沉，沒有任何討價還價的餘地。

「……」正當少年H帶著微笑，沉默不語，忽然，阿努比斯身邊的電腦天才，比爾開口了。

「阿努比斯，你何必還要他認輸？」比爾舉起了手上的平板，另一隻手的五根手指在平板上快速滑動。「為什麼不趁少年H現在沒有靈力時，當場斃了他？」

隨著比爾手指的滑動，夜空中幾道燦爛白光閃爍，那是位居大氣層之外，能夠在千里之外取人性命的……殺手衛星！

「我也同意。」另一個聲音，來自瑪特。「算一算，現在距離午夜還有十幾分鐘，少年H這人太可怕，不趁現在殺了他，難保他還有王牌來逆轉局勢。」

瑪特一邊說著，曾經擊敗吸血鬼女，並與血腥瑪麗打成平手的她，右手黑色螺旋急速轉動，那是瑪特的超自然力量，重力。

可以改變光線，將萬物重擊成碎片的重力之掌。

「不殺他，倒不是因為仁慈，」阿努比斯看了瑪特與比爾一眼，「而是為了救命。」

「救命？」比爾哼的一聲，「到現在你還婦人之仁？還想救少年H的命？」

「錯了。」阿努比斯單邊嘴角揚起。「不是救少年H的命。」

「那是救誰的……」瑪特才又繼續問，忽然，她噤聲了。

因為，她看到了一個物體，從天而降。

那物體不大，比一張A4紙小一些，但卻陡然從天空而來，宛如一條筆直直線，速度之快，威力之猛，就在眨眼之間，墜落在瑪特、比爾，與阿努比斯的面前。

當那物體落地時，更直接轟入土地之中，且以它為中心，蔓延出一大片蜘蛛網的裂紋，裂紋幅度極大，不只蔓延過眾人的腳底，更綿延了超過數百公尺，才緩緩停下。

光看這物體落下的氣勢，就讓瑪特與比爾頓時安靜下來。

而當他們看清楚那物體的真面目時，更讓他們嘴巴閉得更緊了。

因為那物體，竟是一雙有些破舊，髒兮兮的拖鞋。

鞋底為白，鞋面為藍，藍中透紫，這不就是傳說中的藍白拖？

「這拖鞋，是誰，誰丟下來的？」比爾嘴唇微微顫抖著，就算不知道拖鞋主人是誰，但光這拖鞋落下的氣勢，就知道這人是和女神在同樣等級的怪物。

「當然是藍白拖的主人。」瑪特的聲音冰冷，她腦袋清醒多了。「所以，阿努比斯你的『救命』兩字，救的不是少年H的命，而是……我們的命？」

「……」阿努比斯沒有答話，但這份沉默，卻已經直接回答了瑪特的問題。

這拖鞋的主人正在告訴瑪特與比爾，如果你敢動少年H的性命，我會拿你們兩個人的命來換。

而光從拖鞋墜下的氣勢，更明白表示……我做得到！就算女神出手，也救不了你們兩個人的命。

「H，關於你是否要投降？讓我從頭說起。」阿努比斯向來話少，用到從頭說起四個字，反而讓人忍不住安靜下來，想聽聽看他打算說些什麼……

「綜觀地獄人間，如今能和伊希斯抗衡的神魔好手。」阿努比斯語氣低沉，「共有六個。」

「六個？」少年H點頭。

「但這六個，卻都有各自的命運與挑戰。」阿努比斯說，「第一個，當然是地獄第一高手，聖佛。」

「聖佛……」

「聖佛活了數千年，祂的起源故事無人知曉，幾乎有記憶時，祂就是赤著雙足，在地獄之中旅行著，祂所到之處，不斷解救蒼生於苦難，從未有人聽過祂開過口，說過話，只知道祂曾有旅伴，也有一名足以和祂抗衡的魔王，蚩尤，以及……天劫。」

「天劫……唉……」提到天劫，少年H彷彿回憶起魔佛H殺戮的歲月，不由得嘆了一口氣。

「天劫乃是一萬年便會降臨地獄人間一次的劫難，只會找最強者，並讓祂墮入無盡殺戮之道，有人說這是藉此破壞地獄平衡，讓神魔地位得以流動，也有人說這是一種必然，天劫的存在也是一個謎，亙古之謎，但無論天劫來自何方，總而言之，它就是聖佛唯一的記掛。」

「嗯。」

「聖佛不肯將這份責任交予他人，決心犧牲自己洗淨天劫之罪，就算蚩尤要搶，祂也不肯，於是與蚩尤打了超過數百年，也許這就是他們這場架打了上千年都分不出勝負的原因，總而言之，聖佛自己收下了天劫，更因為貓女之死誘發天劫，讓祂成了魔，最後總算靠著地獄遊戲的黑蕊花，解去這百萬條性命的罪。」

「我知道，我想我比誰都清楚，幸好有黑蕊花，也幸好在地獄遊戲之內。」少年H一笑。

「這些特殊的道具，真的能發揮神奇的功能。」

「這份天劫困住了聖佛，加上祂不追求權力的天性，讓祂不至於對女神產生威脅。」阿努比斯說，「然後是第二位，剛提過的，蚩尤。」

「蚩尤，哈，也是老朋友了。」少年H點頭。

「沒錯，蚩尤是黑榜上的黑桃A，換句話說，他是群魔之首，他性格如魔，既狂且霸，唯恐天下不亂，對善惡也沒有那麼婆婆媽媽，他化身為土地公，一開始就加入了地獄遊戲，乍看之下無害，其實扮演了極度重要的角色。」說到這，阿努比斯目光瞄了一眼地上剛剛墜下的那雙拖鞋。

這拖鞋，就是蚩尤的傑作。

「他的強，毋庸置疑，不過他似乎對一統地獄遊戲沒有興趣，也許就是他壓根兒不想被什麼願望束縛，所以他沒有出手搶奪，不然，若是他決定與伊希斯正面交鋒，伊希斯絕對會陷入前所未有的苦戰。」

「是啊，土地公這傢伙看來雖然呆頭呆腦，一打起架來，可是所向披靡的。」

「不過，這也許也和賽特有關，這兩人在台北火車站一起吃吃喝喝，也吃了這麼久，兩人說是情感濃厚，不如說是互相牽制，土地公不讓賽特去幫伊希斯，而土地公自己也看在賽特的面子上，不出手破壞伊希斯的大計。」

「嗯，兩人吃這麼久了，應該也吃下幾頭大象的體積了吧！」少年H苦笑。

「兩人應該胖了不少，嘻嘻。」貓女也說。

「既然說到了賽特，我就提提他吧，賽特在黑榜四張A中，圖示為梅花，也是最末一張，他來自古老埃及，是沙漠中的魔神，他力量龐大強大，當年幾乎摧毀整個埃及神界，但我們都知道，他其實是一名癡情漢子，而他苦戀的對象，偏偏就是最不該愛上的人，伊希斯。」

「嗯。」

「賽特雖強，卻成為伊希斯守護者，自然不會與伊希斯搶奪破關者條件。」阿努比斯說，「剩下的三個強者中，第四個是濕婆。」

「濕婆……」少年H點頭。「沒錯，他很早就進來地獄遊戲了。」

「是啊，濕婆的動作很大，他以自己的名氣，招集大量黑榜群妖進入地獄遊戲之中，破關意圖明顯，兩個兒子象神與孔雀王更影響地獄遊戲甚巨，尤其是智慧之神象神，更是充滿威脅性的角色，後來求仁得仁，死在土地公手下，而濕婆更是少數曾與伊希斯正面交鋒的角色。」

「我知道，白月對岩漿。」少年H笑了一下，這一場戰役，他也曾參與其中。

「這場正面交鋒的結局，就是濕婆敗北，伊希斯的女神團聲勢大盛，更以其所向無敵之姿，擊敗最接近神魔的蒼蠅王，也就是我要說的第五個人……」

「蒼蠅王……」少年H想了一下，「第五個，沒錯，他的確夠格。」

「蒼蠅王同時兼具黑暗與光明的雙重特性，最後才顯現的天使之力更差點擊敗伊希斯，直到最後因為命運之矛潰敗於『女神的擁抱』，正式退出戰場。」阿努比斯說。「這五個人都已經輪番登場，如今，只剩下第六個……」

「第六個，我想應該是你始終沒提到的，黑榜的最後一張A吧？」少年H目光炯炯，「鑽石A。」

「沒錯，就是他，鑽石A，撒旦。」

「嗯。」少年H聽到阿努比斯提到撒旦，罕見的收起笑容，認真聆聽。

「回論撒旦出手的時間點，其實非常的早。」阿努比斯說。「他以許願為名，交換他人靈魂，並藉由靈魂力量，滋養自己的實力，早在開膛手傑克年代，他就涉入這件事了。」

「三百多年前，撒旦的力量就介入了啊……」

「撒旦與蒼蠅王關係匪淺，兩人同是聖經中的惡魔，如果蒼蠅王知道，沒道理撒旦會不知道地獄遊戲的存在。」

「你這樣說，我認同，但有一個最大的問題……」少年H問。

「我知道你要說什麼……」阿努比斯點頭。「那就是地獄遊戲眼看就要破關了，這危險人物，為什麼還不出手？」

「更奇怪的是，說撒旦沒出手，其實也出手過一次，那是魔佛H的第二梳。」少年H說，「當時的狼人T奮不顧身衝入魔佛H的絕殺圈中，眼看就要灰飛煙滅，此舉卻逼出撒旦現身，以手刀與魔佛H的魔掌硬拚……仔細想想，以撒旦這麼低調的個性，他會為狼人T出手，實在很不合理。」

「是的，除非是狼人T的東西太過重要，逼得撒旦非出手不可。」

「狼人T重要的東西？如眼鏡猴臨死前說，有人要『狼人T的心臟』，」少年H說。「狼人T的心臟據說是來自當年……他深愛的女子，西兒的心臟。」

「所以，撒旦要的是那顆心臟？」阿努比斯眉頭越皺越緊，「為了保護那顆心臟，他甚至願意與魔佛H正面衝突？」

「如此推論，應該是沒錯。」少年H點頭。「我有種感覺，撒旦比我們更清楚地獄遊戲的真面目，為了達到他的目的，關鍵就在狼人T體內，西兒的心臟之上……」

「H，你是說，」阿努比斯說到這，笑了。「就算夢幻之門開了，這場地獄戰役，可能還沒結束嗎？」

「也許，」少年H雙手負在背後，遙望著夜空，白月早已消失，天空是閃爍的滿天星斗。

「但，夢幻之門打開後，距離結局應該不遠了。」

「這第六號人物，危險程度不在濕婆之下，至今卻尚未現身，讓我頗為擔心，所以……」阿努比斯說到這，忽然安靜下來，注視著少年H。

這一下安靜，這一份注視。

代表著阿努比斯非常想說的話，想對少年H說，但在數百萬雙眼睛注視之下，又不能說出口。

少年H沉默，因為他已經明白，這是阿努比斯的「請求」。

因為這始終未掀開的第六張牌，阿努比斯就算手握十成的實力，可以輕易狙殺少年H，但他仍選擇了「請求」。

當沉默過去，阿努比斯再問了。「所以，在這裡，我要再問你一次……」

「嗯。」

「要戰，還是要降？」阿努比斯定定的看著少年H，「老友。」

要戰？還是要降？

此刻阿努比斯雖然沒有做出任何作戰姿態，但他的黑大衣隨風飄動，肩扛獵槍，全身隱隱透出深綠色的可視靈波，那綠色靈波甚至干擾了數百萬玩家的螢幕，造成不少螢幕發出不正常的亂訊。

阿努比斯，是認真的。

一如他只帶著三發子彈，去挑戰魔佛H一樣，這是他要完成的任務，而為了完成這任務，就算犧牲了他的一切，他都會完成。

這就是認真的阿努比斯，也是最可怕的阿努比斯。

少年H沒有立刻回答，他依然帶著輕鬆的笑，看著阿努比斯，但從少年H的眼神中可以感覺到，少年H也同樣的認真。

因為，少年H接下來的選擇，代表整個地獄遊戲中，所有女神反抗勢力的答案。

戰嗎？

若戰，未來的十分鐘內，將還有極為驚人的腥風血雨，女神反抗勢力百萬玩家，在適才對付白月時，已經同時耗盡了靈力。

而少年H與貓女兩人，也同樣虛弱，不具備戰力。

降嗎？

讓女神打開了夢幻之門？這樣少年H甘心嗎？放得下嗎？他如何面對追隨他的這些玩家？他如何面對自己過去的努力？他會成為過街老鼠人人喊打嗎？

而就在少年H與阿努比斯兩人，一矮一高，一輕盈精悍一霸氣雄渾，兩人在數百萬雙眼睛注視下，沉默不語之時……少年H感受自己的手被握住，那是一隻纖細而溫柔的手。

是貓女，輕輕的握住了少年H。

「H，無論你做什麼決定，」貓女輕輕說著，「我都會陪你。」

少年H看了一眼貓女，眼中盡是溫柔與感謝。

因為他懂，這句話看似平淡，卻充滿了決心，因為少年H若選了戰或降，包括隨之而來的驚心動魄的戰鬥，與必須承受的巨大壓力，甚至是漫長的逃亡，貓女都一路相挺。

少年H與貓女，他們兩人的情感，在經歷了這麼多事情後，什麼都沒有說出口，卻也已經什麼都不用說出口了。

要戰，還是要降？

在數十秒的漫長沉默後，少年H再次微笑了。

然後，他一字一句，清清楚楚的，說出了他的答案……

第九章　破關者

在百萬雙眼睛的注視下，在百萬雙耳朵的聆聽下，在百萬雙緊握的拳頭中，在百萬只緊抿的嘴巴裡……

少年H的手被貓女握著，說出了他的決定。

這半張牌，始終在牌桌上，女神非但殺不死，最後被她逆轉的這一張牌……如今終於要做出決定了。

少年H先是閉上眼，用力吸了一口，好飽好飽的氣，然後嘴角揚起，一個大大，輕鬆的笑容。

「我決定啊……」少年H咧嘴笑。「不打啦。」

說完，少年H伸直雙手，一個大大的懶腰。

「我，不想打囉。」少年H腰伸到極限，「我認輸。」

少年H說出了答案。

這三個字「我認輸」，透過網路直播，送到數百萬玩家們的面前，沒有預期中的譁然，也沒有剛才的激動，此刻的空氣反而安靜且靜謐。

這片靜謐，直到，第一個玩家在黎明石碑上，打下了一串字。

「為什麼？」

而數百萬玩家也才像是甦醒一樣，在文章下瘋狂串接著，「為什麼？少年Ｈ？」

為什麼？

為什麼啊？

為什麼啊啊啊啊啊？

為什麼為什麼為什麼為什麼呢？少年Ｈ！

少年Ｈ看了一眼貓女，又看了一眼阿努比斯，再看了一眼女神，看了瑪特與比爾。

「因為，我覺得，珍惜自己所愛，比較重要。」

珍惜自己所愛，比較重要？

「還有，我想回家了。」少年Ｈ微笑。「大家也是吧？」

回家。

這一剎那，百萬名玩家，彷彿想起自己進入這地獄遊戲時間有多長了……家，在這段時間裡面，好像變得很遙遠，很遙遠……

家，那媽媽在廚房煮菜時傳出的鍋鏟聲，還有隱隱飄散出來的飯菜香氣……

家，那回到自己的房間，躺在床上，看著自己喜歡漫畫的慵懶……

家，那窩在客廳和家人一起笑著看電視，對著無厘頭劇情放聲大笑……

家，那電話鈴響，接起來，是同學邀約去打一場「不分出生死，不輕易回來的籃球鬥牛」

……

家，那打開冰箱，永遠有零食可以偷吃的家……

家，明明超級吵，卻永遠不怕寂寞的家……

這場遊戲，無論是現實玩家，非現實玩家，無論是靈魂被吸入，或是正在電腦桌前的玩家……

在一場又一場驚天動地且精采絕倫的戰役中，好像已經很久沒有想起「家」這個詞了。

回家，少年H用兩個字，就回答了百萬個玩家內心千言萬語的疑問。

「女神，妳就破關吧。」少年H牽起了貓女的手，轉身。「我要回家了。」

「好啊，我們回家。」貓女的手被牽著，甜甜一笑。「去獵鬼小組嗎？」

「對啊，先去找那些老夥伴吧。」少年H直直往前走。「曼哈頓獵鬼小組還有天使團，也該聚聚了。」

「老友，正確的決定。」阿努比斯語氣誠摯。

「沒什麼正不正確的。」少年H頭也不回，只是揮了揮手，便帶著貓女瀟灑離去。

最後，留在原地的，是勝了這一場，卻又深陷沉默的女神與阿努比斯……

他們目送著少年H與貓女的背影離開，不知道何時，把地上炸出一個大洞的藍色拖鞋，也悄悄的消失了……

而十分鐘後，就是十分鐘後。

當午夜長針與短針匯集到最高點，當鐘聲響起……

女神確定再無對手，最強團隊之名，再也毋庸置疑。

地獄遊戲，破關了。

而破關者的姓名，正是女神，伊希斯。

破關了！

事實上，對於破關時會出現什麼畫面？是許多玩家曾經反覆討論，反覆推敲的，有人說，破關時會出現一條巨龍，巨龍會載走破關者，去位於天空中的「夢幻之門」內。

有人說，破關時會出現一段影片，影片播放的是所謂的幕後花絮，是遊戲製作者感人肺腑的感言，以及遊戲被製作出來時的嘔心瀝血。

有人說，破關時會天搖地動，整個地獄遊戲開始崩塌，然後所有人紛紛外逃，而所謂的夢幻之門，其實只是一個幌子，這遊戲從頭到尾都是一個騙局，騙不倒我們的。

有人說，破關就是破關，就像大多數的電動遊戲，當你用一整個月不眠不休的破關後，往往發現，破關畫面……不過如此而已。

而地獄遊戲，破關時到底是一幅什麼樣的光景呢？

下一秒，所有人都看見了答案。

答案的開始，是一顆墜落大地，宛如水珠迸開的，音符。

當時針與分針同時歸於十二，夜空中，一枚閃爍著銀光的水珠，緩緩的，筆直的，從遙遠夜空天際，落下。

在攝影機的帶領下，所有人的目光，都注視著那滴水珠，穿過了夜空，最後，落在女神手臂上。

帶來一個非常輕巧，但悅耳的「叮！」一聲。

感受到第一滴水珠，女神不禁仰頭，她又看見了第二滴水珠。

第二滴水珠，同樣悄悄穿過了夜空，落到她的腳邊，又是「叮！」的一聲。

這一聲叮，好像比第一聲叮，音調來得略高一些。

然後是第三滴雨珠，落在女神的衣服上，略微低沉，像是另一個音符。

「怎麼，好像是音樂呢？」女神甜甜一笑，當她再次仰望天空，她看見了第四滴雨珠。

不，這次已經不是第四滴水珠了，還有緊跟在第四滴雨珠之後，那排山倒海，成千上萬，宛如夜空狂浪般的……亮銀色的雨海。

「大雨啊。」女神不自覺的閉上了眼，「破關時，所降臨的，是一場大雨嗎？」

「叮！」第四滴雨珠落在女神的髮梢，發出輕柔的高音。

然後，下一刻，全部的雨都下來了。

籠罩住整個地獄遊戲，落在每個人身上。

而且奇妙的事情發生了。

那就是每個人都被淋到了雨，無論你是在屋內，在地下室，在高空上，任何地方，無論有遮蔽物無遮蔽物，無論你在高山或深谷，無論你在高空或地底……都淋到了這一場雨。

這團綿密的銀色雨海，一滴一滴，時快時慢，時疏時密，時高時低，落在每個玩家身上。

「身體不會濕欸。」很快的，玩家有了第二個發現。「這是什麼雨啊，每個人都淋得到，但又不會濕？」

而且，更有趣的事情還在後頭，被雨水淋過之處，開始長出了各式花朵，香水百合、玫瑰、鬱金香、雛菊……還有許許多多似乎曾經見過，但卻叫不出名字的花朵，在每個玩家的腳邊，美麗的綻放。

不過，就在雨水落在花瓣上，並敲擊出這種悅耳音樂時，玩家們才忽然明白，這場雨真正的目的，這個遊戲破關時，最後要放送的東西，究竟是什麼了……

是旋律。

原來，是一段專屬於自己的旋律。

每個人的旋律都不同，在大雨落在花朵上，叮叮咚咚的音樂聲中，每個人都專注聆聽，每段屬於自己的旋律。

這旋律雖然從未聽過，但偏偏又是如此熟悉，讓每個玩家忍不住閉上眼，感受著雨，也感受著旋律。

當眼睛閉上，周圍只剩下雨水、花香，與旋律時，玩家們忽然明白了。

這破關的大雨旋律，究竟要做什麼了……

因為，一幕幕影像，就在閉上眼的黑暗中，清楚浮現出來了。

那是每個玩家，從第一天註冊這遊戲開始的畫面。

「我的名字是大青蛙。」某個玩家進入遊戲時，他替自己取了這樣一個名字，而下一秒，系統接受，他發現自己衣服都沒有變，但人已經站在遊戲之中了。

「我要註冊 more5。」這是天使團的五號，註冊名字當時的場景。

「我要註冊娜娜。」「我要註冊少年H。」「我要註冊貓女。」「我要註冊伊希斯。」「我要註冊大頭。」「我要註冊 UR。」「我要註冊橘子水蛋糕。」「我要註冊琴。」「我要註冊鑄劍師。」「我要註冊龍王大帝霹靂微笑。」「我要註冊豬頭王。」「我要註冊吸血鬼女。」「我要註冊香蕉甜不甜。」「我要註冊 Jerry。」「我要註冊今夜不寂寞。」「我要註冊狼人

T。」「我要註冊小青。」「我要註冊……」

「我要註冊……」

一段一段，那原本早被自己遺忘的註冊畫面，透過雨水與旋律，清楚的在玩家腦海中浮現。

註冊之後呢？

那是開始打怪的場景。

老愛藏在樹後照相的卑鄙交警怪物，武技為降龍十八趴的超強老師怪物，永遠語焉不詳卻又高深莫測的教授妖怪，水裡來火裡去的消防妖怪，專門吸取民脂民膏的超大立委怪物……

玩家們，隨著旋律，回憶起自己曾在這遊戲中，所經歷的一切……

每次與怪物周旋的驚險場景，每次與夥伴攜手抗敵的帥氣畫面，還有與玩家們互相戰鬥時，那血脈賁張的瞬間……

雨中，花瓣顫動中，旋律中……玩家們彷彿回到了數年前，對生命有些迷惘，但卻遊戲本身充滿熱情的時代……

那時候的打遊戲，其實只是因為喜歡而已，真的是「喜歡」而已啊。

畫面不斷的推進，有些玩家的夥伴陣亡了，而遊戲中，進來了越來越多，非現實玩家，這些玩家並沒有干擾遊戲的前進，反而因為他們的實力凌駕怪物太多，大大推升遊戲的難度與精采度……

地獄遊戲，又變得更好玩了！

嘩啦啦啦，叮叮噹噹，雨下著，大雨拚命下著。

玩家們結為盟友，在台灣各地形成全新團隊，團隊們彼此戰鬥，也互相結盟，打下一場又一場精采戰役。

藍色書皮打開，我是士。

綠色藤蔓蜿蜒，我是農。

紅色工具鎚舞動，我是工。

金色錢幣撒開，嘿，還用說，我當然是商。

此時此刻，每個玩家都有專屬自己的旋律，也有專屬自己的故事，正透過地獄遊戲破關時的這場大雨，讓每個活到此刻的玩家，重新溫習一次。

精采的戰役，溫馨的友情，奮戰到最後互相嘶吼的痛快，以及，混雜在其中，讓人嚐盡酸甜苦辣的，愛情。

「我喜歡你，雷龍。」小咪眼中，浮現這個畫面。「我很幸運能遇到妳，和妳在一起的每一場戰鬥，都是我最美好的回憶。」

這是這玩家在地獄遊戲中的表白記憶，如今，小咪和雷龍決定，地獄遊戲破關之後，他們就要正式步入禮堂。

而他們決定在婚禮上，玩一次地獄系列的 Cosplay。

「我很開心，曾經和你同一隊。」這次的畫面，則是來自一個女性玩家，她叫雪兒，而她的表白並沒有如此順利。

因為她表白的對象，鋒龍，後來並沒有答應她，鋒龍早她半年離開遊戲，回到了自己的現實世界，但鋒龍與雪兒仍保持聯絡，在對方失意時互相打氣。

「媽，其實我都不知道，妳這麼會打Game。」其中還有母子組，原本冰冷嚴峻的母子關係，透過地獄遊戲中一同出生入死，演變成亦親亦友的關係。

「兒子，你也還不賴，不過回去記得把該補的功課補完。」

「呴。」兒子整張臉皺起。

「功課就當成打Game，就是技巧和團隊合作，然後考上第一志願，就是對魔王破關，不是嗎？」

「這樣說……好像……也對。」

「這就是人生啊。」母親的職業是工人，她說完這句話的時候，還順手把巨大的鏟子放到了她纖細的肩膀上，好霸氣的一幕。

另外，也有夫妻檔，他們小孩長大離家後，關係漸趨冰冷，但因為遊戲而重燃熱情。

「公。」年齡六十一，但撒起嬌來，宛如一十六的老婆說。「破完關回去，我們要幹嘛？」

「婆。」年齡六十三，耍起帥來，宛如三十六的老公說。「我們去環遊世界吧，妳不是說想去北極看極光？去加拿大吃楓糖？去希臘海岸買房子？」

「嗯，就這麼說定囉。」

這些畫面，是壯闊威武的千人戰鬥，或是心中微酸的愛情表白，甚至是視死如歸的兄弟情誼，百萬個畫面，化成百萬個旋律，在百萬個玩家的腦海中上映著。

「地獄遊戲到最後，倒是挺有心的嘛。」這是少年H，他眼前的畫面，應該是地獄遊戲眾多玩家中，數一數二精采的，畢竟他可是死了好多次，更把所有的神魔都從頭到尾打了一輪。「竟然將每個人從一開始到結束的畫面，全部儲存起來，然後剪接成集錦。」

「嗯。對啊。」站在少年H旁邊的，正是貓女，她的笑容很甜。「啊，這一幕我記得，這是你來宋朝救我……一碗水一把劍……還有，這是送貨不送命的片段……」

「是啊。」少年H閉著眼，他沒有說什麼，只是微笑。

因為，此時此刻的他，正享受著過去的一切。

那些曾經的夥伴啊，那些讓他心情激動的故事啊……

所有人，所有玩家，無論是現實與非現實的玩家，在這場破關的大雨中，陷入了長長，無聲的靜謐中。

他們都在重新體驗，過去的自己，過去曾經做過的一切，再次感受這些喜怒哀樂，這就是地獄遊戲破關的畫面，也就是地獄遊戲最後的禮物。

時間，在這片靜謐中，悄悄的過去。

當夜晚流逝，天空再次出現魚肚白時……

雨勢，開始悄悄的減弱了。

滿地的花朵，依然燦爛，但雨滴越來越少，越來越少……

最後，當最後一滴雨，落在女神的手心上，發出叮的一聲時，所有人都睜開了眼睛。

美麗且溫柔的回憶，結束了。

接下來呢？

當雨珠在女神手心迸裂，散開，竟留下了一個銀色的物體。

「這是？」女神看著自己的手心，「是鑰匙？」

是的，雨水消散，露出了它從天空帶來的禮物，那是一把銀色的鑰匙，並不太特殊，像是可以打開一般住家喇叭鎖的鑰匙。

「這是開夢幻之門的鑰匙嗎？」伊希斯輕輕說著。「有了鑰匙，那門呢？」

對啊，那門呢？

正當所有玩家面面相覷之際，黎明的石碑上，竟然出現了一行字。

發文者，是從未出現過的【遊戲公告】，公告上是這樣寫的……

【從現在開始，地獄遊戲中每一道門都不會鎖，除了夢幻之門，請最強團隊發動所有人力，找出這道門，然後只有這把鑰匙能打開它。】

聽到黎明石碑上的這道指令，所有玩家先是驚呼，然後不自覺的離開了自己的椅子，開始轉動身邊的每道門。

還真的，沒鎖。

無論是多重要、多奇怪、多應該鎖門的門把，全部都沒鎖，於是金庫被打開了，女廁門也被打開了，許多富豪家中的鐵門，都被拉開。

只是，就算金庫門開也沒人搶錢，女廁打開也無人有空偷窺，富豪家的門打開，大家也是索然無味對內部的金碧輝煌瞄上幾眼後，就砰然關上了門。

因為，對所有玩家而言，現在這些東西都不重要。

重要的東西只有一個，那就是【夢幻之門】在哪裡？

有的玩家更想，如果他找到夢幻之門，也許還可以和女神伊希斯談談條件，在最後破關願望中，沾到一點利益。

只是，當玩家們瘋狂搜索，夢幻之門卻遲遲未現蹤。

夢幻之門，究竟在哪呢？

地獄遊戲的最後破關要求，又在玩什麼把戲？

「到底地獄遊戲在玩什麼把戲？」少年H此刻坐在新竹的高鐵站內一家摩斯漢堡內，身邊則是貓女，以及一個年紀約莫五十歲的男人。

這男人面容帶著些許滄桑和疲憊，但卻掩不住其曾經是社會菁英的銳氣，他，就是招集了麥可、二十三號、比爾，以及許多人間高手，一手創造天使團的男人，老爹。

只是奇怪的是，破關在即，少年H為什麼特別找上老爹，約在高鐵站內喝著摩斯咖啡，明明摩斯咖啡絕對稱不上好喝啊？

「夢幻之門的藏身之處？呵呵。」老爹攪拌著自己桌上的咖啡。「這應該是遊戲設計者最後的小惡搞，也許要真正認真玩過遊戲的人，才會猜出夢幻之門的位置吧？」

「有道理喔。」少年H點頭。「這的確像是遊戲設計者的小惡搞。」

「我不常玩遊戲，但我認識一些遊戲設計者，挺年輕的，但都是非常聰明的小朋友。」老爹語氣穩重，「這些設計者的最後小惡搞，主要是希望破關者能認真的體驗這遊戲的過程，而不是只會拚命破關，畢竟遊戲中的每個細節，都是設計者嘔心瀝血的作品……」

「是啊，那，老爹，你覺得門在哪呢？」

門在哪呢？

門在哪呢？

這個讓百萬名玩家正瘋狂搜索的夢幻之門，究竟在哪呢？

「我當然不知道。」老爹搖頭。「但我覺得，答案一定很簡單，最後的惡搞不該太困難，因為這樣不符合遊戲精神，都破關了，還這樣鬧破關者。」

「我也是這樣覺得，算一算，從黎明石碑上出現了夢幻之門為止，已經過了半個多小時了，玩家們能找的門應該都找過了。」少年H點頭。「我個人認為，那個門，一定就在女神身邊。」

這時，貓女接口了。「如果就在女神身邊，而且只有她能開，那她就慘了，因為她超不認真玩遊戲的，整天只想走捷徑破關，所以根本沒想到那裡有門……」貓女嘻嘻笑著，「那表示，她就算破了關，也進不了夢幻之門，嘻嘻，所以有破等於沒破，是這個意思嗎？」

「呵呵，就怕是這樣。」少年H起身，雙手負在背後，在高鐵摩斯的大片落地窗前，思考著。

而就在此時，貓女看著少年H的背影，忽然笑了出來。

「嘻嘻。」

「幹嘛？」少年H回頭。

「你的背影挺好看的呢。」

「啊？」

「除了背影好看，」貓女一手放在臉頰下，而她柔順的黑髮順著手臂滑下，好一個嫵媚動人的姿態。「H，你是不是……猜出門在哪了呢？」

這剎那，少年H沒有回答，只是微微一笑。

而這微笑，似乎回答了所有的答案。

「在哪？」

「一個玩家都知道，但唯獨女神卻不知道的地方，又是只有女神能開啟的地方，到底在哪？又或者說，那是什麼？」少年H笑著。「我想我既然想出來了，再過十分鐘，不，五分鐘，我的老友阿努比斯，應該就會和女神說了吧。」

「阿努比斯也知道？」

「當然。」少年H微笑著。「因為他和我一樣，都算是『重度使用』的遊戲玩家哩，我們打了這麼多場架，那東西，可是常常被我們拿來救命啊。」

貓女歪著頭。

那東西，是什麼？

門，就藏在那東西裡面嗎？

少年H和阿努比斯兩人都常使用，那東西到底是什麼？又或者每個玩家都會用的東西，到底是什麼呢？

伊希斯坐著，她的姿勢和貓女有幾分相像，也是單手托住下巴，清秀的少女臉龐，此刻正因為煩惱而微微皺著眉。

直到，那個高大身影又出現在她面前。

「阿努比斯？」伊希斯抬頭，像是如釋重負般，笑了。「你會來這裡，表示你想到了嗎？」

「想到了。」胡狼面具下的阿努比斯，聲音低沉，不帶任何情緒。

「在哪？」

「在一個因為妳根本不屑使用，但卻是地獄遊戲中，最重要也最根本的戰鬥物品中。」阿努比斯慢慢的說著。

「啊？」伊希斯滿臉不解。

「玩家進入遊戲時，第一個物品是什麼？」

「第一個物品？」伊希斯冰雪聰明，她聽懂了阿努比斯的提示，啊的一聲，將目光移向了自己的食指。

那纖細的手指上，正戴著一枚亮白色的戒指。

遊戲戒指？

「遊戲戒指，士人可以招喚魔法書，農人招喚植物，工人招喚工具，商人以金錢招喚亡靈，這是這遊戲最基本的精神，也最基礎的戰鬥模式，事實上，這幾年來，人類靠著這樣的技能，也的確殺敗了不少非現實玩家。」阿努比斯說著，「伊希斯，妳從來沒用過裡面的功能，對不對？」

「啊哈。」伊希斯看著自己的手指，笑了，有些尷尬，卻是甜甜的笑了。「是啊，我都忘記自己的職業是什麼了……」

「妳的職業，應該是商人。」阿努比斯淡淡的說著，「因為妳的指環雖然已經因成為團長而變為白色，但底色為金黃，所以妳是商人沒錯。」

「是這樣嗎？」伊希斯舉起了自己的手指。「如果門真的藏在這裡，那就試試看吧，只是我不知道，究竟會招喚出什麼……」

「以女神妳目前的實力，應該會招喚出很驚人的東西吧。」阿努比斯聳肩，不過阿努比斯的肩膀只聳了一半，隨即立刻因為詫異而停止。

因為，女神還真的招喚出了，相當驚人的東西。

是魚。

還有將魚帶出來的海浪。

而且還是帶著滿滿魚群的海浪。

第一條魚，從女神的指環中躍出，伴隨著滋養魚的海水，然後第二條魚、第三條魚，一條一條魚嘩啦啦的躍出，在此刻下過雨的星夜下，牠們高高躍起，甩動如同寶石般的水花。

然後撲通一聲，落入了從戒指中滿溢出來的大海中。

「這也太奇幻了吧。」阿努比斯退了一步，但來不及了，眼前的魚群和大海已經連帶的將阿努比斯淹沒了……

但淹沒之後，阿努比斯才發現，其實他依舊可以呼吸，只是身體變輕了，多了水的浮力，以及她手上不斷洶湧而出的魚群，魚群中更混著螃蟹、海蛇，豐富且精采的海中生態群。

「很少有人能招喚一大片海洋和魚群的。」阿努比斯站在海水內，頭髮順著水流漂動著。

「我覺得，妳應該是第一個。」

「這是讚美嗎？我怎麼感覺不出來？」女神微笑，終於，她手上的戒指仍不斷湧出大海和魚群，甚至跑出了幾艘漁船，和上萬隻振動翅膀的飛魚。

海洋則不斷往外擴散而去，從窗戶、大門，每個角落流出了台北火車站，瞬間淹沒了市民大道，奔馳的海浪與魚群，在車陣與玩家之間盡情奔流，每個人都感覺到水的清涼與浮力改變，但卻沒有呼吸困難的問題。

大海繼續往外擴散，甚至淹沒了地勢較高的北投區，又沿著高速公路往南方蔓延，淹過了桃園之後，又繼續往南，沿途經過台中、台南，最後到了高雄……轉眼間，整個台灣都進入了這片海洋中。

面對這樣令人驚訝的狀況，玩家們先是吃了一驚，然後卻笑開了。

因為人這種生物，在生物演化的遠古，原本就來自海洋，還是胚胎時在媽媽肚中，嬰兒也是在羊水中漂浮著。

所以，當這片海洋淹沒了一切，人類彷彿變回了魚類，又回到了基因記憶之中的那片海洋，如此輕鬆，如此暢快，也如此開懷。

「其實，這真的很奇幻。」阿努比斯凝視著周圍的海洋。「許多人，都曾夢想自己住在海洋之中，沒想到，竟在這裡得到了實現。」

「你不會說，這也是地獄遊戲的破關獻禮吧？」伊希斯微笑看著阿努比斯，她的髮絲在海水中漂動，頗有一番美感。

「嗯。」

「我想，關於地獄遊戲，我仍在思考，這究竟是什麼？遊戲設計者是誰？目的為何？最終它想要什麼？」伊希斯說。

「那妳思考的結論是……？」

「我總覺得，地獄遊戲的設計者，並不是『一個人』。」伊希斯說，「這麼巨大，能夠容納如此多人類與神魔的遊戲，肯定不會是一個人，但也不能說是一群人……」

「不是一個人，也不是一群人？那會是什麼？」

「正確來說，是一群人的意志。」伊希斯微微一笑。「創造者，並非『一個人的意志』，它並不是人類，倒像是『一群人的意志』。」

「一群人的意志？」阿努比斯喃喃自語。

「所謂一群人的意志，就是地獄遊戲像是吸納了許多許多願望的個體，轉化成這樣一個遊戲，讓很多玩家投入其中，從中獲得了來自『一群人意志』的力量，而這些力量，甚至強大到足以與神魔抗衡。」

「你說，地獄遊戲像是一個願望的實現體？」阿努比斯說到這，忽然笑了。「其實，我們神魔的存在，又何嘗不是這樣呢？人們祭拜神，也是希望求得保佑與幸福，神，也是『一群人意志』的集合。」

「而地獄遊戲，是比神魔更巨大的『一群人意志』。」伊希斯說，「而綜觀整個地獄人間，我實在想不出，哪個地方，哪個神祇，擁有這麼大的力量……」

「答案，很快就會知道了。」阿努比斯一笑。「因為，夢幻之門，應該就要開了。」

「不過，坦白說，阿努比斯，我挺開心的呢。」伊希斯說。

「開心？」

「是啊，你在我面前，一直都是拘謹而嚴肅，像是一個超級省話一哥，難得我們有機會聊一聊……」女神歪著頭，馬尾輕輕晃動。「你雖然對我超忠誠，但也對我有很多不滿，對吧？」

就算在大海裡，女神的外表，還是如此可愛。

「嘿。」阿努比斯笑了一下，沒有回答。

「我啊，肩膀扛的東西很重喔。」伊希斯仰起頭，閉著眼。「埃及五千年的神系，如今已然式微，比不上中國神系與基督神系，甚至是印度神系，身為埃及神系的母神，我的肩膀，比你想像中來得重喔。」

「嗯，我了解。」

「所以很多事，我做得很絕。」伊希斯嘆了一口氣。「因為，我非絕不可，你懂嗎？」

「……懂。」阿努比斯遲疑了一下才回答，似乎有些話想說，但說不出口。

「阿努比斯，你還有話想說？就說吧？」伊希斯一笑，她輕易的看穿了這位老戰友的猶豫，直接點破。

「我們相識也千年了，很多事妳的決定，我未必認同，但我可以理解，但有件事……如果可以，希望伊希斯妳能幫忙。」阿努比斯嘆氣。

「你想要什麼？」伊希斯歪頭。「你不戀權，不戀財，只講義氣的你，難得會拜託我，阿努比斯老友，你想要什麼？」

「伊希斯，妳現在所借的軀體，來自一名叫做法咖啡的女孩。」

「喔。」

「而這叫法咖啡的女孩，有一個很疼愛她的父親，這父親甚至追入地獄遊戲，想要將女兒帶回家。」

「嗯。」伊希斯閉上眼，她發現，當她聽到這些話，內心竟然還是隱隱的震動了。

是因為法咖啡的意志還存在，所以影響著伊希斯的意志嗎？

「如果可以，當妳完成了破關條件，許下願望之後，可否保存下這女孩的意志？讓她的父親，可以將她帶回家？」

「這是少年H求你的嗎？」

「不是，但我知道，這是少年H最記掛的一件事。」阿努比斯語氣懇切。「當H投降時，他沒有說什麼，但我知道這是他最想交付我的一件事。」

「讓這女孩的意志回到她爸爸身邊嗎？」伊希斯聽到這，微微嘆了一口氣。「阿努比斯，我必須說聲抱歉，這是沒辦法的，因為這件事，的確超過了我的能耐。」

「不行……嗎？」

「當我擁有了最強力量，我就會把她吞噬，而若是我放棄了她，我就會失去最強力量，」伊希斯看著阿努比斯，「你懂嗎？若我放了她，現在的我將失去許願的能力，這一切努力，就全毀了。」

「我想也是。」阿努比斯重重吐出了一口氣，「的確，無法做到。」

「是的。」伊希斯語氣轉柔。「那就別想這件事了，我可以感覺到，我戒指的流動，就要停了。」

「要停了？」

「沒錯。」

「阿努比斯，我想，你的說法是對的……」伊希斯說，「夢幻之門就藏在戒指中，而戒指就要停住，夢幻之門就要現身了……」

夢幻之門，終於，就要現身了！

然後，就在戒指的海水停止流動，伊希斯看見了戒指先是微微脹大，像是被某個巨大物體給塞住。

然後只見戒指搖晃了兩下，嘩的一聲，一個藍色的龐然大物，從戒指中衝了出來，擺動牠巨大的尾鰭，並從背部噴出直達天際的巨大水柱。

這樣的生物出現，不只是玩家們，連伊希斯和阿努比斯都倒吸了一口氣。

這隻生物，是地球上最大的動物，藍鯨。

藍鯨從戒指游出，在滿是星星的夜空中，高高躍起，捲起滿天晶亮的大浪，然後一個迴轉，直墜而下。

「要下來了！」阿努比斯仰著頭，手心微握。「牠，就是夢幻之門嗎？」

「沒錯。」伊希斯也仰著頭，臉上露出驚喜微笑。「從牠身上散發的氣息來看，牠是夢幻之門，又或者說……」

「說什麼？」

「夢幻之門，就在牠的嘴裡。」

「喔？」

這聲喔之後，這條地球上最大生物藍鯨，不只躍下，更張開了大嘴。

寬大的嘴，像一大片巨大黑洞，朝著伊希斯和阿努比斯而來，而且越來越近，越來越近……

「看樣子，牠要同時吞掉我們兩個。」伊希斯微笑，看著阿努比斯。「你準備好了嗎？」

「伊希斯。」阿努比斯回望伊希斯，也是一個笑容。「當我宣示對妳效忠，我就準備好了，我已經準備好五千年了。」

「嗯。」伊希斯回應一笑，然後將頭轉回，正視這片即將籠罩一切的黑暗，正視這張藍鯨的大嘴。

然後，下一秒，黑暗籠罩了一切。

藍鯨的大嘴將兩人含住之後，藍鯨一個翻騰，引發劇烈水流，更引發驚人的水花，瞬間遮蔽了所有玩家的視線。

終於，當水花散盡，伊希斯與阿努比斯已然消失。

而那頭巨型生物藍鯨，拍動著牠的藍色尾翼，朝著月亮方向游去。

不只如此，這片大海的水，也像失去了地心引力，開始化成一顆水球，不斷的往上浮，水球映著月光，不斷往上升高，升到了夜空之頂，然後消失了。

當水散盡，這些美麗的海洋生物，也跟隨著藍鯨的身影，朝著月亮方向游去。

短短的數分鐘，這片淹沒台灣的美麗藍色海洋，這群讓人回到最初的海洋生物，就這樣消失了，一切，又回到了原點。

而就在此時，黎明石碑上，卻出現了一串字。

「本遊戲正式宣布，遊戲破關者誕生，遊戲會在二十四小時後關閉。」

「隸屬於破關團隊的隊員，將獲得本遊戲贈與的一項禮物，就是你們可以任選一項你們手上的寶物，帶離遊戲，攜入現實世界。」

一項寶物，可攜入現實世界？

聽到這句話，玩家們先是一呆，然後譁然。

地獄遊戲的道具中，不少千奇百怪，超越常理的東西，就像那張女神椅子，可是被多少神魔的神力轟炸過，依然毫髮無傷，這樣的椅子到現實世界，大概可以拿來抵抗核爆吧。

還有那驚人的「背不完的十萬個單字」，等於足以摧毀整個小鎮的飛彈群啊，這樣的東西也可以帶走嗎？

換句話說，這些道具流入現實世界，如果不用在正途，不是會造成驚人的災難嗎？

「但本遊戲設下兩個限制。」黎明的石碑上，一個字一個字，啪嗒啪嗒的出現著，而數百萬玩家則是目不轉睛的注視著。

「一，任何道具，進入現實世界後，都只能使用一次，請謹慎使用。」

只能用一次？玩家間再次傳出騷動聲。

那就真的很珍貴了！

「二，不可以用手上的道具，進行任何傷害生命的舉動，若是如此，這道具將會無效並消失。」

不能用來傷害生命嗎？任何生命，不只是人類，包括動物、植物，或是昆蟲嗎？這規矩很嚴格，但……似乎又很有道理啊？

聽到這規定二，多數玩家們露出鬆一口氣的表情，少數心懷不軌的玩家則是噴出不屑的鼻息。

不過，不管怎樣，不傷生命，實在是地獄遊戲這破關贈禮中，最溫柔的一部分吧。

高鐵站內，摩斯咖啡，少年H、貓女，以及老爹正並肩站在一起。

「這地獄遊戲也太瘋狂，竟然允許勝利者將道具帶回現實世界，」老爹說，「未免也太過瘋狂了？」

「嗯，不知道會發生什麼事……」少年H也搖頭，「遊戲中的某些道具，可是非常有破壞力的，就算被賦予了兩大限制，只能使用一次以及不可傷害生命，還是有改變這個世界運作的能力，這百萬名玩家回到現實世界，到底會發生什麼事呢？」

但，就在少年H與老爹兩人紛紛搖頭之際，一直在旁邊安靜聆聽的貓女，忽然開口了。

「這樣不好嗎？」

「咦？」少年H和老爹同時看向貓女。

只見貓女那美麗的臉龐，露出了調皮的笑。

「對世界有影響，甚至顛覆了現實世界……這樣不好嗎？」

「為什麼妳覺得好呢？貓女。」少年H露出饒富興味的神情。

「因為現在的世界，實在，太，無，聊，啦！」貓女嘻嘻笑著。「經濟大權，永遠掌握在幾個大國家手上，越來越多的法律，不是在保護人民，而是在限制人民的行為，保護當權者，有錢的人越來越有錢，後來畢業的學生則始終無法增加薪水，整個社會停止流動，變得好無聊好無聊喔。」

「哇，貓女妳在地獄當殺手，怎麼會對人類世界有這麼多了解？」

「就是因為當殺手，必須深入不同的社會階層，才會感受到這種氛圍啊。」貓女聳肩，「這些事情也反映在人類對神魔的願望上，願望本身也越來越無聊了，不是要錢，就是要權，不然就是乞求平安幸福，好像少了那種人類與神魔剛被創生時，那種不斷變動，但一點都不無聊的挑戰性。」

「妳說得沒錯。」老爹點頭。「以這個角度來看，人類世界的確是越來越無聊了，可是，混亂真的好嗎？數十年前整個人類世界曾陷入巨大的戰亂中，第一、第二次世界大戰，工業革命，飛上太空，核能開發……比起當年的百花齊放，現在的確是無聊，但，這不就是一種安穩的幸福嗎？」

「是的，我懂人類痛恨戰爭，其實我們神魔也是。」貓女向來少話，如今難得露出了她充滿見識的一面，清楚的闡述著自己的理念。「可是，地獄遊戲的道具，可是有兩大限制，只能使用一次，加上禁止傷害生命，換句話說，地獄遊戲已經將傷害減到最低了。」

「嗯，是一種限制，可以避免道具造成人類世界太大的傷亡？」

「沒錯，但其實我們也不知道會怎樣……」貓女聳肩，「但我也知道，人類有時候就是太聰明了，就算不傷害生命，也許也會想出別的方法，用道具毀滅這個世界，如果是這樣，那也沒辦法，但至少……」

「至少，比現在好？」

「對啊，」貓女微笑。「因為現在真的太無聊了，你不覺得嗎？」

「也是啦。」老爹閉上眼，「現在人類的世界，的確是少了點什麼……也許那樣的改變，是地獄遊戲能夠給予的。」

是啊，光想像這些女神團的玩家們，各自帶著一樣道具來到現實世界，就讓人不禁充滿了聯想。

【背不完的十萬個單字】，可能可以拿來改造建築物。

【女神的椅子】，也許拿來當作進入高溫岩漿等惡劣環境的座椅，甚至是進入外太空的太空梭上的必備物品，如果真的發生危險，就坐著椅子，通過燃燒的大氣層吧，放心，這張椅子絕對不會壞。

【工數之錘】，可隨能力縮放大小，也許拿來當數學鑑定的標準，喔不，也許有人會拿來錘數學課本。

可拆成四瓣的【風信子】，也許稍微改造後會變成熱銷商品，專為重視友情的女孩們量身訂做，不，也許會大賣的族群反而是男生，男生有時候也很珍視友情的。

最有趣的，莫過於【蛋】了，生物學家們數十年來的瓶頸，透過蛋，改變自身的結構，也許能進入超乎想像的科技領域。

而【八陣圖】，也許因為遊戲限制而無法用在戰爭，但，至少可以給八個好朋友，一個痛快而美好的遊樂午後。

【最新道具型錄】，可能沒有人會想要帶回去，但若帶回去，應該很有紀念價值吧？畢竟它記錄了所有的遊戲道具。

【死海古卷】，擁有六十六個惡魔，能帶它回去的玩家應該不多，但如果真的帶回去，你就有六十六個好朋友，可以陪你一起玩耍，這道具很適合去孤兒院或幼稚園，那裡的小孩，也許比惡魔更可怕。

【死者之書】，如果我拿回去了，裡面的二十三張塔羅牌，肯定會讓我成為世界首屈一指的算命師吧。

【當我們同在一起】，數目過於稀少，但如果有人帶回去，很適合婚禮時，大家一起舉杯祝福新郎新娘使用。

【黑蕊花】……時空倒轉嗎？如果，如果，如果，如果真的有人能帶回去，那真的可以改變世界，所有歷史謎團都能得到解決，例如，誰殺了甘迺迪？

「光想到這些道具到現實世界的模樣，就覺得很令人興奮，對吧？H。」貓女轉頭看向少年H。「地獄遊戲真的是一個神祕的遊戲呢……」

「每個破關團隊的玩家都有一個道具可以帶回，女神團的玩家已經破百萬，所以會有百萬個道具進入現實世界……」少年H搖了搖頭，笑了。「真難想像現實世界會變成如何……但，這百萬個道具，事實上，都比不上那一個破關者的願望。」

「嗯，是啊。」貓女聽懂了少年H的意思，「破關者的願望，那是完全沒有限制的。」

「伊希斯擁有的願望，沒有任何的限制，而且到目前為止，這個地獄遊戲真的是沒有所謂的極限，它不只可以創造世界，連時間都能逆行，如果破關者許下了毀滅世界的願望，也許會成真。」

「我想，伊希斯應該不至於……」貓女說到這，忽然聽到旁邊的老爹，發出重重的嘆息。

這嘆息聲頓時讓少年H和貓女安靜下來，數秒後，少年H才開口。

「老爹，你掛心的……」

「……」老爹沒有說話，只是搖頭。

但老爹不說話，少年H與貓女卻早已了解他這聲嘆息的含意，那就是對女兒的擔憂。

而老爹的女兒，正是原本夜王團隊中的副隊長，法咖啡。

當時，伊希斯為了讓自己龐大驚人的靈力，能順利進入地獄遊戲，而不至於被遊戲的防禦機制阻擋，於是選擇依附在法咖啡之上。

後來在三聖器湊齊，伊希斯力量完全覺醒，不只強佔了法咖啡的身軀，更連她的靈魂也鎖在一起了。

如今，伊希斯已經進入夢幻之門，即將擁有願望的她，力量恐怕會攀升至前所未有的頂峰，屆時，法咖啡的靈魂就會被伊希斯完全吞噬，化為一縷輕煙，從此消失。

法咖啡，對伊希斯而言，也許只是千億子民中的一名，但對法咖啡的父親來說，卻是一個從小把屎把尿，獨一無二的女兒啊。

他的嘆息，道盡身為老父的擔憂、沉痛，與無奈。

貓女懂，少年H也懂，於是他們沉默，直到少年H再次開口。

「老爹，我想這問題，就是我們如今站在這裡的原因。」少年H看著老爹，再次露出他招牌的輕鬆笑容。

「嗯？」

「我有預感，地獄遊戲的戰役，雖然即將結束，但卻尚未結束。」少年H昂起頭，微笑。

「你的意思是……」

「還有一張牌，早在數百年前就介入這場賭局，卻始終未曾掀開，這也是我最後選擇不與阿努比斯交戰的原因。」少年H語氣堅決，「若不讓伊希斯和阿努比斯破關，那張牌始終是一個巨大隱憂。」

「嗯，我知道你說誰……」老爹眼睛瞇起，「但夢幻之門都開了，那張牌再怎麼厲害，如何違背地獄遊戲的規則？」

「有。」少年H深深吸了一口氣，「我猜，這張牌，也許有辦法。」

「啊？」

「而那個辦法，甚至就在獵鬼小組的某個人身上。」

「嗯？某個人？」老爹沉吟，忽然眼睛睜大，「狼人T？」

「好聰明……」少年H忽然轉頭，看向摩斯漢堡這一大片玻璃窗外，「而且，我想，就快了。」

「就快了？」

「曼哈頓獵鬼小組，就快再次合體出擊了。」

「啊？」老爹的這聲啊才剛剛傳出，就看見玻璃外，出現了一幕令人心臟一跳的畫面。

那是一台跑車，瑪莎拉蒂，黑色，正從遠方以驚人高速，筆直朝這裡衝來。

跑車速度極快，只是眨眼間，就接近了百公尺，而且車速不減，車頭不轉，眼看就要撞入摩斯這大片玻璃之內！

「啊。」老爹本能的退了一步，但少年H和貓女兩人卻只是露出微笑，一左一右，昂首站著。

然後，瑪莎拉蒂越來越近，越來越近，終於轟然一聲，玻璃粉碎，跑車撞進來了。

撞進來的同時，老爹終於看清楚了車主的真面目，一頭飄逸金髮，面容冷豔中帶著絕世的脫俗，她，是吸血鬼女。

她撞入玻璃前，舉起了她的右手，右手上是一支玫瑰金的手機。

手機畫面上，是簡訊上的一串文字。

轟的一聲，車子撞入玻璃！

緊接著，跑車車體一個急轉，絲毫不減速的，就要再衝出摩斯玻璃。

也在這急轉的瞬間，老爹見識到了少年H和貓女兩人，那縱橫地獄千年的驚人武藝。

急轉這不到一秒的時間中，少年H已然躍起，坐入了副駕駛座上，而貓女呢？老爹甚至連看到她移動都沒有，就見到她蹺著腳，姿態婀娜的坐在跑車後方。

黑髮飄揚，動作俐落且強悍，好一個貓女，好一個香車美人。

「老爹，我們會盡全力，把你女兒帶回來，別操心。」跑車再次加速，少年H回頭揮手。

「這就是我們來這裡的原因。」

「謝謝。」老爹看著跑車帶著少年H的身影，短短幾秒，就消失在地平線之外。

當跑車離去，在這一地玻璃碎片中，只剩下老爹一人。

一身老舊西裝，穿來卻乾淨英挺的老爹，對著少年H、貓女，與吸血鬼女離去的方向，舉起了他手上已涼的咖啡杯。

像是在致敬，祈禱，以及感謝。

「少年H，你我相識時間不長，但我深信，」老爹語氣誠摯，「你會把我的女兒，帶回來。」

為何老爹會有如此信心？不只是因為少年H，更是吸血鬼女駕著跑車衝入的剎那，她手上手機的簡訊畫面。

那是一行字，寫著……

「我是狼人T，快，一定要湊齊獵鬼小組！撒旦，他已經進去了，夢幻之門！」

撒旦，已經進去了，夢幻之門？

他是如何進去的？

狼人T又和這件事有什麼關聯？

又為何要湊齊獵鬼小組？

另外，更令人擔心的是，伊希斯的白月已經被少年H、貓女和所有反女神玩家聯手吞噬，她的靈力所剩無幾，而撒旦，可是毫髮無傷的完全狀態啊！

就算還有一個阿努比斯，又能撐多久呢？

第十章　下一站

「要湊齊獵鬼小組，就算扣掉狼人T，我們還少一個人。」少年H迎著風，短髮飛揚，問道。「吸血鬼女，妳知道，他在哪嗎？」

「我知道。」此時，吸血鬼女一個急轉方向盤，讓跑車切入了左方的車道，沿著車道往上直衝，就這樣，上了國道高速公路。

「上高速公路了？他是在？」

「他，自從地獄列車事件之後，被華佗改造，所以要找到他的本體，必須先找出華佗在地獄遊戲的大本營。」吸血鬼女說著。

此時瑪莎拉蒂跑車的速度，維持著三百上下，這種速度當然嚴重超速，地獄遊戲的警車已然在後照鏡中出現。

「華佗生性陰沉低調，對自己非常保護，他的大本營，妳知道了？」少年H瞄了一眼警車，繼續說道。

「知道。」吸血鬼女說到這，臉露崇敬之色。「是祂告訴我的。」

「祂？」少年H先是訝異，隨即就懂了。「聖佛？」

「沒錯。」吸血鬼女說，「當時祂魔氣散盡，恢復了原本的祂，祂撫摸著我的頭時，我聽到了那個聲音……」

「那個聲音說什麼呢？」

「祂說，你要找的人，就在台中。」吸血鬼女說，「台中最精華的科學展示場所……台中科學博物館！」

「啊。」聽到台中科學博物館之時，少年H和貓女互望一眼，不約而同的說，「對，的確像是瘋狂於醫學的華佗，會藏身之處。」

「沒錯。」

「不過，我還是有件事不懂。」貓女沉吟了半晌，才開口。「為何聖佛會知道華佗的位置呢？」

「這件事，就和入魔的H有關了。」

「和我有關？」少年H聳肩，他入魔時的記憶，事實上稀稀落落，已經記憶不清了。

「你還記得，自己曾被華佗派出的生物兵器，射上一箭嗎？」

「嗯，這麼說，好像有印象……」

「是的，那一支箭，叫做活屍之箭，華佗為了取得魔佛H的基因，故出動此箭，此箭非同小可，必須活捉一名大妖，並在大妖身上植入各種寄生蟲和寄生植物，並以毒劑浸泡其身體，在劇痛與死亡邊緣掙扎數年後，大妖即會化成一支活屍之箭。」吸血鬼女說。「此箭必須捕捉道行夠高的大妖，方能耐住各種毒劑和寄生物，所以華佗花費三百年，也只練成三箭。」

「好噁心的招數……」貓女開口了。「活屍之箭，幾乎和劉禪的鼻涕攻擊可以相比了。」

「不過，華佗的活屍之箭，卻在魔佛身上，得到了更高的境界，這是華佗窮盡數百年夢寐以求但卻無法達成的境界，」吸血鬼女說。「叫做聖屍之箭。」

「這支聖屍之箭，我就有印象了。」少年H苦笑。「也就是華佗和魔佛H有交過手，所以聖佛才會知道華佗的位置嗎？」

「沒錯。」吸血鬼女說到這，微微嘆氣。「沒錯，不過華佗這幾年來身藏此地，瘋狂研究各種地獄醫學，那基地肯定固若金湯，而且充滿了各式的生物兵器。這一戰，可是有風險的。」

「哈。」少年H和貓女，同時笑了。

「何事發笑？」

「會怕，我們就不是獵鬼小組啦。」

「也對。」吸血鬼女也笑了，「哈。」

「既然如此，我們就加快腳步，把獵鬼小組的那個人，救出來吧。」少年H說。「畢竟，那個人可是我們的隊長，隊長一直缺席，成何體統啊。」

「是啊，」吸血鬼女微笑。「就讓我們來救……羅賓漢J吧！」

羅賓漢J、華佗、科博館、無從估計數量的醫學兵器、活屍之箭，與聖屍之箭，就是少年H三人接下來的冒險之地了嗎？

「到了。」吸血鬼女用力轉了方向盤，咻的一聲尖銳風切聲，跑車轉向，朝著交流道開始往下迴旋。

但也在這時，因為跑車的速度下降了，讓背後一大群的警車，有了機會開始逼近。

而且從林口到台中交流道，累積的警車數目，已經超過了百台。

它們閃爍著暴力的紅燈，發出引擎急轉的咆哮，兵分左右，就要攔截這台瑪莎拉蒂跑車。

「這樣會有點礙事。」吸血鬼女微微皺眉。「畢竟，時間也是很重要的。」

「放心，我去解決。」貓女緩緩起身，黑髮迎風飄揚，「遊戲已經被破關了，這些警車還在追逐我們，只能說，實在太認真了。」

「嗯，那交給妳了。」

「沒問題。」

下一秒，貓女已經離開了跑車。

宛如黑夜精靈般，在空中一個迴旋，落到第一台警車前面的引擎蓋上，然後貓女舉起手，手上五爪亮出，咻的一聲，插入了引擎蓋。

當貓女的手拔起，上頭正抓著一把斷裂的管線。

「看在你們這麼認真的份上，我就不殺你們囉，就把車子毀一毀就好。」貓女一笑，把那把管線往旁一扔，瞬間消失，然後落在第二台車的引擎蓋上。

而被破壞的第一台警車呢？只見它一個急震，然後左右激烈扭動，撞向了旁邊的警車，引發一陣混亂，但在此時，貓女已經在第二台警車上，以爪破蓋，穿入了引擎蓋。

又是一堆隨風飛散的管線、油管、排氣管，還有許多說不出來，但肯定很重要的管線。

第二台車也同樣失控，撞入上百的警車群中，在一片車子翻滾、歪斜、失火燃燒的過程中，貓女已經跳上了第三台車，再拔管線，第四台車，再拔管線，第五台車、第六台車、第七台車……

就這樣，當瑪莎拉蒂開過整條中港路，那些不斷追上的警車，不斷的被貓女破壞，直到……瑪莎拉蒂，終於到了目的地！

科博館！

也就是華佗藏匿羅賓漢J的，大本營！

但也就在瑪莎拉蒂帶著上百台警車，衝進科博館停車場之際，忽然，瑪莎拉蒂一個打橫，無法正常的停下車，反而左扭右扭，眼看就要失控。

這一下扭動，並不是因為台中近年發展太過迅速，把土地都拿來炒地皮沒有辦法當作停車位，也不是假日全台灣爸媽都將小孩帶來這裡野放，造成所有停車位化為烏有……

而是，他們的車，被一把箭射中了。

這把箭從科博館的窗戶直射而下，如鬼魅，如妖靈，又快又準，竟然射中了時速高達三百的跑車。

當箭體灌入跑車前方引擎蓋時，車子一個橫向打滑，但打滑又怎麼難得倒精細操控女王吸血鬼女，她將方向盤先是微微右轉，再急速右轉，瞬間將對跑車的主導權，拉回自己的手上。

但，接下來，吸血鬼女的表情卻變了。

「好樣的。」吸血鬼女帶著怒意的笑了，「這箭有名堂啊，果然是華佗。」

因為就在被箭插入的前方引擎蓋處，忽然竄出黑色的藤蔓，藤蔓的邊緣佈滿了利齒，啃著跑車內所有的零件，包括跑車的心臟，引擎。

再這樣啃下去，恐怕會引發油箱爆炸，這台跑車將不再是吸血鬼女的夥伴，而是將會反噬夥伴的危險囚籠。

「跳車！」吸血鬼女冷冷的說。

跳車？時速三百，正在高速打滑失控的跑車，要如何跳？

但，車上的乘客可都不是等閒之輩，他非但沒有驚慌，反而微微一笑。

「看樣子我們還沒進去，就被發現了。」少年H開口，他用食指在座椅上一點，身體就這樣凌空飛起，然後在空中一個觔斗，輕鬆抵消時速三百產生的離心力，輕盈落地。

「箭，不是羅賓漢J的武器嗎？難不成我們救出他之前，要先打趴他？」貓女的聲音響起，卻是在少年H的後方。

她也從警車群上離開了，而這些警車，也都紛紛中箭，被迫停了下來。

「我擔心的，不是和一個羅賓漢J打……」第三個落地的人，是吸血鬼女，她直直上衝，然後翅膀展開，化成一隻黑色的蝙蝠，在空中盤旋一圈之後，同樣優雅落地。「而是和……

『很多』羅賓漢J打啊！」

這句話才說完，眼前的科博館，不斷出現一個又一個拿著弓箭，面容英俊，留著小鬍子，身穿綠色斗篷，宛如森林神射手的男人。

而這些男人，每一個都長得一模一樣，他們都是羅賓漢J。

「這是一種複製人的概念嗎？」貓女微笑，她輕輕舔了一下手指，順著她的唇，可以看見她的手指前端，鋒利的指甲已然噌一聲拉長，像一把完美無瑕的小刀，閃爍著透明如鑽的光芒。

貓爪。

此時的貓女，就算因為與女神交戰而靈力耗盡，但她最基礎的能力，可是這對爪子，和她無聲無息的身手。

而當年，貓女靠著這兩項武器，早就是地獄有名的殺手女王。

「這是一種缺乏創意，只會製造同一種人的概念。」吸血鬼女昂然而立，她背後的翅膀，不斷的往左右伸開，化成兩大片氣勢萬千的大黑刃。

「雖說都是羅賓漢J，但好像不太一樣，不管怎麼樣，『得不斷殺老友』的感覺，實在不太舒服。」少年H沒有擺出作戰姿態，他雙手負在背後，輕鬆的一站。

但這一站，卻讓他呈現出與天地合而為一的氣勢。

彷彿只要一抬手，一投足，就能施展出橫掃千軍的驚人武術。

「可是，還是得前進。」貓女的十根爪子都已經伸出，優雅起身。

「那就，走吧。」吸血鬼女翅膀拍動，開始往前。

「嗯。」少年H雙手負在背後，如同閑庭信步般，踏出了步伐。

三大強者集結，誓言要救出當年曼哈頓獵鬼小組的隊長，羅賓漢J。

但，事實上真有那麼簡單嗎？

少年H忍不住抬起頭，看了一眼這棟位在台中西側，頗負盛名的建築物「科博館」。

這座科博館，是「科學博物館」的簡稱，數十年來肩負著中部地區大部分科學展覽的重責，館藏從生命科學、地球環境、科學中心、植物館，還有比電影院還更具環場效果的太空劇場。

換句話說，它是一個同時擁有科學、環境、生物，甚至連歷史文化都含括其中的精華體。

不說華佗原本就是一個難纏的對手，光是科博館裡面的公務員，其等級之高，恐怕遠在總統府的憲兵之上。

那些憲兵頂多拿拿槍，耍耍帥，但科博館內的公務員，可都是知識淵博，真材實料的強者。

華佗吸收了這裡，如果再用他的黑暗醫學將其改造……

想到這裡，少年H竟然感到背部微微發冷，尤其是此刻的他與貓女，與伊希斯激戰方纔結束，靈力耗盡只剩基礎體術，面對科博館這樣的強敵，其實是九死一生啊。

但，少年H還是往前走了。

因為，沒有退路了。

如果撒旦真的進入了夢幻之門，而門後的伊希斯靈力耗盡，只剩阿努比斯一人獨撐大局，這個「破關願望」，可能真的會落入撒旦手上。

伊希斯雖然冷酷無情，作風頗有爭議，但一生為埃及神祇奉獻，也是一位光明的正神。

但撒旦可就不是這樣了，他原本是基督神系中的天使，卻墮落成地獄惡魔，就看他實現了眼鏡猴的願望，讓眼鏡猴成為自己欲望的犧牲者，就知道撒旦並非善類。

這樣的魔神，不該讓他拿到願望。

所以，必須救出羅賓漢J才行，也算是為當年的地獄列車事件，做個完整的了結。

必須，往前走才行。

就在此刻，少年H一個翻騰，避過一支疾射而來的羽箭之後，手心，已然按在一個羅賓漢J的胸口。

「結束。」少年H手掌往前一按。

啵的一聲，該名羅賓漢頓時軟倒，而軟倒時，少年H看見了這名羅賓漢J的額頭上，有著一個數字，一百四十九號。

「難得看見H會主動攻擊哩。」貓女已經來到了另一個羅賓漢J身後，然後伸出雙手，輕撫過那羅賓漢的脖子。

六道傷口，出現在這名羅賓漢J的脖子上。

當這名羅賓漢J倒地時，卻沒有流下半滴血。

「我討厭血，這樣會把我的手弄得髒髒的。」貓女看了一下這名羅賓漢J的額頭。「兩百三十六號。」

另一頭，吸血鬼女的翅膀已然收起。

收起的瞬間，竟然拉下了兩個羅賓漢J的頭。

「三百八十六號，三百零一號。」吸血鬼女昂然往前。「我們得快點，時間不多了。」

「沒錯。」少年H伸出手，繼續往前，他知道時間不多了。

夢幻之門內，阿努比斯與撒旦的對決，就算阿努比斯已經有了神級的力量，也無法拖住撒旦太久的……

時間真的不多了，而夢幻之門內，此刻，究竟發生了什麼事？

阿努比斯、撒旦，與狼人T共同看過的風景，究竟是什麼？

地獄遊戲破關的最終願望，究竟，會落到誰的手上呢？

事實上，狼人T的簡訊中，除了要找齊獵鬼小組之外，還有另外重要且危險的訊息。

「我是狼人T，快，一定要湊齊獵鬼小組！撒旦，他已經進去了，夢幻之門！」

那就是，除了伊希斯之外，撒旦竟然也找到了方法，進入了夢幻之門？

但，卻少有玩家注意到這件事，因為他們正沉浸在破關後的贈禮中，玩家們利用僅存的二十四小時，開始互相交易，甚至砸下重金購買道具，讓整個遊戲陷入難得的歡愉與熱鬧中。

只有，少數的玩家，似乎有了警覺。

其中之一，是穿著藍白拖鞋，名列強者中強者的男人，土地公。

「哎呀呀。」土地公雙手扠腰，表情帶著些許擔心，也有著看好戲的戲謔。「最麻煩的人物，也要跑進去了啊？哈哈，慘了妳伊希斯。」

而在土地公旁，一個身穿白色連身長袍，宛如名模的東方美女，露出了笑容。「麻煩人物，你是說撒旦嗎？」

「是啊，除了他還有誰？這傢伙超會躲，躲到現在才出手，實在很狡猾。」土地公看了一眼這位東方美女。「小狐狸，妳換衣服啦。」

「是啊，剛剛打完架，用了一些遊戲幣，換了件衣服。」這位被稱作小狐狸的美女，自然就是滅亡商朝，並消除魔佛H魔氣的重要關鍵人物，九尾狐。

「不錯。」土地公看了九尾狐一眼。

「嘻嘻，終於沒有我的架要打，可以稍微休息一下啦，買件衣服慰勞一下自己，說到撒旦進入夢幻之門，那伊希斯不就慘了嗎？」九尾狐說，「她的白月剛剛才被少年H和貓女聯手吞掉，她的靈力就算恢復得再快，也不到百分之一吧。」

「對啊，不過她身邊還有一個危險份子，叫做阿努比斯。」土地公咧嘴笑，「大概還能陪撒旦玩一下吧。」

「不過，夢幻之門，後面到底是什麼呢？」九尾狐說到這，微微一頓。「你應該有一萬歲了，你知道嗎？」

「……」土地公雙手扠腰，姿勢不動，卻沒有回答這個問題。

「咦？」看見土地公這副模樣，九尾狐先是一呆，然後隨即問道。「等等，笨蛋蚩尤，你不會其實知道……夢幻之門後面，究竟是什麼吧？」

「嘿。」土地公抓了抓頭髮，「本來不知道，但，當那隻鯨魚出現後，從牠身上的氣息，我好像就猜到了。」

「猜到了，那是哪裡？」

「一個，」土地公眼睛慢慢的看向遠方。「整個地獄的人早就知道，卻都到不了的地方。」

「啊？」

「喔不對，更正，」土地公說到這忽然笑了，「事實上，有一個人到過。」

「不懂，什麼叫做整個地獄的人都知道，但大家都到不了，只有一個人到過……」九尾狐不斷跺腳，跺到她背後戰鬥用的九條尾巴，都一條一條的露出來了。

「那個人，」土地公眼睛瞇起，向來視天下為無物的他，此刻眼神中卻不由得露出一絲崇仰的氣息。「是聖佛啊，那老傢伙到過，這年頭，不穿鞋的總是比較厲害！」

「聖佛去過夢幻之門？祂又沒有破關？為什麼到過？」九尾狐跺腳，「聽不懂啦，你到底在說什麼啦，笨蛋蚩尤！笨蛋笨蛋笨蛋！」

「這是祕密啊。」土地公說到這，忽然看著九尾狐，「說到聖佛，妳還記得，我們第一次見面的時候嗎？」

「第一次見面？」九尾狐一愣，臉頓時紅了。「你幹嘛提這個？」

「哈哈，因為剛剛提到聖佛啊。」土地公看著九尾狐。「我們第一次見面，好像和聖佛有點關係，對吧？」

「是……是啊……」九尾狐紅著臉，卻甜甜的笑了。「那時候，你還差點殺了我呢……」

「有這回事嗎？哈。」土地公哈的一聲。「對啊，好像有，要不是妳體內有那一絲佛氣，不然，我可能真的動手了哩。」

「嗯。」九尾狐抬起頭，「我的故事……我與聖佛的故事啊……那是好久以前的事了喔，我記得，那時候自己的名字，不叫九尾狐，也不叫妲己，我叫做礙……」

我那時候的名字，不叫九尾狐，也不叫妲己，叫做礙……

三把梳子拯救聖佛的故事中，第一個是吸血鬼女被屠村的故事，第二個是蜘蛛精自殺以拯救飢餓男孩的故事，那第三個，屬於九尾狐的，又是一個什麼樣的故事呢？

九尾狐，不，也許該稱為礙，這個名為礙的女孩，與聖佛之間，究竟產生了什麼樣的緣分？

究竟，是怎麼樣的緣分呢？

外傳《九尾狐》

這裡，依然是一個很奇妙的地方。

事實上，這裡是起點，整個地獄故事的起點，它的起點，甚至比地獄列車還要更早。

這裡是現實世界，充斥著成群的高樓大廈，大廈中有些燈依然亮著，有些燈已暗去，就是因為這些明暗交錯的光點，將這座充滿了高樓的城市，點綴出最美麗的夜之妝容。

這座城市，名叫曼哈頓，位在美國。

它不只繁榮，同時是全世界最大的金融匯集地，許多的故事在這裡發生，許多的傳奇在這裡被流傳，但也有數不盡的夢想與悲劇，也在這裡殞落，化成糞土。

曾經，所有的故事就在這裡開始，一通擾人清夢的電話，吵醒了一個美麗的金髮女子，當女子清醒，她親吻了她幼小的養女後，就打開窗戶，往下跳去。

她這一跳，並沒有粉身碎骨，反而迎著風，展開了她黑色的雙翅，優雅而美麗的在曼哈頓大廈中翱翔，當她落下，四個夥伴已經在等她了。

那四個夥伴，就是隊長羅賓漢J、幽靈騎士雷、騎著重機的狼人T，還有擁有中國古老道術的實習隊員，少年H。

那金髮美女，自然就是吸血鬼女。

她要執行的任務，名為地獄列車，也就是這趟任務，讓獵鬼小組幾乎全軍覆沒，吸血鬼女更因此重傷昏迷，一直到數月後，她也才進入了地獄遊戲。

這當中，她最捨不得的人，一直都只有那麼一個。

那就是她在臨別時，輕輕親吻額頭的那十歲女孩，那個被吸血鬼女收養的小女孩。

如今，這美麗的金髮少女，正睜大眼睛，看著眼前的東方男子。

「萊恩叔叔，你上次說完了蜘蛛精的故事，接下來，可以說另外一個阿姨的故事了嗎？」

「妳還相信啊？」這名東方男子，就叫萊恩。「妳不擔心我的故事都是騙妳的？」

「不擔心。」金髮女子微笑。「如果你有一個乾媽是吸血鬼，自然會相信蜘蛛可以變成人，狐狸經過修煉，也會長出九條尾巴。」

「那我說了喔。」萊恩頓了一下，輕輕攪拌著桌上的咖啡，才慢慢開口道。「這個小女孩，她是在戰場上的屍體堆裡面出生的，她的名字叫做，礙……」

這是一個非常非常古老的年代，古老到連所謂的「朝代」這個名詞都尚未出現，整個大陸被許多部落盤據，這些部落有大有小，大都依附在有河流與糧食的區域，用最原始的刀與槍戰鬥。

而這個女人，她的名字叫做礙。

她今年二十六歲，職業是女戰士，也就是女士兵，在這個年代裡，女戰士很少，厲害的女戰士更是稀有，而礪，就是其中一個。

她不知道自己的父親是誰？不知道自己的母親是誰？據說她出生在戰場上，被人發現時，不滿一歲的她，正趴在屍體堆中，藉著屍體的血液維生。

很骯髒？很可怕？也許是。但也表示她有著比任何人都堅強的生存意志。

後來一個地方頭目收留了她，這頭目在當地也是有名的可怕人物，他一臉黑鬍子，滿臉都是刀疤，一旦被他的部落擊敗，不服者下場都是斬首。

如此可怕的黑鬍子頭目，當他要收留礪時，部下紛紛勸阻。

「戰場以屍體之血維生的孩子，又是女孩，實在太不祥了。」部下跪在黑鬍子頭目面前，

「若收留她，怕會早天譴。」

「天譴？我呸。」黑鬍子仰頭狂笑。「你以為我黑鬍子怕老天這東西嗎？」

「可是……」

「不凡的孩子一定有不凡的命運，我留著她，將來一定會派上用場的。」黑鬍子眼睛綻放惡意光芒。「一定會派上用場的，許伯，以後她歸你管啦。」

許伯，這個年紀將近五十歲的老戰士，走了一步，將礪帶了回去。

礪在十三歲前，都是在黑鬍子的撫養下長大，說是撫養也不盡正確，基本上，就是把礪

丟到戰場上，然後黑鬍子和他的部下，就開始與敵人進行混戰狂殺，等到戰役到一個段落，黑鬍子才會去找礪。

「嘿，回去了。」黑鬍子看了一眼礪，轉身就走。

黑鬍子從來不管剛剛長達一兩個時辰的激戰中，不滿十二歲的礪，是如何在刀槍亂舞中倖存下來，更不管礪身體是不是受了刀傷箭傷，是否需要醫治，黑鬍子都不管，他只是率領他的部下，大步走回部落中。

到了晚上，黑鬍子會根據戰果來論功行賞，殺人多者，或是殺到對方將領者，除了得到領地與女人外，還會另外賞肉吃。

不滿十二歲的礪，每次從戰場上回來，都是吃著最粗糙最低劣的食物，因為光是生存就耗盡了她所有的力氣，何來戰功可言呢？

只有許伯，會默默的替礪包紮傷口，然後讓她喝酒，甚至教她基礎的武藝。

許伯話很少，礪幾乎沒有聽過許伯講話，唯一說過的故事，是一隻小狐狸的故事，許伯說他曾經夢過一個老僧，老僧赤著足，懷中抱著一隻狐狸，狐狸毛是白玉的顏色，很美，他追著那隻狐狸，但那隻狐狸最後就消失在戰場上。

然後過了幾天，就發現了正在屍體堆內求生的礪。

礪聽不懂這故事，但她仍喜歡聽，因為沉默寡言的許伯，是唯一一個會照顧她的人。

碾的命運，在九歲那年開始有了變化，那時，黑鬍子又打贏了一場仗，賞完了所有人的功勞，忽然，一個小小身影，站到了黑鬍子的面前。

那身影手伸得很直，提著的是一個敵軍的頭顱，就在黑鬍子的面前。

「幹啥？」黑鬍子皺眉。

「我也要領賞。」那身影，正是碾。

「這真的是妳殺的？」黑鬍子斜著眼，瞇起眼睛。

「是。」

「不是妳去撿掉在地上的頭顱吧？」

「當然不是。」碾雙眼內充滿了自信，直瞪著黑鬍子。

「我不信。」黑鬍子喝了一大口酒，在眾多部下面前，冷冷瞧著碾。「證明給我看。」

「證明？」碾的臉因為憤怒而變紅，忽然，她把手上的頭顱甩了出去，在空中轉了半圈，剛好擋住了黑鬍子的視線。

也在這一剎那，碾的身影好快，她緊跟上那頭顱，右手更從背部抽出一柄從戰場上撿來的斷刀。

斷刀的目標，自然是黑鬍子的肚子。

但，得手了嗎?很不幸，沒有，因為她的對手是走過三百場，殺過千人以上的黑鬍子。

碾的斷刀，被黑鬍子一把抓住，然後卡的一聲，斷刀在黑鬍子滿是刀疤的掌心中，應聲碎裂。

跟著，黑鬍子的一拳，正中礙的側臉，硬是把她打飛了數丈之遠，滾落在地。

「想殺我？」黑鬍子獰笑，「妳很大膽啊。」

「你不是要我證明給你看？」礙起身，抹去嘴角的血，瞪著黑鬍子，絲毫不懼。

「對，」黑鬍子冷笑，「來人啊，把肉賞給她，然後……」

「然後？」所有部下都看向黑鬍子。

「給她一把刀。」黑鬍子目光灼灼，「一把真正的刀，她是一個女戰士了，因為她竟然可以靠近到我身邊。」

黑鬍子，死在礙十二歲的那個冬天，一刀戳進黑鬍子心臟的，正是礙。

那時，黑鬍子和南方一個叫做祁業的男人爭奪勢力，事實上，祁業的勢力與兵馬至少是黑鬍子的五十倍，但黑鬍子仗著自己武術高強，手下兵強馬壯，與祁業周旋了三年，卻在這一次中了祁業的伏擊，黑鬍子主力部隊接應不及，當他被圍住時，剩下身邊的三十二人。

而這三十二人，則身陷在祁業上千人的大軍中，敵軍一層又一層，提著刀，掄著棍，將黑鬍子等人緊緊包圍住。

當時，黑鬍子試圖闖出幾次都失敗，被那密密麻麻的刀劍陣給逼了回來。

直到，黑鬍子全身是血，三十二名戰士中僅存九名，其中當然也包含了最年輕的礙，黑鬍子知道自己絕對無法活著離開這裡了，忽然，黑鬍子嘆了一口長長的氣，然後提起刀，劃下。

啵的一聲，僅存九名部屬中的一位，脖子鮮血狂噴，登時斃命。

「老大！」其餘八名部屬同時大叫，「你瘋了嗎？」

「我沒瘋。」黑鬍子手上的刀再起再落，又是一個部屬的頭顱滾落，這部屬眼睛大睜，顯然不知道為何而死。

「老大！」所有的部屬都亂了手腳，他們拿著刀，猶豫著要不要與黑鬍子對陣，猶豫間，又死了一個。

「我今天不殺你們，你們也會被祁業的人抓到，凌遲致死，與其這樣，不如想個辦法，殺掉祁業替我們報仇。」黑鬍子雙眼通紅，左右兩刀，部屬已經剩下五個。

但，這些部屬卻遲遲沒有還手，他們知道自己死期將近，卻不懂黑鬍子要親手殺了他們，殺了祁業替自己報仇這句話，更讓他們困惑。

轉眼間，黑鬍子殺了八名部屬，最後一個，也是最年輕的礪。

礪握著刀，冷冷的看著黑鬍子。

「礪，我猜，妳已經懂，我為何要殺他們了。」黑鬍子看著礪。「是吧？」

「我做不到。」礪咬著牙，拚命搖頭。「老大，我做不到。」

「妳做得到。」黑鬍子手上的刀一翻，刀身與刀柄掉了頭，刀柄朝著礪。「從十二年前我看到妳在屍堆中爬行時，我就知道妳做得到。」

「可是，我不想做。」礪眼眶紅了，「我想和你們一起死。」

「不行。」黑鬍子咬著牙，把刀柄再往前遞，撞上了礪的胸口。「殺了我。」

「我……」

「殺了我！」黑鬍子瞪著礪，「然後提著我的頭，去找他媽的祁業，告訴他，妳要歸順他。」

「我做不到。」

「我已經替妳殺掉其他可能會多嘴的人，就剩下我了，殺了我！」

「我……」

「殺了我！」

「我……」礪語氣顫抖。

「殺了我！」

「可是，」

「殺！」

也就在這一剎那，礪手動了，彷彿多年來已經習慣聽從黑鬍子的命令，又彷彿無法違抗命運的安排般，她的手一用力，刀子精準的插入了黑鬍子的心臟，血噗的一聲，從刀傷處噴了出來，噴了礪滿臉。

「很好，夠狠。」黑鬍子臨死前，露出了夾雜著欣慰與惡意的複雜笑容。「就是這樣，當妳要殺祁業時，記得，也要這樣狠啊。」

「嗯。」碾滿手滿臉都是熱燙的血，忽然，感到後腰處一陣古怪的抽痛。

像是有什麼東西，要從她的後腰處，竄出來似的，那種非常深，宛如靈魂深處的抽痛。

碾不懂，這是什麼感覺？

更不懂的是，在這劇痛中，碾更感覺到了一個數字，三，像是一種編號般的，三，在劇痛中，像白色電光般，閃過了碾的腦海。

她不懂，也無從懂起，不過，就在那一天，她的確割下了黑鬍子的頭，在千軍萬馬的注視下，來到祁業的面前，然後，碾單膝跪地，奉上了她的禮物。

「你殺了黑鬍子來投靠我？」祁業的年紀比黑鬍子輕，約莫三十餘歲，五官如刀，帥氣中帶著一種絕情的冷漠。「咦？妳是女的？」

「是。」碾低頭。

「好，妳跟我。」祁業冷冷的笑。「來人，把黑鬍子的頭掛到醒目的地方，並派人通知這附近所有的部落，就說，我祁業殺了黑鬍子，從此，這條河以南，歸我祁業一個人管。」

「嗯。」碾依然低頭，她聽著祁業講的話，同時間，她更感覺到祁業看著她的眼神，透著某種不同的含意。

從那天起，碾就追隨了祁業。

碾的武藝高強，畢竟從小就在戰場上生存，又得到黑鬍子的真傳，讓她很快就從士兵升為小隊長，然後繼續往上升。

這段時間，祁業屢次接見她，也不說什麼，只是要碾陪她喝酒，喝到了很晚，就叫人把碾送回去。

杯觥交錯中，碾又不時感覺到那視線，來自祁業，那炙熱、怪異，帶著侵略性但又溫柔的視線。

但，祁業什麼都不說，只是喝酒，聊戰爭，聊天下，也聊祁業養的一隻黑狗「黑雪」，黑雪這隻狗的鼻子很靈，動作敏捷，力氣之大宛如巨熊，更曾經保護祁業，叼下不少刺客的頭顱。

而碾呢？也許是因為祁業的禮遇，她在這裡，生活過得遠比跟黑鬍子時更舒適，也更能伸展抱負，當她不斷累積戰功時，她甚至擁有了自己的宅邸，自己的千人部隊，她的手下對她推心置腹，而碾更能展現驚人的軍事天分，讓部屬擁有更多的獎賞。

她的部屬中，最厲害的百夫長共有兩個，一個叫做半日，一個叫做半月，他們兩人與碾攜手合作，創下驚人戰功。

碾的一切，似乎都在黑鬍子死後，也在她投效祁業之後，由原本在戰場上掙扎求生的黑暗，轉入了美麗的光明。

但，有幾件事卻仍困擾著她。

其中之一，就是刺客。

來自黑鬍子殘餘勢力的刺客，知道碾提著黑鬍子的頭去投靠祁業，在這幾年間，前仆後繼的想要砍下碾的頭顱，替自己的老大報仇。

為此，碾很痛苦。

那些曾經隸屬於黑鬍子，一起在戰場上出生入死的夥伴，如今卻對碾咬牙切齒，發誓就算流盡身上的任何一滴血，也要取下碾的頭顱。

只是，這些人都傷不了碾，因為，碾比他們都強，事實上，此刻的碾，雖然只有二十四歲，她卻已經清楚的知道了一件事，她已經比當年的黑鬍子還要強了。

如果黑鬍子要碾再確認一次自己的實力，當碾甩出了頭顱時，一定也可以用斷刀刺入黑鬍子的胸膛。

而這些來自黑鬍子殘餘勢力的刺客，大多被碾活捉，活捉之後，碾總是找個夜晚，親自把刺客帶去外頭，然後鬆開刺客的繩子，要他們離開。

有時候，刺客會呆呆的看著碾，不懂自己為什麼沒死。

有時候，刺客會對碾吐一口又濃又髒的痰，表示自己不屑碾這樣的憐憫。

更有時候，刺客會當場自殺，因為他們無法替老大報仇，也因為他們無法勸阻老大收養碾。

當然，也有時候，刺客沒遇到碾，就死在祁業的其他人手下。

碾，就這樣在祁業下面，過了八個年頭，又光明又痛苦的八個年頭。

直到有天，有個刺客來了。

而這個刺客，偏偏是碾這輩子，最不想碰到的一個刺客。

那柄刀，在距離碾三寸之處，被碾發現，然後急速從腰部抽出短刀，噌的一聲，擊開。

對方的刀被擊開後，順著碾短刀的刀勢，轉了半圈，刀鋒又再次劈向碾的脖子。

見到對方能如此快速反擊，碾有些訝異，但卻不至於驚慌，她另一隻手再次往後腰探去，第二把刀已經拔出。

碾的雙刀，在戰場上素來頗負盛名，一短刀如月，善勾近擊；一長刀如柳，能殺敵於數尺之外。

但長刀抽出需要時間，當短刀替碾爭取了足夠的時間，第二把長刀就跟著出鞘了。

而當長短刀同時現身，在戰場上令人聞風喪膽的碾，才是真正的出現了。

這刺客的刀朝著碾劈去，但隨即被碾的長刀震開，這一震讓刺客退了半步，但他又順著刀勢，再次劈向了碾。

這第二次回擊，讓碾更訝異了。

這刺客的水準，很高啊。

於是，碾的雙刀接連出擊，長刀劈，短刀劃，化成兩圈美麗，卻又鋒利絕倫的銀色光圈，光圈高速迴轉，纏繞著眼前的刺客。

情勢雖然已經完全被礪掌握了，但對方這刺客卻展現了與過往刺客完全不同的水準，他的刀不斷順著礪的刀翻轉，四招內，仍有一招能還擊。

而當雙方的刀已經交鋒超過三百次時，礪嘆了一口氣，忽然雙手一合，雙刀合璧，由上往下，朝著刺客的刀，劈了下去。

這一劈，力量用得是又直又猛，刺客無法可卸，急忙雙手握住刀柄，用力一撐。

這一撐，卡的一聲，刺客刀終於承受不住，崩斷。

礪的刀勢未盡，逼得刺客單膝跪了下去，額頭上，更被長短刀劃出了清楚刀紋，刀紋很快的湧出了鮮血，流滿了刺客滿臉。

但，礪並沒有進一步追擊，她只是舉著刀，嘴唇顫動。

因為，早在第四刀，她就猜出了對方的身分。

那是一個寡言沉默，但卻忠實守護礪的年老男人。

「許伯……」礪嘴唇顫抖著。「連你，連你，都要殺我？」

許伯抬起頭，沒有說話，一雙冷到極致的雙眼，只是看著礪。

「許伯……」礪慢慢的放下刀，眼眶紅了，「我帶你出去，我不能殺你，我不能。」

許伯沒有說話，卻在礪放下刀的時候，手一竄，動手奪刀。

「許伯！」礪尖叫，但也許是礪真的掉以輕心了，長刀瞬間已經在許伯手上，他單手握刀，由左上往右下，就朝著礪劈了下去。

礪驚險避開，但隨即衣衫破碎，鮮血湧出，雖不至於致命，但已經受到了傷害。

許伯不說話，又繼續揮刀，從他揮刀的氣勢來說，他是真的想要置碾於死地，是真的。

「啊啊啊啊。」碾避了十幾刀，她感覺到正在流血的自己，體力開始流逝，意識也有些恍惚，此刻，她有種自己回到戰場的暈眩感。

也是這種暈眩與錯覺，讓碾找回了最基本的，求生本能。

曾經在屍體堆中，力求生存的小嬰孩，是不容許自己死亡的。

於是，就在許伯揮下第十九刀之際，碾動了，她展現了女性胴體的柔軟，也展現了男子力道的剛強，在一瞬間，以短刀撐住了長刀，然後順著長刀的刀鋒，直接滑到了許伯的面前。

兩人幾乎面對面的距離，正是短刀的絕對領域。

「啊啊啊啊。」碾短刀一轉，就這樣，將許伯脖子血脈，嘶的一聲，割斷。

許伯躺在地上，碾才猛然清醒，她跪下，抱住了許伯，開始哭。

她哭，哭的是自己十三歲以前的每個晚上，都是許伯一個沉默的男人，陪著她。

在她在戰場上受了傷，流了血，都是這個沉默宛如父親的男人，蹲在碾的面前，細心的處理傷口。

為什麼，連許伯都要殺她？

為什麼？

殺黑鬍子，也非她所願啊。

「許伯，許伯，」碾的臉上都是淚水，「我和你說，這個祕密，黑鬍子，臨終前，要我做一件事，所以我不是……」

忽然，碾感到自己的嘴唇被一根手指按住。

按住自己嘴唇的，竟然就是已經垂死的許伯。

「許伯……」

「別說，我知道，黑鬍子，」許伯失血過多，已經氣若遊絲，「我知道，他，是什麼人……」

「咦？」

「我來殺妳，只是不希望，妳承受，」許伯眼睛瞇起，那是碾好熟悉的眼睛，那是替碾處理傷口時，那細心溫柔的許伯眼睛。「這樣悲傷的宿命。」

「許伯……」

「不過，妳，的身體，似乎自己決定了。」許伯眼神悲傷，「既然這樣，也沒辦法。」

「許伯……」碾好心痛，是我的身體自己決定了，是啊，剛剛她幾乎喪失意識時，反而展現了原本的戰技能力，就這樣奪走了許伯的性命。

「狐狸，」許伯閉上了眼，呼吸緩緩減速，逼近死亡邊緣的減速。「那天我夢中，老僧懷裡的狐狸，好美，好美，她有九條尾巴，只是，她的眼神，好悲傷，好悲傷。」

「許伯……許伯……」忽然，碾察覺到了她懷中的身體，不動了，那來自呼吸與心跳時，細微的顫動消失了，這表示……「許伯！！」

碾放聲大哭。

不斷的哭著。

哭著她曾經最依賴的宛如父親的男人，哭著黑鬍子的交代，而碾知道，她哭的，其實是她的命運。

從戰場上倖存的她，難道就必須承受這命運嗎？

哭著，哭著，等到她哭聲慢慢停了，忽然，她感到不對勁，她轉頭，不知道何時，一個人已經站在那裡了。

就算碾情緒失控，但這男人能夠一直站在這裡，不被碾發現，也是一個難得的高手。

「半日？」碾吸了一口涼氣，她認得這男人，曾經是她兩個得力助手之一，半日。

「是。」半日雙手抱拳，對碾微微鞠躬。

「你在這多久了？」

「剛到。」半日語氣沉穩，「因為聽到碾將軍屋子不斷傳來打鬥聲音，因為擔心，特來探望。」

「是嗎？」碾感到全身發涼，就算自己情緒失控，這半日竟可以如此接近自己，難道他比自己想像中更厲害嗎？

「既然碾將軍沒事，小的就放心了。」半日微微一笑，半日身材微胖，笑起來帶著一種孩童般的純真。「那這具刺客的屍體，需要我來處理嗎？」

「不用。」

「嗯，」半日點頭，似乎想了一下，才開口道。「往南走約十里，有個陵墓，在那裡下葬，不會被人侵擾，那裡風水不錯，死者靈魂也不易受惡靈侵擾。」

「嗯。」

「碾將軍若無事，小的告辭了。」

看著半日離開的背影，碾慢慢的吸了一口氣，半日推薦的地點，的確能讓許伯安穩的下葬，但是不是也表示……半日已經窺見了一些，碾與許伯，與黑鬍子之間，那令她極度痛苦的祕密？

許伯死時，碾回想起那時候，除了行蹤詭異的半日外，還有另外一件事讓她頗在意，就是後腰部的痛。

與黑鬍子完全相同的痛，痛源來自後腰處，但真正痛下去，卻像是來自靈魂的最深處，像是某個東西要從後腰處伸長出來，某個充滿力量但是悲傷的物體，正要從碾的體內，破殼而出一樣。

而且，碾更感覺到，又是另一個數字，編號五。

如果黑鬍子是三，許伯是五，那是否還有其他數字？碾不懂，她發現，自己越來越不懂了。

而時間，轉眼又過了兩年，許多事情乍看之下沒有改變，事實上卻正在慢慢的改變著。像是砥與半日的關係，也許是那晚半日的神祕出現，也許是半日本身的特質，讓砥離半日漸漸疏遠，反而和半月越來越親近。

另一邊，在祁業之下，砥的地位越來越穩固，幾乎已經是一人之下，萬人之上，而祁業仍不時找砥喝酒，每次喝酒時，黑雪總穩穩坐在一旁。

砥仍不時想起黑鬍子，曾經養育砥，將砥從死亡的戰場中領養下來的人，很壞，很可惡，但，砥卻不願意背負背叛黑鬍子的名，但她也不願意讓賞識她的祁業付出代價，這讓砥很痛苦。

所以，砥其實一直希望，黑雪可以像獅子般，永遠蹲踞祁業的身邊，永遠不要讓砥有機會下手，只要沒機會下手，砥就不用面對抉擇。

另一個令她痛苦的抉擇。

雖然，砥仍不時感覺到，來自祁業，那異樣的視線。

砥知道，這是男人的視線，男人對獵物的視線，但她不懂的是，祁業是如此巨大的部落之主，如果真要對砥怎麼樣，砥也是無力抵抗的，但祁業就是什麼都不說，什麼都不做。

只是淡淡的談著戰爭，談著部落的瑣事，以及祁業眼中的天下大業。

「整個河流區的部落，在二十年內一定會合而為一，能將整個河流區全部統一的人，只有三個人有機會。」祁業喝了酒，臉紅了，話多了，但霸氣仍在。

「哪三個？」

「一個，當然是我，我祁業，領地千畝，強佔河流南端，擁兵八萬，絕對具有爭霸天下的資格。」

「另外兩個呢？」礪問。

「一個是河流北端的易后，此人領地比我大三倍，兵馬也比我多三倍，但，」祁業冷哼一聲，「我可不怕他，咱們的兵馬和戰術可一點都不輸他。」

「嗯。」

「不過，真正讓我顧忌的，反而是第三股勢力。」祁業說到這，沉思了半晌，才開口道。

「他叫做堯，在河的上游處，無論是領地或是兵馬都不及我的一半，但，聽說他專注農業，農業可以提供部落源源不絕的糧食，是一個難纏的對手。」

「堯嗎？」礪歪著頭，這是她第一次感覺到祁業的擔憂，堯，到底是一個什麼樣的人物呢？

將力氣專注在種田上，卻能成為河流的三大勢力之一，甚至讓祁業這霸主如此顧忌？

事實上，這三大勢力，在三個月後，就崩解了。

因為易后來了，帶著二十萬大軍，宛如惡夢來襲，朝著祁業強壓而來。

這場戰爭，死了很多人。

因為易后下定了決心，要將祁業從天下霸業的候選席，給轟下去。

而祁業則用整個部落的生命，去捍衛自己的這個候選席。

雙方在河邊不斷激戰，屍體和斷裂的武器堵塞了河流，形成一幕人間煉獄的景象。

祁業部隊因為人數較少，在經過三日的血戰之後，很快的陷入了劣勢，整個軍隊中，唯一能維持住陣容的，只剩下碾，以及她手下兩大戰將，半日和半月。

終於，當血戰到了第四日，所有的戰術都已經用盡，最終只能以人數取勝時，祁業的主力部隊終於完全潰散，被易后團團包圍。

這時，祁業已經剩下不到五百個士兵了。

他，滿身血污的，獨坐在帳篷內，身邊只有那隻也同樣全身是血的黑雪。

忽然，祁業伸出手，對著帳篷外的傳令兵說：「叫碾來。」

「是。」

「說，本王想找她喝酒。」祁業的眼神看著遠方，遠方易后的部隊仍有超過五萬，正在整肅隊形，準備對祁業最後的五百兵，進行最後一場屠殺。

看時間，大概就在今天傍晚，約莫一個時辰後吧。

當傳令兵找到另外一個帳篷的碾，碾正和半日與半月討論戰術。

他們現在最後的目標只有一個，保留元氣，保住祁業，然後找地方另起爐灶，青山仍在，就不怕沒柴燒。

「王找我？」碾遲疑，「這時候還找我喝酒？」

「是。」傳令兵回覆。「王是這樣說的。」

「這……」碾遲疑著，敵人已經在對最後的猛攻進行整備，不用一個時辰就要進行最後的殲滅了，現在還要喝酒？

「碾，別去。」這時，向來神祕低調的半日，罕見的開口了。

「啊？」碾看著半日，這幾年來，碾刻意和半日保持距離，縱使這樣，半日的戰功仍然驚人，這剩餘的五百名士兵，幾乎都是半日的部屬。「為什麼？」

「就別去。」半日看著碾。「這不是部屬的立場，是朋友的立場。」

「朋友……」

「可是，王有令，將怎麼可以不去？」此時，半月開口了，半月是一個忠誠勇敢之人，手拿大月刀。「碾將軍，去吧，順便奉勸王，我們準備要逃走了。」

「嗯。」碾躊躇。

「妳自己決定吧。」半日沒有再說話，半日用的武器不是刀，而是一雙鐵手套。

這奇怪的武器，一如半日的神祕，因為鐵手套若握拳，可以如鋼鎚威武，若張開，則若短鉤般靈巧。

但鐵手套是非常近身的武器，甚至比短刀更近，這些年來半日經歷這麼多場近身戰而不死，表示他的功力極度高絕，偏偏他又低調神祕，這也是碾無法不顧忌半日的原因。

「去。」碾思考了一會，慢慢起身，「王有令，不去，就是抗命，非去不可。」

「嗯。」半月點頭，這才是他欣賞的碾將軍。

「嗯。」而半日則聳肩，但礪在離開帳篷時，卻像是想起什麼似的，回頭看向了半日。

「半日，坦白說，這些年我不夠信你，因為你很神祕，但剛你說了，我們是朋友？」礪語氣淡淡，但卻是給了半日一個承諾。「這是王的命令，所以我得去，但我信了一件事，就是『我們是朋友』，對吧？」

半日抬頭，寬厚的臉，露出了真誠的笑。「是，我們是朋友。」

然後，礪回頭，大步邁開，走向祁業的帳篷。

去面對她遲早該面對的，命運，那就是那「奇異視線」的謎底。

礪才踏入祁業的帳篷裡，撲鼻而來的，就是濃濃的混著酒味和鮮血的味道。

祁業，前胸袒露，手裡提著一個大酒壺，身邊還躺了七八個酒壺，有些酒壺的壺口，還正滴著酒，顯然還沒喝完就被丟在地上了。

「王。」礪眉頭不禁皺起，現在是什麼時候了？剩下五百兵，該是要傾全力殺出血路之時，怎麼還在灌酒？

「礪，來來，陪我喝酒，來來來。」祁業揮著手。

「王，」礪語氣懇切。「別喝了，現在不是喝酒的時候。」

「喝酒，來，礪，喝酒，喝酒。」

「王，現在……」碾繼續規勸，她希望王保持最佳的體能狀態，因為一個時辰後，絕對是硬仗。

「喝啊。」祁業大喝一聲，手一推。

「王。」碾嘆了一口氣，頭微仰，喝了半口後，又急忙說：「現在我方剩下五百兵，對方仍有三萬，唯一的機會是在入夜前，我們發動突襲，半日已經調查過了，往西北方衝，那裡有綿密的樹林，一旦入了森林，我們立刻改為往東方去，逃生的機會不小。」

「五百兵嗎？」祁業看著酒壺，卻露出了苦笑。「碾，妳知道我花了多久，才建造這個王朝嗎？」

「王……」

「二十一年。」祁業嘆了一口氣。「我從河邊的一名漁夫開始幹起，一路打，一路殺，花了整整二十一年，才有今天的這些兵，這些領土，如今，卻在一仗中全部失去了，只剩下……五百兵？」

「嗯。」

「人生，究竟還有多少個二十一年呢？」祁業苦笑之後，又是仰頭一大口酒。「究竟，還有多少個二十一年呢？」

「王，留得青山在，不怕沒柴燒啊。」碾依然苦勸著。

「呵呵，是嗎？留得青山在，不怕沒柴燒……」祁業說到這，忽然放下酒，眼神銳利而古怪。「就像當年，黑鬍子，把妳留下來嗎？」

「欸？」礪身軀猛然一震。

「礪，出生在戰場屍體群中，是黑鬍子以及部下許伯兩人攜手養大……」祁業看著礪，那奇異的視線開始改變了，變得越來越炙熱，彷彿一股地獄之火，從火山深處往上湧，就要破山而出。「妳覺得，這樣的人，會提著黑鬍子的頭，來換取榮華富貴嗎？」

「我……」礪感到全身戰慄，祁業早就知道？黑鬍子給礪的任務了嗎？祁業，早就知道了嗎？

「而我留妳的原因，妳知道為什麼嗎？」祁業的身體開始朝著礪靠近，濃烈的酒臭和浴血奮戰的血氣，不斷衝擊著礪的鼻腔。

「為什麼？」礪感到戰慄，沒想到祁業早就知道了，那這些年祁業不殺她，究竟，究竟是為了什麼？

而這是不是就是礪一直感受到，來自祁業「奇異視線」的原因？

忽然，半跪的礪感到背脊一陣古怪的涼氣，礪認得這涼氣，事實上，所有在戰場上經歷無數血戰仍能倖存的人，都會認得這涼氣。

這是刀氣。

而且是懷著殺氣的刀氣。

基於本能，礪一個轉身，緊急避開了這一刀，而刀勢未盡，噗的一聲，砍中了帳篷的地板。

礪急忙抬頭，她同時看清楚了下刀之人，而在她看清楚之時，表情跟著大變。

因為下刀之人，不是別人，正是這幾年來，邀碾喝酒，將碾一路拉拔到現在的祁業。

「王？」碾感到戰慄。「你、你在做什麼？」

「妳不是要知道為什麼嗎？」祁業的刀，順著他的手腕靈活的轉了一圈，足見他也是用刀高手。「我現在在告訴妳答案啊。」

「王。」碾仍不懂，但她的手已經摸到了後腰處，那裡有她雙刀之一的短刀。

來到祁業的帳篷，碾不會帶戰場上征戰的長刀，但短刀從不離身，所以她未必是全然的束手就擒。

「有帶刀啊？太好了，那就來吧。」祁業大吼，雙手握刀，用力朝碾劈了下去。

祁業的刀，走的是大刀闊斧風，刀勢狂暴，戰場上任何敵人只要被祁業的大刀劈到半點，輕則就是斷手斷腳，重則全身破成兩半。

碾的雙刀若全部在手上，也許不會居於弱勢，但此刻的碾只有一柄短刀。

短刀只能近攻，面對大刀亂舞的祁業，碾只能避，而且越避越險，好幾次，碾都可以感覺到大刀的刀鋒，貼著她的肌膚滑過。

那距離之近，只要再半寸，碾的半隻手腳，就要被削下來了。

但，險歸險，碾仍在奮戰，她的短刀，在狂風暴雨般的大刀中，化成點點銳利精光，尋找任何弱點進擊。

也是因為短刀仍具備一擊必殺的威脅性，也讓祁業的攻擊有了顧忌，更不斷替碾爭取一絲生機。

但，也在當祁業與碾雙方交手到了第三百餘招之際，碾看到了，破綻。

祁業的刀很狂很強，與半月的大刀有幾分相似，但要舞這樣狂的刀，則需要比誰都強的體力和持續力，祁業也算是一個奇才，能連舞三百餘刀，但，祁業畢竟是人，人的力氣終究有限。

只要力氣稍微接續不上，刀勢一頓，破綻就隱隱出現。

但事實上，這不單是武術的對決，更是時間的競賽，只剩下一柄短刀的碾，必須撐過祁業前面數百招狂暴亂舞的大刀，才有機會等到這千載難逢的破綻。

面對這樣的狀況，就連碾自己覺得都不樂觀。

但，也許是祁業與易后交戰挫敗，又是傷，又是醉，這破綻竟比碾預料中，早了好幾百招就出現。

「出現。」碾吸了一口氣，她看見了，祁業的手掌也許沒了力氣，刀沒握住，滑了那一下。

刀勢偏了，機會來了。

碾在這一剎那，用力握住了短刀，然後往前踩了一步，但要踩這一步，也必須付出驚人的決心。

因為在碾的面前，可不是一個平凡的風景，而是一大片由祁業刀光組成的白色漩渦，每個漩渦都代表著殘暴的死亡陷阱，碾只要衣角被捲入其中一個漩渦，肯定就是穿膛破肚的死期。

但，礙仍然往前踏了一步。

因為她是礙，她是從戰場屍堆倖存的女孩，她是多次出入戰場，但卻倖存下來的礙。

她咬著牙，停止呼吸，手握短刀，伸得筆直，直插了那個破綻，逼近了祁業的心臟，只是，當短刀刀鋒距離祁業只有半寸之際，礙皺眉了，祁業卻笑了

因為他們同時發現了一件事，長度，最後的問題仍是長度。

短刀太短，竟然差了半寸，插不到祁業的心臟。

而且，礙已經踏入了狂舞大刀的中心，這擊若未成，下一秒，祁業的大刀反噬，肯定將礙絞成碎片。

結束了嗎？

礙這樣問自己。

結束了嗎？

祁業眼神睥睨著礙。

結束了嗎？不。

不！

礙在這一剎那，她手指張開了。

當她纖細美麗的手指張開時，短刀，就這樣帶著礙的決心，帶著礙求生的意志，繼續往前飛了出去。

時間，像是慢動作般，這柄小刀，穿過不斷迴旋的白色大刀漩渦，筆直的往前挺進，然

後在祁業驚異的眼神，與碾的嘶吼聲中……

噗的一聲。

貫入了祁業的咽喉。

同時間，大刀落地，劃過了碾激戰時飛揚的長髮，削斷了一大片髮絲，在髮絲飄揚中，祁業往後倒下。

勝負，也在這一瞬間，分了出來。

「呼呼呼，呼呼。」碾喘著氣，她感到自己全身虛脫，但就在同時，她聽到了來自後方的腳步聲。

快，輕，綿密，且充滿危險的野獸腳步聲，朝著自己的背部，猛撲而來。

碾不用猜也知道衝來者是誰？那是一直以來守護著祁業的巨犬，黑雪。

但現在的碾，連轉身的力氣都沒有，她只能苦笑，非死不可了。

真的非死不可了。

但也就在此刻，另一個情況發生了，那就是明明已經被刺中要害的祁業，忽然發出低吼。

這低吼充滿了威嚴，那是王者的怒斥。

「坐下！黑雪！」

聽到主人這樣一喊，黑雪一陣錯亂，腳步踩錯了幾步，還是停了下來，停在碾的背後，沒有繼續往前撲。

「王。」碾看著祁業，這個男人，咽喉處插著一柄短刀，正看著碾。

那眼神，與每次酒酣耳熱後，那奇異的眼神一模一樣。

「妳猜到了嗎？我為什麼要讓妳活著？」

「我不懂，」碾想哭，她看著祁業，讓她想起了許伯，她不懂，她全部都不懂。「為什麼要讓我活著？為什麼明明想殺我，卻又喝止了黑雪？」

「因為，從那個時候開始，」祁業看著碾，眼神好溫柔，好溫柔。「看著妳，手裡提著黑鬍子的頭，隻身走過千軍萬馬，儀態帶著武者的霸氣與女孩的優雅，朝我走來……從那時候開始，我就知道，妳是我今生……最想征服的一塊美麗領土。」

「最想征服的一塊美麗領土……」

「我原本打算敗堯，接收他的農業資源，然後再過三年，再將易后殲滅，誰知道……易后先找上了我，我不知道他怎麼知道此刻是我軍最弱之時，也不知道他如何知道我軍的實力，明瞭此時我軍仍無力與他抗衡，所以我輸了，真可惜。」祁業看著碾，眼神好溫柔，「我想，如果我成功了，我就會告訴妳，不用替黑鬍子報仇了，因為，天下是我的了，而我的天下，就是妳的天下了。」

碾看著祁業，她從來不知道，祁業對自己的用情這樣深，也許她知道，只是她不敢去想，因為她背負著黑鬍子的恨，這個恨，讓碾日日夜夜不得安心，這個恨，更讓碾殺了許伯，她覺得自己是罪人。

一個不配擁有愛情的罪人。

「不過，當我花了二十一年的功績，毀於一旦時，我就知道，不可能了。」祁業閉上了眼，「所以我選擇讓妳殺了我。」

「啊。」這剎那，礙也懂了，為什麼祁業會提前在三百招內就露出破綻。

是祁業故意讓礙的嗎？祁業故意要讓礙的短刀，刺入他咽喉的嗎？

可是，這不是礙要的，這一點都不是礙要的啊。

「讓妳完成復仇，也好。」祁業虛弱的笑著，伸出了手，而礙沒有躲，讓這個垂死的王，撫摸自己的側臉。「畢竟，我沒有完成對自己的承諾，所以我自己決定，讓妳殺死。」

「王，不對，不對，這不是我要的！為什麼你自作主張！為什麼……」

「不是妳要的？那妳有更好的方法嗎？」祁業苦笑，「要解這個宿命，除了完成天下霸業，不就是我死，還有更好的方法嗎？」

這剎那，礙只覺得心痛，是的，的確沒有更好的方法了，至少，礙在祁業身邊這幾年，她真的想不到。

黑鬍子對礙有養育與救命之恩，並刻意用自己的生命為代價，逼礙許下要殺死祁業的諾言。

而祁業因為愛上了礙，所以不殺礙，甚至給了礙更好的生活，但礙無法決定自己該不該殺死祁業，因為……若不殺，她就成了真正的背叛者，背叛了十三歲前的夥伴，但若殺了祁業，則對不起十三歲之後這些夥伴。

於是，礙掙扎痛苦了好多年，她原本希望祁業真的能統一天下，然後自己就能離開，只要離開了，找個安靜的地方了此殘生，但沒想到祁業霸業潰敗，在男人失去自尊與信心下，決定乾脆死在碾手下。

這就是整件事的始末，也是碾無法抗拒的悲劇。

也就在碾感到痛苦之際，卻見到垂死的祁業，忽然吹了一聲口哨。

「黑雪，來。」

碾一呆，祁業最後想做什麼？

黑雪似乎也察覺到不對勁，但牠是一隻忠心無比的狗，從牠還在襁褓中，就被祁業照顧，雖然遲疑，仍搖著尾巴，朝祁業走去。

當黑雪來到祁業的身邊，躺在地上的祁業伸出了雙手，抱住了黑雪粗壯的脖子，用很溫柔很溫柔的語氣說：

「黑雪老友，抱歉了。」祁業低語，「真的，抱歉了。」

對不起？這一剎那，碾愣住，因為祁業的手突然抓住一旁的大刀，然後用快速而驚人的速度，唰的一聲，割斷了黑雪的咽喉。

「嗚。」黑雪脖子噴出驚人的鮮血，血全部濺滿了祁業的臉，但祁業沒有放手，他的雙手緊摟著黑雪的脖子，黑雪拚命掙扎，發出死命的哀號，但祁業不放手。

就算祁業已經逼近了死期，但他仍不放手，用盡全力摟著黑雪，黑雪哀號，不斷哀號。

終於，哀號聲弱了，低了，慢慢的停了。

「呼呼，這隻狗……不只……呼呼，忠心，而且很強……呼呼……」祁業看著碾，「牠……親眼……見到我……被妳……殺死……就怕我……一死……牠會馬上攻擊妳……甚至……天涯海角……追殺妳……所以……」

「所以？」

「……我替妳……殺了……牠。」祁業笑了一下，臉上表情漸漸僵住，那是死氣籠罩全身的徵兆。「黑鬍子……的詛咒……就這樣……停了……吧……妳……」

「王……」

「妳……自由……了……」祁業淡淡笑著。「我曾……夢……一個僧人……帶著……狐狸……我想放妳……自由……妳……自由了……」

妳……自由了……

「王！」碾吼著，帶著哭音吼著，但祁業已經不說話了，他就這樣抱著黑雪，帶著死前的微笑，斷了氣。

他最後的力氣，全都在殺死黑雪時耗乾，乾到一絲都不剩，所以，當他完成了最後的心願，立刻斷了氣。

帳篷內，剩下碾。

她又感覺到了後腰部傳來的劇痛，有什麼東西要從她的後腰處竄了出來，而且這次是兩條。

一條編號六，似乎和祁業有關，一條編號一，似乎指向了黑雪……

這到底是為什麼？碾哭著，這些人，為了自己而死的人與狗，都會讓自己的後腰部產生劇痛，而且，僧人帶著狐狸而來，這是什麼意思？

碾不懂。

她為什麼要背負這些，這些恨，這些愛，這些忠誠，這些疼惜，為什麼？

而就在碾痛苦至極之時，她聽到了帳篷外傳來一個長長的號角聲音。

就算她悲痛欲絕，她仍瞬間理解了這號角聲音的意義。

「來了。」碾喃喃自語。「易后最後的部隊，終於發動攻擊了。」

那天黃昏，剩下的五百名士兵，在半日的率領下，從南方逃脫。

但半月卻沒逃成，倒不是半月無法逃，而是半月選擇了提著刀，衝向易后的大軍，與其說半月想獨立斬下易后的頭顱，不如說，半月想尋死。

因為，半月知道了，祁業死在碾的手上了。

對半月而言，一個是他崇拜至極的君王，一個是把他從小兵拉拔到副將軍的上司，這兩個人是年輕的半月，在戰場上的信仰，但這兩個人竟然互相殘殺，讓半月陷入瘋狂的狀態。

於是，他提起了大刀，瘋狂的朝著易后的軍隊亂砍。

當然，當半月砍倒了超過四十人，他的力弱了，氣乏了，就這樣被一柄箭，穿入眉心，當場斃命。

當半月死時，碾又感覺到自己的後腰部，傳來撕裂般的疼痛。

而碾呢？半日帶著她逃了。

半日的鋼鐵雙拳，加上技高一籌的兵法，還真的利用五百兵的掩護，帶著碾逃入了森林，然後藉著森林的地形，脫離了易后掌握。

最後，當天色從黑暗，逐漸轉為黎明時，他們隱約知道，他們應該安全了。

「站住。半日。」

但卻在此時，碾卻停下了腳步，她抽出了雙刀，冷冷的看著半日。

「咦？」

「最後，我想確定一件事。」碾刀鋒對著半日，擺出戰鬥姿態。

「嗯？」半日側過頭，眼睛瞇起，看著碾。

「祁業死前有個問題一直困擾著他，我要在這裡問你。」碾的刀，對著半日。「他問，為什麼易后會知道我們的實力？為什麼易后會知道此刻是殲滅我們的最佳時機？」

「這問題，幹嘛問我？」半日嘴角慢慢揚起。

「因為我覺得，不，不是我覺得，你一定知道答案。」

「是的，我知道答案。」

「但我覺得，你不是易后的人，你到底是誰？」碾全身緊繃，她從半日的態度可以感覺到，對方很強。

碾對於自己的雙刀有一定的自信，雙刀合璧時，別說黑鬍子、許伯、祁業、巨犬黑雪，以及半月都不會是自己的對手。

但她卻在這個半日之前，感到前所未有的壓迫感。

這個半日，他那一雙鐵鑄的拳頭，可能，可能比礙的雙刀還強。

「我是誰……這答案有很多個，妳想聽哪一個？」在森林的樹葉搖曳下，半日的臉，忽明忽暗。

「啊？」

「顯然妳不懂我的意思，那我講一個妳可能最聽得懂的吧。」半日微微一笑。「我的確不是易后的手下，事實上，我是另一個人的手下。」

「另一個人？不是易后，也不是祁業，啊。」礙這一剎那忽然懂了。「堯！你是堯的手下！」

「正確。」半日露出笑容。「我是堯的手下，之所以會選擇堯，是因為我覺得他才是能終結這個亂世的明主，無論是黑鬍子、祁業，或是易后，都只是亂世中會打仗的莽夫，他們就算統治了整個中原，過不了多久，又會有人掀起戰亂，能終止這個部落間血戰的男人，非堯莫屬。」

「但，為什麼你要讓易后來打祁業？」

「因為，祁業的腦袋還是比易后好一些的，呵呵。」半日笑了一下，「祁業知道堯才是真正的對手，所以他會保留實力對付堯，但易后不會是堯的對手，加上易后與祁業這仗打下來，雙方實力都很堅強，就算易后贏了，不休息個一兩年，是無法復原的，這樣的情況，對堯比較有利，不是嗎？」

「心機，你的心機好重！」碾咬牙。

「是嗎？」半日搖頭，「為了蒼生，用點心機又何妨。」

「那你說，關於『你是誰』，你有其他答案……又是什麼意思？」

「當真想聽？」

「嗯。」碾堅定的點頭，這幾年來，她發現自己有太多自己都不懂的祕密，包括自己為何在戰場上存活？為何總是背負著這些悲傷的宿命？還有，為什麼每個人都說自己夢見了僧人與狐狸，還有，為什麼每次與自己相關的人死了，碾的後腰都會痛，痛到像是有什麼東西要猛力竄出一樣。

她隱約覺得，這個處處透露著古怪，又強得不可思議的男人半日，也許會知道關於自己的祕密。

「我是誰？」半日沉吟了一會，才抬起頭說，「對妳來說，我是七。」

「啊？七？」碾一呆，數字，為什麼半日說自己是數字？

「一是黑雪，二是半月，三是黑鬍子，五是許伯，六是祁業。」半日的臉，在樹葉陰影下，明暗交會，讓碾看不清楚半日的表情。「數字越大，力量越強，而我是七，所以我知道一些事。」

「為什麼，你會知道這些數字？」碾睜大眼睛。「你會知道這些數字曾在我腦海中出現？」

「因為，我們都是與妳有緣分之人，與我們的緣分互相牽扯，終將讓妳找回妳自己真正

的模樣

「真正的模樣……」

「是的，妳真正的模樣，是一隻狐狸。」半日說到這，在陰影下的臉，變得好溫柔。「妳是一隻將長出九條尾巴的小狐狸。」

「我？狐狸？九條尾巴？」碾聽不懂，她覺得眼前的半日說的話，每個字她都懂，合起來怎麼變得像是天書，她不懂。

她是人，怎麼會是狐狸？狐狸為什麼會有九條尾巴？為什麼每條尾巴都是一個人？

「很難解釋，因為妳還未煉化成九條尾巴。」半日淡然一笑，「我們以後還會碰面，在與堯的戰役中，但第八條尾巴，也許要等到數百年以後，那個人會是一個比我厲害很多的道士，至於誰是第四條尾巴，我想妳應該猜到了。」

「猜到……？」碾搖了搖頭。

「好啦，我該走啦。」半日轉身，「當我勘破自己的命運時，也嚇了一大跳，因為我最後終將死在妳的手裡，讓妳煉化第七條尾巴。」

「第七條尾巴……」

「但在那之前，我得先完成我的使命，輔佐堯登上中原之主，因為那才是黎民百姓之福，等我完成這些事，再殺我吧。」

「半日……」碾看著這個名為半日的男人，忽然，她想起了什麼，放聲大喊，「你說我是狐狸，那你知道，那個僧人，那個僧人……是誰嗎？」

「他啊。」半日停下腳步，沉默了，似乎在思考自己該怎麼回答。
「……」礪也不再說話，只是安靜的等著半日的答案。
「他是妳的第九條尾巴。」半日慢慢的說著，「但，當妳使用第九條尾巴時……」
「嗯。」
「卻不是殺他。」半日瞇起眼，笑了。「而是殺他內心的魔佛，所以，妳是救他。」
「呃。」礪感到自己不懂，但，奇妙的感覺湧上心頭，她好像懂。
她懂，這個半日說的每句話。
雖然無法解釋，但她的確懂，半日說的這些話。
「那最後一個問題，雖然這問題我剛問過了，但我仍想再問一次。」礪挺起胸膛，專注的看著半日。「你，到底是誰？」
「……」
「我不要第八條尾巴，不要半日，也不要堯手下這些答案，我要你告訴我，你真正的身分。」礪眼神溫柔且虔誠，「以我，九尾狐的身分，可以告訴我嗎？」
「哈哈。」
「有啥好笑？」
「未來的某一日，當我開始不斷的輪迴，妳一定會再遇到我。」半日忽然笑了，笑得如此輕鬆，笑得如此熟悉。「那時候，妳一定會認出我的。」
「認出你？」

「我啊，未來應該還是一個道士，嗯，姓張好了。」半日雙手插在口袋，吹著口哨，邊笑著，邊往森林深處走去。「也許，弄個什麼門派，該叫什麼名字呢？啊，就叫武當吧。」半日邊笑著，邊吹著口哨，轉眼間，就消失在森林之中。

而這森林中，獨留礙一人。

鳥輕啼，風吹葉，礙彷彿看見了半日的背影，不再是那個微壯的戰士背影，反而像是一個武者。

溫柔、寬厚，讓人好想全心信賴的武者。

「這一切，都是我的命運嗎？」礙回過頭，看著天空的雲，「這一切，都是我煉化九條尾巴的過程嗎？」

那個僧人，又是誰呢？

數年後，易后在與堯交戰時，突然被人暗殺了。

那名暗殺者武功之高絕，超乎想像，因為當時易后門外至少有上百名持刀好手，卻無人發現這場暗殺。

唯獨有人隱約看見了，暗殺者使用雙刀，且，當易后死時，他彷彿見到了帳篷內有一隻狐狸的影子。

而這隻狐狸影子的背後伸展出六條尾巴，尾巴舞動著美麗而迷離的舞蹈，美到讓人忘記呼吸。

更有人說，他曾聽到這隻美麗的人形狐狸開口說話，她說的……正是「四！」

「第四條尾巴，安息吧，還有……」她輕笑著，笑聲中卻帶著淡淡的憂傷。「祁業，我總算替你報仇了。」

而易后死之後，不出五年，堯統治了天下。

而當時堯手下最大功臣，一個名為半日的將領，在堯登基那天，只留下一封信，就悄然離開了。

信上，只有寫一句話：

「赴約去囉。」

字裡行間，彷彿還帶著半日獨有的冷調性幽默，但，從此之後，再也沒有人見過半日了。

再後來幾百年，一個巨大的朝代消失了。

有人說是一隻擁有九條尾巴的狐狸滅了它，更也有人說，何必怪罪一隻狐狸，滅亡該朝代的，應該是暴政與陋習，還有積了百餘年人民的憤怒。

只是，當那朝代消失後的十年，有人目睹了那隻狐狸最後的蹤影。

那是在一個七彩絢麗的夕陽下，一個僧人，懷裡抱著一隻小狐狸，小狐狸的尾巴，共有九條。

接著，小狐狸一蹦，跳離了僧人懷抱，往山裡跑去。

一邊跑著，一邊不時回頭看向僧人。

僧人沒有說話，只是雙手合十，看著狐狸的背影。

看到這一幕的人說，僧人雖然口裡沒說半句話，但那眼神，卻是他所見過，最慈祥而溫暖的，就像當時美麗的夕陽一樣，讓人難忘。

讓人難忘。

「說完了。」萊恩放下了咖啡杯，杯內只餘一口的咖啡。「妳喜歡蜘蛛和狐狸這兩個故事嗎？」

「喜歡。」金髮女孩微笑，笑得真摯。「好喜歡，我媽媽就是和這兩個阿姨並肩作戰嗎？」

「正是。」萊恩笑。

「這就是我的十八歲生日禮物？」金髮女孩歪著頭，長髮於肩膀撒落。「可是，我還想要更多。」

「更多？妳還想要什麼？」

「更多故事啊。」女孩微笑著，她的微笑有一種魅力，這魅力來自於她對任何事物單純而強烈的好奇心，「我還想聽關於媽媽，更多更多的故事，像是聖佛的故事，或是其他的故事……」

「聖佛的故事，還不是講出來的時機。」萊恩抓了抓頭髮，「啊，如果妳不嫌棄，聽完了蜘蛛的故事，妳想聽蒼蠅的嗎？」

「噗。」聽到蒼蠅兩字，女孩頓時笑了出來，幸好她及時摀嘴，不然咖啡就會順勢噴出來。「除了蜘蛛，還有蒼蠅啊？媽媽所在處，是昆蟲國度嗎？」

「嘿，妳可別小看這隻蒼蠅哩。」萊恩說。「這隻蒼蠅在地獄中，可是呼風喚雨，後來牠進入地獄遊戲，還差點把女神這樣的人物給翻盤哩。」

「好多角色喔。」金髮女孩微笑。「我媽媽現在身處的世界，怎麼這麼豐富？」

「當然豐富，不過妳真的是怪女孩呢。一般人聽我這樣說故事，不是摔咖啡杯走人，就是報警把我抓走，妳怎麼還能繼續相信？」

「因為，這是我的十八歲生日啊。」金髮女微笑。「明天之後，再讓我回到現實吧，我想聽，想聽那隻在地獄中呼風喚雨蒼蠅的故事！」

「這故事，和一個人類女孩有關……」

「咦，蒼蠅和人類女孩……」金髮女孩又笑了。「這是人與昆蟲的戀情？」

「不聽，拉倒。」萊恩哼的一聲。

「好啦好啦，我超相信的。」金髮女孩單手托住下巴，露出懇求的笑容。

「嗯，這故事不在地獄遊戲中發生，而是在更早以前，那是地獄群神共處的時代，曾有一隻蒼蠅，牠雖然是惡魔，但很想了解人類，所以牠飛到了人類世界，結果遇到了一個女孩……」

說完了蜘蛛與狐狸，接下來是蒼蠅的故事了。

就是那個女孩，讓這隻蒼蠅化身為王，與女神對決時，有了一絲遲疑，更讓女神伊希斯的擁抱，圈住了這位地獄政府之王。

從此，勝負逆轉。

牠與女孩的故事，又是怎樣呢？

請看地獄十四，也就是地獄系列的最後一集。

是的，下一集，這延續了十年的故事，即將終結。

尾聲

坐在這裡的人，是一個理當不應出現在這裡的人。

但他還是出現了，也許真的是太接近結局了，所以應觀眾要求，連他都必須坐上了這餐廳的椅子。

「稀客，超級稀客。」餐廳侍者萊恩，臉上堆著滿滿笑容。「沒想到你也會來啊，少年H。」

少年H！

這一位從地獄列車開始，就貫穿全集的男孩，竟然也坐在這家餐廳了。

「聽說，」少年H臉上，永遠是那個令人懷念的輕鬆笑容。「這家餐廳最大的特色，就是……預告永遠不準？」

「唉呀，唉呀，」萊恩拚命抓著腦袋，「這種事，怎麼你也知道了呢？我以為我隱藏得很好……」

「總是會知道的啊。」少年H聳肩，「因為好多人和我抱怨過，像狼人T，他說Div如果預告是準的，早在四集之前，他就該與西兒見面了。」

「啊，是這樣嗎？」

「還有吸血鬼女也說過，其實好早以前，Div就說黑蕊花的祕密要解開了……」

「有嗎？」萊恩臉色越來越難看。「Div 有亂預告亂得這麼嚴重嗎？」

「當然有啊。」少年H微微一笑，「不過幸好讀者們都不追究，也還好的是，終於快寫完了。」

「是啊……」萊恩笑著搔了搔腦袋，從口袋掏出一張小紙條。「H老友，就請你宣布吧，地獄十三的下集預告。」

「嗯。」少年H接過了紙條，而他打開紙的瞬間，臉上的笑容幅度變大了。

「嗯，怎麼？」萊恩把臉湊近。

「這份下集預告，我喜歡。」少年H把紙放在桌上，露出爽朗的笑容。

「喔喔喔，那就唸出來吧。」

「沒問題，紙條是這樣寫的……」少年H聲音清朗，「那就是『午夜十二點，地獄列車即將出發，請乘客盡快上車。』」

午夜十二點，地獄列車即將出發，請乘客盡快上車。

地獄十四，地獄系列完結篇。

各位乘客，敬請期待。

The End

奇幻次元 30

地獄系列 第十三部 地獄黎明

國家圖書館出版品預行編目資料

地獄系列 第十三部 ，地獄黎明 ／Div 著.
— 初版. — 臺北市：春天出版國際，2015.12
面；　公分. —（奇幻次元；30）
ISBN 978-986-5607-07-4（平裝）

857.7　　104027484

ISBN 978-986-5607-07-4
Printed in Taiwan

作者	Div
封面繪圖	Blaze
美術設計	三石設計
總編輯	莊宜勳
編輯	黃郁潔
出版者	春天出版國際文化有限公司
地址	台北市信義路四段458號3樓
電話	02-7718-0898
傳真	02-7718-2388
E-mail	frank.spring@msa.hinet.net
網址	http://www.bookspring.com.tw
部落格	http://blog.pixnet.net/bookspring
郵政帳號	19705538
戶名	春天出版國際文化有限公司
法律顧問	蕭顯忠律師事務所
出版日期	二○一五年十二月初版
定價	260元
總經銷	楨德圖書事業有限公司
地址	新北市新店區寶興路45巷6弄6號5樓
電話	02-8919-3186
傳真	02-8914-5524